DÉSIRS INEXPRIMÉS

NATASHA GRACE

Précédemment publié sous le titre "Désirs réprimés" en Août 2020

ISBN: 978-1-955895-04-0

CHAPITRE UN

– Sam ! Tu es revenue !

Samantha Collins venait tout juste de poser sa mallette sur son bureau lorsqu'elle se trouva prise au piège des bras de Karen Parker.

– Je suis bien contente de te voir. Les analystes n'arrêtent pas de se prendre le bec depuis que tu es partie.

Sam sourit en s'éloignant de la comptable rousse à l'air joyeux. Elle avait craint qu'il ne soit encore trop tôt pour retourner au travail, mais son accueil chaleureux parvint à dissiper ses doutes.

– Les connaissant, ils doivent encore être en train de se battre pour les actions de nos sociétés de premier ordre.

Personne ne voulait perdre son temps à contrôler des sociétés stables et rasoir lorsqu'ils pouvaient se mettre à la recherche du prochain gros poisson qui mordrait à l'hameçon de leurs fonds spéculatifs.

Elle avait donc proposé de s'occuper de ces sociétés elle-même lorsqu'elle avait intégré l'entreprise d'investissement de son mari, Harkin Capital Management, près de trois ans plus tôt, afin de compenser son manque d'expérience dans l'analyse des comptes des sociétés. Elle s'était dit qu'il n'y avait pas de meilleur moyen d'apprendre le métier et de découvrir ce qui séparait les affaires moyennes de celles qui réussissaient fabuleusement que d'étudier celles qui avaient survécu à l'épreuve du temps. À sa surprise, elle s'était prise au jeu, et avait donc continué sur cette lancée.

Karen rit en levant la main.

– J'invoque le cinquième amendement. Son sourire se dissipa bientôt. Tu tiens le coup ? demanda-t-elle, ses yeux noisette assombris par l'inquiétude, et la gorge de Sam se serra. Si elle était reconnaissante que tant de personnes s'inquiètent pour elle, ces questions n'avaient cependant de cesse de lui rappeler tout ce qu'elle avait perdu.

– Je n'avais pas imaginé que la reprise serait aussi difficile, admit Sam.

Cela faisait deux semaines déjà que Jason était décédé, et revenir au bureau remuait le couteau dans la plaie. Le souvenir de son mari hantait le moindre recoin de cet endroit, et elle s'imaginait encore le voir entrer dans son bureau armé de son sourire charmeur pour lui demander si elle voulait aller déjeuner avec lui.

Sa poitrine se serra lorsqu'elle se souvint qu'il ne le ferait jamais plus, et elle ravala un grognement. S'apitoyer sur son sort, voilà exactement ce qu'elle avait voulu éviter en reprenant le travail. Elle avait l'impression de passer tout son temps à pleurer à présent.

Elle avait espéré que de travailler l'aiderait à se distraire, mais elle avait oublié qu'Harkin Capital Management était l'*incarnation* même de Jason. Sa personnalité et sa vision emplissaient ces bureaux, et cela ne changerait jamais.

– Oh, ma belle ! Karen posa une main sur la sienne qu'elle serra. Je suis là si t'as besoin de parler.

– Merci, c'est gentil.

Karen lui lança un sourire d'encouragement avant de vers un geste en direction de la porte.

– Il vaudrait mieux que j'y aille avant qu'on ne me cherche. C'est la folie ici ces derniers temps. On déjeune ensemble quand tu veux.

Une fois son amie partie, Sam retira son manteau qu'elle pendit au porte-manteau. Un rapide coup d'œil au-dehors lui confirma qu'il neigeait encore. Elle avait toujours adoré l'hiver et ses douceurs, la neige, le chocolat chaud… Mais toutes ces choses ne lui rappelaient aujourd'hui plus que les routes gelées qui lui avaient arraché Jason. Elle ne pourrait plus jamais regarder la neige sans que cela ne lui rappelle le prix mortel qu'elle lui avait coûté.

Elle se força à faire taire cette pensée en se tournant vers son bureau sur lequel trônait une myriade de cartes de condoléances. Elle les fourra dans sa mallette en regardant le rapport annuel qu'elle avait abandonné près de deux semaines plus tôt, lorsqu'on l'avait appelée pour la prévenir de l'accident de Jason.

Un fabricant d'ordinateurs dont elle avait la charge le lui avait envoyé ce jour-là, et bien que cela soit un peu tard à présent, elle décida de commencer par en terminer sa lecture. Après tout, elle remarquerait peut-être quelque chose que le marché avait manqué.

Elle venait à peine de terminer la deuxième page dix

minutes plus tard lorsque les mots se mirent à se brouiller sous ses yeux. Elle était incapable de se concentrer.

Toutes ses pensées étaient tournées vers Jason, et le fait qu'elle serait en train de discuter de leurs tâches quotidiennes dans son bureau s'il était encore en vie. Dans un soupir, elle éloigna son siège et se leva pour aller aux baies vitrées qui couraient du sol au plafond. Manhattan s'étendait à perte de vue sous ses pieds, mais pour la première fois depuis qu'elle avait commencé à travailler en ces lieux, cette vue qu'elle avait si souvent admirée ne parvint pas à éveiller le moindre sentiment en elle. Comme ces bureaux, la ville était habitée par le souvenir de son mari.

À sa droite se dressait la façade familière de l'hôtel art déco où Jason lui avait fait sa demande en mariage quatre ans plus tôt. Il lui avait dit qu'ils devaient y rencontrer un client, mais en réalité, il avait réservé le restaurant entier et y avait invité leurs amis les plus proches. Et là, devant tout le monde, il avait mis un genou à terre, et lui avait demandé de l'épouser.

Elle avait été si heureuse alors. Comme si elle avait enfin réalisé le moindre de ses rêves. Elle n'aurait jamais imaginé que tout ça puisse lui être arraché du jour au lendemain.

Une route gelée. Jason qui conduisait un peu trop vite et...

– T'es revenue.

Dans un sursaut, elle se tourna pour trouver Luke Darren, l'ami de son mari et son associé, debout dans l'encadrement de la porte. Il avait l'air exténué. Des cernes profonds assombrissaient son regard et ses cheveux d'ébène étaient ébouriffés comme s'il n'avait eu de cesse d'y passer la main. Son col était ouvert et sa cravate défaite, une vision familière après des années passées à travailler ensemble, chaque fois qu'ils enchaînaient les heures supplémentaires. Mais il était encore très tôt pour ça, contrairement à l'habitude.

– T'es resté ici toute la nuit ? demanda-t-elle soudain.

Il frotta sa barbe naissante.

– Ouais. On vient de conclure un accord avec Leeds.

– Leeds… La chaîne de supermarchés ? demanda-t-elle, surprise. Si elle ne fréquentait pas leurs magasins, elle avait pourtant toujours été convaincue que leur affaire était florissante. De nouveaux établissements avaient ouvert à travers la ville entière. Avaient-ils vu trop grand avec leurs succursales ? Était-ce pour cette raison qu'ils venaient leur demander de l'argent ?

– Ouais. Ils avaient peur de ne pas pouvoir payer leurs employés. Les magasins qu'ils ont ouverts en Pennsylvanie ne rapportent pas autant qu'ils l'avaient espéré.

Elle se sentit coupable d'avoir passé les deux dernières semaines chez elle en laissant Luke s'épuiser au travail, surtout quand elle réalisa qu'elle n'était pas seule à porter le deuil. Luke n'avait pas seulement perdu son meilleur ami, il avait aussi perdu son associé. Et sachant combien il avait du mal à déléguer, elle était certaine qu'il avait dû assumer la majorité, sinon toutes les responsabilités de Jason en plus de son emploi du temps déjà chargé en son absence.

– Est-ce que je peux t'aider en quoi que ce soit ? demanda-t-elle en regrettant aussitôt sa proposition. S'ils avaient lié une sorte de pseudo-amitié au fil des années, elle savait ce que Luke pensait vraiment d'elle. Il gèlerait en enfer avant qu'il n'admette avoir besoin de son aide. Il s'était même opposé à ce qu'elle travaille ici.

– Ouais, dit-il, et elle cligna des yeux d'un air ahuri. Combien de temps s'était-elle absentée, déjà ? On est en train de réexaminer tous nos avoirs et accords. Je peux demander à Sheila de t'envoyer quelques sociétés à contrôler.

Sheila Thompson était l'assistante personnelle de Luke, et elle travaillait dans la société depuis toujours, ou presque. Sam ignorait quand elle avait été engagée, mais elle avait toujours trouvé miraculeux qu'ils soient parvenus à trouver quelqu'un qui ne soit pas terrifié par Luke.

– On contrôle toutes les sociétés à la fois ?

Ils n'ordonnaient normalement un examen qu'en cas de parution d'un nouveau rapport, ou lorsque la situation d'une société changeait. Vérifier la moindre de leur transaction était une entreprise insensée, sans parler de tout le travail que cela représentait. La situation financière d'une société était déjà examinée par au moins trois personnes avant que Harkin ne se décide à y acheter une action. Revoir tous ces accords sans nouvelle information était tout simplement fou. Que s'attendait-il à trouver, exactement ?

Une ombre traversa le visage de Luke.

– Ouais. Avec le fiasco Cervco et la mort de Jason, on peut pas se permettre la moindre faille dans notre porte-feuille.

Son estomac se serra à la mention de l'affaire Cervco. Elle l'avait complètement oubliée. La compagnie d'informatique avait été l'un de leurs plus gros placements jusqu'à ce qu'elle soit saisie par la *Securities and Exchange Commission* pour fraude fiscale. Du jour au lendemain, le prix de leurs actions avait été divisé par deux. Ils avaient aussitôt vendu leurs parts pour limiter les pertes, mais les dégâts avaient déjà été faits.

Les mots de Luke n'étaient qu'un rappel de plus que la mort de Jason avait eu un terrible impact sur la société. Sa décision de prendre deux semaines de repos pour le pleurer en privé lui paraissait égoïste à présent qu'elle songeait à tous les employés dont Harkin était responsable, sans parler de l'argent qu'on leur avait confié.

– Bien sûr. Elle aiderait comme elle le pourrait, en dépit du fait qu'elle était encore surprise que Luke ait accepté son offre sans rechigner. Lui, le type qui avait tant détesté l'idée qu'elle travaille ici qu'il était allé jusqu'à lui raconter que Jason la trompait. Il devait vraiment être en train de couler.

– Merci, c'est gentil.

– À part ça, la société va bien ?

Elle avait entendu dire que deux de leurs clients avaient choisi de mettre un terme à leur contrat avec eux. Elle espérait juste qu'il n'y en aurait pas d'autres.

Luke hésita un instant avant d'entrer dans son bureau en fermant la porte derrière lui.

– Je pense qu'on va perdre Peter.

Peter Ricci était l'un des managers les plus doués de Harkin. Avec Jason, il dirigeait l'un des deux fonds principaux de la société tandis que Luke gérait l'autre. Harkin Capital Management n'avait disposé que d'un fonds unique lorsqu'ils s'étaient lancés, mais Luke et Jason y avaient bientôt ajouté d'autres pour répondre aux besoins divers de leurs clients.

– Il est déçu que j'aie choisi George plutôt que lui pour gérer le fonds de secours.

– Oh.

Si elle s'était doutée que les responsabilités de Jason seraient divisées parmi le reste des managers, elle ne pouvait cependant nier combien l'idée qu'on le remplace était douloureuse. Mais ainsi tournait le monde, et la vie devait continuer même si la sienne avait volé en éclats.

– Je suis désolée de l'apprendre, murmura-t-elle.

Le départ de Peter serait un coup dur, mais elle soutenait la décision de Luke.

En dépit du fait que les retours de George n'étaient pas aussi importants que ceux de Peter, il ne se vexait pas lorsqu'on lui faisait une remarque, et il acceptait le fait qu'il puisse avoir tort. Les risques qu'une affaire semblable à celle de Cervco se produise seraient bien moins élevés avec George aux commandes.

– Mieux vaut que ce soit lui qui parte que George, non ? demanda-t-elle, en sachant que ce choix avait dû être difficile à faire. Peter faisait partie des premiers employés qu'ils avaient jamais engagés.

Luke acquiesça en se laissant tomber dans l'un des sièges devant elle. Le silence qui régnait dans la pièce était assourdissant, et les secondes défilaient alors qu'il fixait son bureau. Luke n'avait jamais été très bavard, mais cette attitude ne lui ressemblait pas. Elle était sur le point de lui demander comment allait Janet, l'assistante de Jason, lorsqu'il se passa une main sur le visage en soupirant.

– Et la compagnie a perdu près de quatre cents millions de dollars depuis la mort de Jason.

Quatre cents millions ? Cette somme représentait près d'un tiers de ce qu'ils géraient.

– Comment ? demanda-t-elle, surprise.

Comment avaient-ils pu perdre autant en si peu de temps ?

– Tu sais que Jason a toujours été la tête d'affiche de la société.

– Mais tout le monde te connaît aussi.

Jason lui avait toujours montré les articles dans lesquels Luke était mentionné. Même s'il n'était pas du genre à apprécier les interviews, contrairement à Jason, les gens savaient cependant qui il était, et quel était son rôle dans la société.

Ils le savent, non ?

– Pas autant qu'ils connaissaient Jason, répondit Luke, le regard fatigué.

Elle secoua la tête sans un mot. Comment la mort de Jason avait-elle pu précipiter un tel exode ? Si elle ne pouvait nier qu'il avait longtemps été le visage de la compagnie et avait joué un rôle majeur dans l'obtention de leurs fonds à l'époque où ils s'étaient lancés, il avait pris du recul au fil des années pour s'occuper de ses activités caritatives, et laissé Luke gérer leurs affaires au quotidien.

Bien sûr, la plupart de leurs clients avaient été amis avec Jason, mais les managers de Harkin étaient aussi très doués dans leur travail. Avant l'année précédente, Harkin Capital Management avait battu le marché chaque année depuis sa création. Au-delà des amitiés et des relations, la société rapportait de l'argent à ses clients. Beaucoup d'argent. Et la mort de Jason ne changeait rien à cela.

— Pourquoi est-ce que tu ne m'as rien dit ? demanda-t-elle enfin à Luke.

Si elle avait su combien la situation était difficile, elle aurait repris le travail plus tôt. Bien qu'elle ne soit pas très expérimentée, elle aurait au moins pu aider. Sachant que Jason lui avait laissé ses parts de la société, elle réalisa soudain, presque choquée, elle et Luke étaient à présent des associés à parts égales de Harkin. Elle *aurait dû* être là.

— Je voulais pas que tu t'inquiètes de ça en plus de tout le reste.

Même Luke prenait des gants avec elle. Elle aurait sans doute été tentée de rire si cette idée n'avait pas été aussi ridicule. Il l'avait toujours détestée.

Une nouvelle pensée traversa son esprit.

— Attends, est-ce qu'il faut qu'on vire quelqu'un ?

Il aurait été logique que la fuite inattendue de certains de leurs clients ait un impact majeur sur les fondements mêmes de la société.

— Là, maintenant ? Non. On a toujours fait attention à nos coûts. Mais si on continue à perdre des clients... il haussa les épaules, lui arrachant un frisson. Elle avait vu tant de fonds spéculatifs réduire leur personnel au fil des années. Les analystes et managers n'étaient normalement pas touchés, mais la majorité des autres, tels que les traders et les employés administratifs, n'avaient généralement pas cette chance. L'idée de devoir renvoyer des gens qui étaient devenus des membres à part entière de sa famille avec le temps la rendait malade. Elle n'aurait jamais imaginé qu'une telle chose puisse arriver à Harkin. La société lui avait toujours paru si forte.

– Ça te dérangerait d'assister à la réunion de mardi ? demanda Luke. George doit s'en charger, mais je serais plus tranquille si tu y allais aussi.

– Tu n'y vas pas ? Luke n'avait jamais manqué la réunion hebdomadaire des analystes et managers du portfolio de la société depuis qu'elle travaillait à Harkin. Pas une fois. Il avait bien trop de mal à déléguer pour ça. Et voilà que non seulement il n'y assisterait pas, mais en plus il voulait qu'elle s'y rende à sa place ? Troublée, elle se contenta d'acquiescer pour toute réponse.

– Merci, il sourit en se levant. Je suis content que tu sois de retour, Sam.

Une part d'elle aurait été tentée de lui rappeler qu'il abhorrait sa présence en ces lieux à une époque, mais elle se ravisa. Il aurait été inutile de jeter de l'huile sur le feu, d'autant qu'elle prévoyait de continuer à travailler à Harkin. Cette société avait été le joyau de Jason. Elle voulait s'assurer qu'elle réussisse, pour lui.

– Moi aussi, murmura-t-elle, presque surprise de penser ces mots. Mais elle adorait son travail et ses collègues. Sa *place* était ici. Et Luke allait devoir s'y faire.

CHAPITRE DEUX

Il était temps de tourner la page, de laisser le passé là où il était. Tout du moins, c'est ce dont Samantha tenta de se convaincre en traversant l'étage en direction du bureau de Luke plus tard cette semaine-là.

Elle avait rapidement repris le rythme à Harkin, et avait déjà bien attaqué la liste de sociétés que Luke lui avait demandé de contrôler. Heureusement, celles qu'elle avait examinées jusqu'ici allaient bien, et étaient en bonne voie pour atteindre leurs objectifs annuels.

Luke avait pris toutes les précautions pour faire en sorte qu'aucune erreur ne serait commise lors de l'examen de leurs avoirs, et avait demandé à ce qu'aucun analyste n'audite son propre travail. Il avait réparti les dossiers de chacun anonymement pour qu'aucun ne sache ce que les autres vérifiaient à moins qu'ils n'en parlent ensemble.

Cette initiative était intelligente, et elle en était reconnaissante. Elle avait toujours craint que les autres analystes ne refusent de critiquer son travail de peur d'être victimes de représailles puisqu'elle était la femme du patron. Ainsi, le fait de procéder à ces analyses de façon anonyme leur donnerait carte blanche pour dire ce qu'ils pensaient vraiment de son travail.

Avec leurs emplois du temps chargés, Sam n'avait pas beaucoup vu Luke depuis son retour, et en dépit du fait qu'ils s'étaient toujours évertués à s'éviter par le passé, leurs habitudes devaient à présent changer. Ils étaient associés aujourd'hui, et ils devaient s'assurer d'être sur la même longueur d'onde, ce qu'ils ne pouvaient faire sans être dans la même pièce. Ils allaient donc devoir apprendre à s'entendre, et puisque Luke ne semblait pas pressé d'enterrer la hache de guerre, elle avait décidé de faire le premier pas.

Et il était plus que temps.

Si elle ne pouvait nier qu'il avait été plus que stupide de lui mentir en prétendant que Jason avait une liaison des années plus tôt, tout cela était derrière eux à présent. Après tout, peut-être avait-il pensé protéger Jason, d'une certaine façon. Nombreux étaient ceux qui avaient jugé Sam indigne de lui, et Luke était probablement l'un d'entre eux. Si tel était le cas, elle ne pouvait le blâmer d'avoir voulu prendre soin de son ami, qu'importe combien il avait pu avoir tort.

Malgré tout, cette rancœur récalcitrante ne disparaissait pas. À l'époque, elle avait été choquée qu'il soit tombé si bas pour la convaincre de quitter Jason et par là même, la société. Elle savait combien Jason l'aimait. Mais pour le bien de son amitié avec Luke, elle ne lui avait jamais raconté leur conversation, et s'était au contraire contentée de prendre ses distances avec lui autant que possible, tout en faisant preuve de courtoisie au travail.

Mais tout était différent à présent. L'évitement et la politesse ne suffisaient plus.

Elle soupira en refermant les doigts autour de la petite boîte qui reposait dans sa main. À l'intérieur se trouvait l'une des deux montres que Jason et Luke s'étaient offertes lorsqu'ils avaient touché leurs premiers bénéfices annuels. Même à l'époque, tous deux étaient convaincus que leur affaire marcherait. Ils avaient été si confiants qu'ils étaient allés jusqu'à dépenser la majorité de leurs revenus annuels dans ces montres, sans un regard en arrière. Ils avaient fait une folie, mais ils avaient voulu se prouver que l'argent qu'ils s'étaient fait cette année-là n'était rien en comparaison de leurs revenus à venir. Et ils avaient eu raison. Ces montres extravagantes et incroyablement chères n'étaient qu'une goutte d'eau dans l'océan de leur réussite à présent.

Elle se disait que de donner la montre de Jason à Luke lui montrerait qu'elle était prête à tout reprendre à zéro, pour qu'ils puissent bâtir une relation professionnelle saine sur de bonnes bases.

La montre serait aussi une sorte de remerciement pour toute l'aide qu'il lui avait fournie pour préparer les funérailles de Jason. Elle aurait été incapable de s'en charger elle-même, et elle doutait que les parents de son mari aient pu le faire à sa place. Il s'en était chargé sans même qu'on lui demande quoi que ce soit, et elle n'avait eu qu'à se rendre à l'enterrement, ce dont elle lui serait toujours reconnaissante.

Il était encore tôt, si bien que l'assistante de Luke n'était pas encore là. Samantha toqua doucement à sa porte fermée.

– Entrez, appela sa voix.

Allez, courage.

– Salut, murmura-t-elle en entrant. Luke releva le nez de son ordinateur, ses yeux sombres écarquillés lorsqu'il la vit.

– Salut toi-même, répondit-il d'un air prudent.

Était-elle en train de faire une erreur ? *Allait-il mal interpréter son geste* ? Non. Elle ne laisserait pas ses inquiétudes se mettre en travers de sa route. Il avait fait preuve de tant de gentillesse les semaines suivant la mort de Jason, et s'était assuré qu'elle ne soit pas noyée de travail lorsqu'elle était enfin revenue au bureau.

Sans parler du fait qu'il avait travaillé incroyablement dur pour bâtir Harkin Capital Management. En toute honnêteté, elle devait même avouer qu'elle ignorait si Jason aurait eu un tel succès sans Luke à ses côtés. S'il était indéniable que Jason était un analyste et gestionnaire de portefeuille hors pair, il n'avait cependant pas la persévérance ni la ténacité de Luke. C'était lui, qui faisait passer la société avant tout, tandis que Jason se laissait souvent distraire par d'autres priorités.

Bien sûr, c'était Jason qui leur avait ramené la majorité de leurs clients, mais c'était aussi Luke qui leur avait fourni des rendements supérieurs à la moyenne, ce qui avait assuré à ces clients un niveau de satisfaction constant au fil des ans. Et c'était aussi Luke, qui avait pris la relève lorsque Jason avait décidé de siéger au conseil de diverses œuvres caritatives. Alors oui, Luke méritait cette montre.

Sam se laissa tomber dans l'un des sièges en cuir qui trônaient devant son bureau en acajou.

– Je faisais du tri dans les affaires de Jason, et j'ai pensé qu'il aurait aimé que tu aies ça. Elle sourit en lui tendant l'écrin.

Une curieuse étincelle traversa les yeux de Luke quand il la prit. Il se figea en réalisant ce dont il s'agissait. Il déglutit en ouvrant l'écrin pour en sortir la montre. Les éclairages de son bureau se reflétèrent dans les diamants sertis alors qu'il observait la montre, l'air solennel.

– Je… il secoua la tête en se tournant vers elle. Merci, Samantha.

Sa voix était lourde d'émotion, ce qui la surprit. Il avait toujours été si stoïque en sa présence.

Tout ce qu'elle avait prévu de lui dire au sujet de l'équipe parfaite qu'il avait formée avec Jason lui semblait soudain banal. S'il était indéniable qu'ils étaient totalement complémentaires, les faiblesses de l'un étant les forces de l'autre, elle n'imaginait pas combien de fois Luke avait dû se l'entendre dire depuis la mort de Jason.

– Je suis là si tu as besoin de parler, se contenta-t-elle donc de dire.

Un éclair de douleur frappa son regard.

– Merci. Il en va de même pour toi.

Elle acquiesça, et un lourd silence tomba bientôt sur la pièce. Elle lança un rapide coup d'œil à la bibliothèque disposée dans un coin, et réalisa soudain ne plus être entrée dans son bureau depuis qu'il lui avait raconté que Jason avait une liaison.

Elle se souvenait encore de la façon dont ses mots avaient bousculé son univers, et l'avaient blessée et mise en colère. Après des mois de disputes à répétition, elle avait osé croire qu'ils étaient enfin devenus amis. Il avait cessé de la fusiller du regard, et lui avait même souri une fois ou deux. Elle n'aurait jamais imaginé alors que son comportement faisait partie d'un plan à grande échelle pour se débarrasser d'elle. Il l'avait attaquée à l'instant même où elle avait baissé la garde, et l'avait gavée de mensonges.

Elle se tendit en réponse à ce souvenir et se leva d'un bond.

– Bon, je vais te laisser tranquille, dit-elle en pointant du doigt les dossiers empilés sur son bureau. Le simple fait qu'elle ait décidé de le pardonner ne voulait pas dire qu'elle était prête à oublier.

Elle était presque à la porte lorsque Luke l'arrêta.

– Samantha.

Elle serra le poing en se tournant lentement pour lui faire face.

– Merci, dit-il en soulevant la montre. Ça signifie vraiment beaucoup pour moi.

Sa sincérité était lisible dans son regard, et elle réalisa alors qu'en dépit du fait qu'elle avait parfois vu Jason être jaloux de Luke, elle n'avait jamais vu Luke être jaloux de Jason. Cette pensée était déstabilisante.

– Bien sûr.

* * *

Il parlait encore.

Luke Darren résista à l'envie tentante de vérifier l'horloge pendue dans un coin de la salle de réunion plus tard ce jour-là. Il avait toujours pensé que les réunions client étaient une perte de temps, mais il ne pouvait se permettre d'offenser ses investisseurs en refusant de les rencontrer. Pas maintenant. Il avait appris à ses dépens au cours de ces dernières semaines que certains clients n'acceptaient de parler à personne d'autre qu'au patron lui-même. Ils avaient même l'impression que c'était un dû.

La culpabilité le rongeait de l'intérieur, lorsqu'il songea qu'il aurait sans doute été à même d'empêcher certains de leurs investisseurs de mettre un terme à toute relation avec Harkin, si seulement il avait pris le temps de discuter avec eux personnellement pour apaiser leurs inquiétudes, comme Jason l'avait toujours si bien fait. S'il comprenait combien les relations qu'ils entretenaient avec leurs clients étaient importantes, il était aussi convaincu que son travail parlait de lui-même. Les excellents résultats de Harkin auraient dû suffire à contenter leurs clients, sans qu'il soit forcé de les tenir par la main en permanence.

Il aurait dû s'y attendre.

Il s'était déjà débarrassé de ces repas à un millier de dollars l'assiette qu'il considérait comme des pots-de-vin légaux, mais auxquels Jason insistait pour qu'il assiste. Le moins que Luke pouvait faire à présent était de rencontrer les clients qui demandaient à le voir. Au lieu de ça, il s'était contenté d'envoyer un e-mail groupé à tous pour les rassurer. Il n'était pas franchement très fier de cette initiative.

Prendre du recul n'était pas toujours facile.

À l'époque, il avait été incapable de mesurer toute l'importance de ces rencontres en face à face. Si les clients ne parlaient pas de yachts ou des dernières comédies musicales de Broadway, ils tentaient de glaner des informations au sujet des avoirs de la société. C'était ridicule. Il ne s'était pas donné tant de mal pour que leurs rapports restent confidentiels pour aller en parler à ses clients.

Il n'était que trop conscient du fait que certaines personnes, y compris des clients de la société, cherchaient à copier le portefeuille de Harkin pour éviter d'avoir à payer des frais de gestion. Et si l'idée qu'on cherche à l'imiter était flatteuse, cela avait aussi fait flamber artificiellement le prix de leurs actions. Il avait souvent voulu acheter des parts d'une société avec laquelle ils travaillaient sans pourtant y parvenir tant ces copieurs avaient fait grimper leur prix.

Hank Randall, qui était presque aussi doué que Jason lorsqu'il s'agissait de gérer les clients, était censé assister à la réunion de ce soir pour l'aider à guider la conversation, mais sa femme avait perdu les eaux ce matin-là, avec quelques semaines d'avance, apparemment.

Luke n'avait même pas été mis au courant que Barbara était enceinte, et bien qu'il fût ravi pour son collègue, il se demandait pourquoi Hank ne lui avait rien dit avant aujourd'hui. Ils passaient leurs journées ensemble, et pourtant Hank n'avait jamais même songé à lui dire que lui et sa femme attendaient leur premier enfant ?

– C'est une école très exclusive, dit Thomas Baine, l'héritier d'un complexe hôtelier avec lequel Luke était présentement coincé.

Luke se demanda ce que ce type lui répondrait s'il lui révélait qu'il avait uniquement fréquenté des établissements publics de la maternelle à l'université. Ses parents n'avaient même pas pu se permettre de l'envoyer à la crèche. Thomas se retirerait sans doute de leur accord aux premières heures du jour le lendemain matin. Les gens tels que lui ne voulaient rien avoir à faire avec la classe moyenne, en dépit du fait que c'était eux qui avaient fait la fortune de sa famille.

– Une année coûte quarante-neuf mille dollars, mais ça vaut le coup, frima Thomas. Chaque prof est affecté à un petit groupe de quatre élèves, et l'école elle-même a été nommée meilleure école élémentaire de la Côte Est par *Wealth*. On ne pouvait franchement pas envoyer notre fils ailleurs.

Luke se fit violence pour ne pas lever les yeux au ciel. Il se fichait bien de savoir dans quelle école Thomas avait inscrit son fils, ou combien ça lui avait coûté. Il voulait juste trouver un moyen de couper court à cette réunion sans insulter un autre client. Il avait encore beaucoup à faire ce soir. Il avait récemment découvert que Jason avait fait des paris osés avec l'argent de leurs clients du fonds de secours, et Luke devait à présent liquider leurs avoirs les plus risqués aussi rapidement que possible pour atténuer les risques. Il détestait devoir procéder à ces transactions par instinct plutôt qu'après avoir effectué des recherches poussées, mais il était pressé par le temps et n'avait pas le luxe d'attendre.

Une part de lui avait du mal à accepter ce que Jason avait fait. S'il avait su que Jason avait perdu la face auprès des médias lorsque l'un de leurs plus gros clients avait été épinglé pour fraude fiscale, Luke ne s'était jamais douté que cela le pousserait à renier leur accord.

Lorsqu'ils avaient ouvert le fonds de secours, ils s'étaient mis d'accord pour l'hypothéquer trois fois, tout au plus. S'il était risqué d'acheter des actions avec de l'argent emprunté, le risque restait calculé et ils avaient décidé ensemble de gérer ce fonds avec la plus grande prudence. Ainsi, même si une ou deux sociétés de ce dernier coulaient, le reste de leurs avoirs réussiraient à s'en remettre sans encaisser la moindre perte.

Mais Jason avait hypothéqué leur fond à huit reprises. Si le marché avait brusquement chuté, sa démarche aurait non seulement nui aux clients qui leur avaient confié leur argent, mais cela aurait aussi précipité la chute de Harkin.

– Votre fils doit être très intelligent, répondit Luke d'un air absent, en se forçant à se concentrer sur la conversation à laquelle il était mêlé bien malgré lui plutôt que sur les avoirs dont il devait se débarrasser.

Est-ce qu'on est obligé de s'éterniser autant ?

Si Hank choisissait de rester à l'hôpital aux côtés de sa femme, Luke allait devoir réquisitionner George, ou l'un des autres managers pour assister aux réunions qu'il avait prévues le lendemain. Luke ne pouvait risquer qu'un désastre tel que celui-ci ne se reproduise. Il aurait pu parler affaires et investissements une journée entière, mais discuter de la pluie et du beau temps ? Bon sang, qu'il détestait ça.

Thomas gonfla le torse.

– Ça, oui. Il a déjà de l'avance pour son âge.

Luke était sur le point de lui répondre « *Tel père, tel fils* », lorsqu'il vit Sam traverser l'étage à travers les baies vitrées de la pièce. Ses mots moururent aussitôt sur ses lèvres. *Elle est encore là ?* Il était sept heures passées. Il se demanda même si son imagination ne lui jouait pas des tours lorsqu'il crut la voir habillée de la même robe bleu foncé qu'elle portait lorsqu'elle était passée dans son bureau ce matin-là.

Thomas avait dû suivre son regard, puisqu'il lui demanda :

– Oh. Est-ce que c'est la femme de Jason ?

– Oui, sachant que cette réunion serait tout à fait insupportable s'ils restaient seuls, Luke se leva. Je vais vous la présenter.

Il ouvrit la porte et passa la tête dans le couloir alors que Sam approchait. Ses pas se firent hésitants lorsqu'elle l'aperçut, et son ventre se serra. Elle se méfiait encore de lui. Il avait espéré que le fait qu'elle lui ait donné la montre de Jason soit une façon de lui montrer qu'elle l'avait pardonné de lui avoir parlé des aventures de Jason, mais peut-être cette blessure était-elle tout simplement trop profonde pour guérir.

Sachant que ce n'était ni le moment ni l'endroit de songer à ses erreurs passées, il se força à faire taire cette pensée.

– Hé, Sam. Tu peux venir une seconde ?

Elle hésita brièvement.

– Bien sûr.

Son odeur de vanille emplit ses narines alors qu'elle pénétrait dans la pièce, et les doigts de Luke se refermèrent malgré lui autour de la poignée. Ce n'était franchement *pas* le moment d'avoir ce genre de pensées au sujet de Sam. Et ça ne le serait jamais, se gronda-t-il. Le simple fait que Jason soit parti ne voulait pas dire qu'il avait ses chances avec elle. Et cela quand bien même son ami avait été incapable de l'apprécier à sa juste valeur. On ne volait pas la femme de ses amis.

Luke devait tout ce qu'il avait à Jason. Il ne serait encore probablement qu'un analyste à Brown et Hale aujourd'hui si Jason ne lui avait pas demandé de l'aider à monter sa propre société. Même dans ses rêves les plus fous, il n'aurait jamais imaginé posséder son propre fonds spéculatif. Il n'avait pas eu les relations ni l'argent pour le faire. Et comme si tout ce que Jason avait fait pour lui ne suffisait pas, voilà qu'il lorgnait sa femme ?

Dégoûté par sa propre attitude, son regard resta braqué sur Thomas alors qu'il faisait les présentations.

– Sam, voici Thomas Baine. Thomas, voici Samantha Collins.

Ce n'était pas comme si Sam était intéressée, de toute façon.

– Bonjour Samantha. Je suis ravi d'enfin vous rencontrer, dit Thomas en lui tendant la main. Jason m'a beaucoup parlé de vous.

Sam lança un regard interrogateur à Luke avant de se tourner vers Thomas.

– En bien, j'espère, dit-elle en lui serrant la main, un sourire aux lèvres.

Thomas sourit.

– Bien sûr, bien qu'il ne m'ait pas dit combien vous étiez belle.

Vingt minutes plus tard, Luke rit en silence alors que la conversation s'orientait sur la cuisine. Samantha *détestait* cuisiner. En tant que fille aînée d'un couple d'ouvriers qui travaillaient à plein temps, la corvée des repas lui avait souvent été allouée, mais à présent qu'elle avait les moyens de s'offrir un cuisinier personnel, elle ne s'en privait pas, ce qu'il comprenait.

— Donc vous faites vos propres pâtes ? demanda Thomas. Sa question était purement rhétorique puisqu'avant même que Sam ne puisse répondre, il se lança dans un monologue passionné au sujet du dernier coupe-pâte qu'il s'était récemment offert.

Thomas ne sembla pas remarquer que Samantha faisait semblant de s'intéresser à ce qu'il lui racontait, comme Luke l'avait fait plus tôt alors qu'ils discutaient de l'éducation de son fils. Luke ne pouvait l'en blâmer. Il se serait probablement révélé incapable de se rappeler son propre nom si le regard de la jeune femme avait été braqué sur lui si longtemps.

Il se félicita intérieurement de l'avoir invitée à se joindre à cette réunion pour ce qui devait être la centième fois, au moins. Si elle avait semblé hésitante en premier lieu, elle avait rapidement pris le contrôle de la situation en ensorcelant Thomas, et Luke ne pouvait que lui en être reconnaissant. En mettant Thomas à l'aise, Sam s'était assurée qu'il reparte en étant convaincu que tout allait bien chez Harkin. Seul, et connaissant son inaptitude à parler de banalités ajoutée à son impatience, Luke aurait sans doute mis Thomas mal à l'aise et lui aurait laissé à penser que la société allait mal. Il n'aurait alors pas fallu longtemps pour que l'héritier du groupe hôtelier rejoigne le camp des déserteurs.

C'était précisément pour cette raison que Luke avait besoin d'un bras droit pour interagir avec les clients. Il était doué pour l'analyse et les nombres, mais lorsqu'il s'agissait des relations humaines, il était complètement perdu. Après tout, son collègue le plus proche n'avait même pas jugé utile de lui dire qu'il allait devenir papa.

Sam se pencha vers Thomas comme pour lui dire un secret, et elle pointa Luke du doigt, un sourire fantôme aux lèvres.

– Vous ne le savez peut-être pas, mais Luke prépare des côtelettes à se damner.

Luke fronça les sourcils, surpris qu'elle s'en souvienne. Il avait préparé ce repas pour elle et Jason près de deux ans plus tôt, et n'avait pas remarqué qu'elle en avait été impressionnée. Si elle lui avait dit que c'était « délicieux » à l'époque, il avait toujours pensé qu'elle avait simplement voulu être polie. Était-il possible qu'elle aime vraiment sa cuisine ? Cette pensée lui fit bien plus plaisir qu'elle ne l'aurait sans doute dû.

– Ah oui ? demanda Thomas en se tournant vers Luke. Quel est votre secret ? J'ai essayé d'en faire quelques fois, mais la sauce est toujours trop huileuse.

– En général, je fais mariner les côtelettes une nuit entière et j'enlève le gras avant de les cuire.

Il préparait ses côtelettes comme sa mère le lui avait appris, et n'avait jamais pensé sa recette secrète.

– La marinade fait bien ressortir le goût du vin.

– Et vous utilisez quel genre de vin ?

– Du Cabernet.

– Intéressant, rétorqua Thomas. J'ai utilisé du Xérès,

moi. Vous avez déjà goûté les côtelettes du Jacques Martin ? C'est cette recette que j'aimerais reproduire.

Luke se força à sourire tandis que Thomas lui racontait comment sa première tentative avait été avortée lorsque les côtelettes avaient brûlé, et combien la viande était dure la seconde fois. Il osa un bref coup d'œil à Sam et il la vit lui sourire. Le premier vrai sourire qu'elle lui ait accordé depuis des années, et il ne put s'empêcher de le lui rendre.

Thomas regarda sa montre.

– Désolé, il va falloir que j'y aille. Ma femme va me tuer si je manque le récital de mon fils.

– Je vous en prie, répondit Luke en se levant d'un bond. J'ai été ravi de vous rencontrer.

– Moi aussi, dit Thomas en se tournant vers Sam. Et n'oubliez pas de m'envoyer votre recette, dit-il en référence à la recette de ragoût que Sam lui avait promise. Il tapota la poche de sa veste. Je vous ai donné ma carte ?

– Je demanderai votre adresse e-mail à Janet demain.

Il lui répondit d'un sourire resplendissant et Luke dut se faire violence pour ne pas lever les yeux au ciel. Sam avait probablement hérité cette recette de la mère de Jason sans jamais l'avoir essayée elle-même.

– Merci, Thomas lui serra la main, ainsi qu'à Luke. Et merci encore d'avoir pris le temps de me recevoir. Je sais que vous êtes occupés.

Luke était sur le point de lui répondre qu'il était toujours le bienvenu lorsqu'il se souvint combien leur entretien avait été désagréable avant l'arrivée de Sam. Si elle était parvenue à lui sauver la mise cette fois, il ne pouvait s'attendre à ce qu'elle vole toujours à sa rescousse.

Elle avait déjà bien assez de pain sur la planche et, hormis son bref passage dans son bureau ce matin quand elle lui avait offert la montre, elle l'évitait normalement comme la peste. Il se contenta donc de répondre :

– C'était avec plaisir.

Après cela, ils avaient raccompagné le client à l'ascenseur, puis s'étaient dirigés vers leurs bureaux. Samantha se tourna vers Luke.

– C'était… bizarre.

– Désolé de t'avoir prise au dépourvu, mais j'en pouvais vraiment plus, dit-il en pointant du doigt la salle de réunion. Cette soirée n'avait fait que mettre en évidence une raison de plus pour laquelle il s'était associé avec Jason. Son aisance naturelle avec les clients lui permettait de gérer l'aspect personnel de leurs affaires tandis que Luke se consacrait à ce pour quoi il était vraiment doué : générer des profits.

– J'imagine, un bref sourire traversa ses lèvres alors qu'elle levait les yeux au ciel, et Luke tenta d'ignorer combien elles lui semblèrent douces. Il ne me semble pas t'avoir jamais vu en réunion avec un client. D'ailleurs, ce n'était pas toi qui disais tout le temps que ces entretiens étaient une perte de temps et de ressources au point que… oh ! J'ai oublié de te dire : Hank et Barbara ont eu un petit garçon. J'allais les voir à l'hôpital quand tu m'as réquisitionnée.

Le fait que Hank ait appelé Sam et pas lui agaça Luke. Le fait que Hank ne lui ait même jamais dit que sa femme attendait un enfant le dérangeait. C'était pourtant une grande nouvelle. Une nouvelle qu'un homme serait tenté de crier sur tous les toits. Désireux de cacher à Sam combien il était étranger à la vie de leurs employés, il dit :

– C'est super. Tu prévois encore de t'y arrêter ?

– Oui, c'est sur le chemin de la maison de toute façon.

– Je vais venir avec toi. Il pourrait examiner les rapports que George lui avait remis plus tard, une fois rentré chez lui.

– Pardon, je voulais pas te forcer à venir.

– Oh tu ne me forces pas, j'ai envie d'y aller. À moins que tu ne veuilles pas que je… Avec tous ces sourires qu'ils s'étaient échangés pendant la réunion, il en avait presque oublié qu'elle redoublait normalement d'efforts pour l'éviter.

– Non bien sûr, tu peux venir. J'étais surprise, c'est tout. Je croyais que tu détestais ce genre de chose.

Elle avait raison, mais il appréciait aussi sa compagnie, et n'avait pas encore tout à fait envie de la quitter. Mais puisqu'il ne pouvait décemment pas lui dire une telle chose, il se contenta de hausser les épaules en pointant du doigt son bureau.

– Il faut juste que j'aille récupérer deux ou trois trucs.

CHAPITRE TROIS

Le cœur de Sam s'adoucit en regardant Luke hésiter entre un ours en peluche avec un adorable chapeau de marin et un chiot aux grands yeux attendrissants dans le magasin de cadeaux de l'hôpital quarante minutes plus tard. Il faisait preuve d'un sérieux sans faille dans toutes les situations, même lorsqu'il s'agissait d'acheter des jouets pour un bébé.

Elle était sur le point de lui dire de prendre le chiot lorsqu'il marmonna, « C'est ridicule », avant de prendre les deux peluches. Elle rit en le suivant à la caisse. Elle aimait l'idée qu'il se soit donné du mal pour choisir le meilleur cadeau. Il ne ressemblait en rien à Jason sur ce point, qui se serait probablement contenté d'acheter un exemplaire de chaque jouet du magasin pour se mettre en avant.

Elle se sentit coupable d'avoir une pensée aussi critique envers lui, mais elle savait que c'était vrai. Jason avait toujours aimé frimer. Il était comme ça.

Luke prit un vase à fleurs au passage qu'il posa sur le

comptoir avec les peluches. Il sortit son portefeuille et se tourna vers elle.

– T'as besoin de quelque chose ?

Elle secoua la tête en lui montrant le sac cadeau qu'elle tenait.

– J'ai demandé à Charles d'aller acheter des lingettes pour bébé et un livre à l'eau de rose dès que j'ai entendu la nouvelle.

Charles, son chauffeur, lui avait aussi fait remarquer combien les couches coûtaient cher, si bien qu'elle avait souscrit à un abonnement d'un an avec livraison directe chez Hank. Mais elle n'avait même pas pensé à acheter un jouet pour le bébé. Et le fait qu'elle sache que Jason ne l'aurait pas oublié, lui, ne fit qu'accentuer son sentiment de culpabilité de l'avoir critiqué plus tôt.

– C'est ton kit spécial hôpital ? demanda Luke.

Son sourire la déstabilisa. Elle aurait été incapable de dire quand il lui avait souri pour la dernière fois, et voilà qu'il l'avait fait deux fois en une journée !

– C'est plutôt mon kit de tous les jours, admit-elle. J'ai toujours des lingettes dans mon sac, et un tas de livres sur mon téléphone, elle ignorait toujours quand elle aurait le temps de lire un peu, si bien qu'elle préférait ses ouvrages dématérialisés.

Ils se dirigèrent vers l'ascenseur situé non loin du magasin de cadeaux une fois que Luke eut payé.

– Et qu'est-ce que tu aimes lire ? demanda-t-il en pénétrant dans l'ascenseur ouvert.

– Souvent des livres sur les affaires ou des biographies

en semaine, et de longs livres historiques-romantiques le week-end quand j'ai le temps.

Elle adorait ces journées passées à ne rien faire, avachie sur le canapé un livre à la main. Si elle était très prise par son travail, elle profitait cependant de chacun de ces instants souvent trop courts.

— Ces livres ont une façon telle de te faire plonger dans l'intrigue que tu en oublierais presque de dormir.

— Je sais ce que tu veux dire. Parfois, je commence un livre et avant même que je ne m'en rende compte, c'est déjà l'heure d'aller travailler.

— Tu lis ? Elle n'avait pas voulu paraître aussi choquée. Bien sûr qu'il avait des passe-temps. Tout le monde en avait, mais elle l'avait toujours vu comme un bourreau de travail. Il vivait et respirait Harkin.

Il haussa les épaules.

— Quand j'ai le temps. J'adore les policiers.

Elle avait encore du mal à l'imaginer lire pour se distraire. Il lui semblait bien trop guindé pour lire de la fiction. Et puis, quand en avait-il le temps ?

— Quand est-ce que tu as lu un livre pour la dernière fois ?

— Voyons voir… C'était un John Abrams, dont ma sœur m'a fait cadeau, donc… Hum. Ça va bientôt faire deux ans.

Deux ans ? Elle aurait même été incapable de se priver de lecture pendant un mois. Elle devait lui avoir lancé un regard étrange, puisqu'il se défendit aussitôt :

— J'ai été pas mal occupé.

— Je sais, murmura-t-elle alors que les portes de l'ascenseur s'ouvraient et qu'ils abordaient le couloir de la clinique. Elle ne pouvait le juger étant donné sa dévotion pour l'entreprise. Il était déjà là quand elle arrivait le matin, et l'était encore quand elle partait le soir. Il était même rare qu'il fasse une pause pour aller déjeuner.

– J'arrive pas à croire que ça fasse aussi longtemps que je n'ai plus lu un livre, dit-il en suivant les panneaux indiquant la maternité. Quand j'étais gosse, mes parents avaient pas les moyens de me payer une baby-sitter après l'école, du coup je passais mes après-midi à lire à la bibliothèque près de chez moi.

Luke avait si bien réussi qu'il était presque aisé d'oublier son enfance difficile. Elle avait toujours pensé que s'il la méprisait, c'était parce qu'elle venait d'une famille modeste. Alors qu'en réalité, la vie de Luke avait été bien plus difficile que la sienne. Ce n'était donc pas ses origines qu'il désapprouvait, mais bien *elle*.

Était-elle en train de perdre son temps en voulant recoller les morceaux avec lui ? Il était clair qu'il l'avait condamnée depuis longtemps déjà, et son opinion d'elle ne changerait sans doute jamais, qu'importe tout le mal qu'elle pourrait se donner.

Ils arrivèrent à la chambre de Barbara, au bout du couloir, avant qu'elle ne puisse ressasser davantage. La porte était ouverte, mais Sam y toqua malgré tout doucement avant d'entrer. Hank se leva immédiatement lorsqu'il la vit.

– Sam, ses yeux étaient cernés, mais il semblait aussi rayonner de bonheur.

– Félicitations, dit-elle en enlaçant Hank brièvement. Elle vit Barbara lui sourire par-dessus son épaule alors qu'elle berçait tendrement son nouveau-né. Un éclair de jalousie la traversa malgré elle. Elle avait toujours imaginé qu'*elle* aurait des enfants à cet âge.

D'une certaine façon, elle était reconnaissante de ne pas en avoir eu avec Jason. Elle n'aurait pas voulu que leur fils, ou leur fille, grandisse sans son père. Elle avait elle-même été élevée par deux parents aimants et ne voulait pas que son enfant soit privé de ce même privilège en grandissant. Malgré tout, son cœur avait parfois du mal à obéir à sa tête. Elle se surprenait encore parfois à souhaiter qu'ils aient eu des enfants. Elle aurait aimé garder un peu de Jason auprès d'elle.

Sachant que l'endroit et le moment étaient terriblement mal choisis pour ressasser ce qui aurait pu être sa réalité, elle se força à éloigner cette pensée en rejoignant Barbara.

Sam aurait été une bonne mère.

Luke la regarda admirer le bébé en se demandant pourquoi elle et Jason n'avaient pas eu d'enfants. Jason n'avait jamais semblé en vouloir, mais il était évident que Sam avait un certain instinct maternel.

Jason l'avait-il convaincue d'abandonner cette idée ?

Sans doute.

Luke n'avait aucun mal à imaginer Jason cajoler Sam, en lui donnant une myriade de raisons de ne pas avoir d'enfants maintenant, et Sam les acceptant sans sourciller. Elle avait toujours été faible lorsqu'il s'agissait de son mari. Sans parler du fait que des enfants auraient sérieusement amoché la classe de Jason. Il aurait sans doute été agacé de tout le temps que ces derniers lui auraient pris, l'empêchant par là même de travailler.

Luke se maudit en silence. Quel genre d'ami était-il pour critiquer Jason de la sorte ? Bien sûr, il était en colère contre lui, non pas uniquement parce qu'il était mort et avait laissé ses sales affaires à Luke, mais aussi pour cette façon qu'il avait eue de tenir Sam pour acquise. Mais malgré tous ses défauts, Jason restait un type bien, qui avait pris soin de Luke. Et il valait mieux qu'il s'en souvienne.

Luke jeta un énième coup d'œil à Sam alors qu'elle jouait avec le bébé, en songeant que rien ne l'empêchait de se remarier à l'avenir, et d'avoir des enfants. Elle était non seulement belle et riche, mais aussi très gentille et intelligente. Il ne doutait pas qu'une foule de prétendants se presserait à sa porte dès l'instant où elle dirait être prête à ressortir avec quelqu'un. Voire même avant.

Son estomac se serra à cette pensée. Il ignorait s'il serait capable de supporter de la voir avec quelqu'un d'autre à nouveau. De la voir rire, et sourire dans les bras d'un autre homme. Encore.

– Je suis désolé d'avoir manqué l'entretien, lui murmura Hank.

Ce n'était pas la première fois que Hank s'excusait auprès de lui ce soir-là, si bien que Luke commençait à se demander s'il donnait vraiment l'impression d'être le genre de patron à se mettre en colère parce que l'un de ses employés avait besoin d'être présent auprès de sa femme alors qu'elle donnait naissance à son enfant.

Luke savait qu'il pouvait être dur parfois, mais il n'avait

jamais imaginé avoir une réputation de *tortionnaire*. Bien sûr, il encourageait toujours ses employés à faire de leur mieux, mais il s'assurait aussi de ne jamais leur confier des tâches dont ils ne pouvaient se charger. Le fait que Hank soit l'une des rares personnes de l'entreprise à ne pas le craindre, à lui dire ce qu'il pensait vraiment, ne fit que rendre sa déférence soudaine plus désagréable encore. Hank avait-il compté sur Jason pour arrondir les angles, toutes ces années ? Craignait-il de perdre son travail s'il osait s'opposer à Luke sur un sujet quelconque ?

— Je ne veux pas que tu t'inquiètes pour ça, lui répondit Luke à voix basse, en espérant que cela suffirait à apaiser ses craintes. Il ne voulait pas que Hank le voie comme un monstre Tu étais exactement là où était ta place aujourd'hui.

— Alors, comment ça s'est passé ? demanda Hank après un instant.

— Pas terrible, admit Luke. Heureusement, Sam est passée devant mon bureau au bout d'une vingtaine de minutes, et elle venue me donner un coup de main.

— Merde.

— Quoi ? demanda Luke pour inviter Hank à poursuivre.

Il sourit d'un air désolé.

— Je viens de réaliser que j'aurais pu demander à Sam de rencontrer les clients directement. Ça t'aurait évité cette torture.

À la mort de Jason, Hank avait insisté pour que Luke rencontre certains de leurs plus gros clients en face à face, mais il avait refusé. Il avait été trop occupé par les nouvelles responsabilités qu'il s'était vu confier par défaut, et avait songé que les clients cherchaient à l'intimider, convaincu qu'ils voulaient simplement voir s'ils parviendraient à le mener par le bout du nez comme ils l'avaient toujours fait avec Jason. Il s'était naïvement convaincu que de faire du bon travail, et de leur proposer des résultats époustouflants suffiraient.

Mais il s'était fourvoyé.

— Ça n'aurait pas été aussi bien que si ça avait été toi, reprit Hank. Mais ça aurait au moins été quelque chose.

— Non, tu avais raison. Les clients voulaient que je les rassure. Et même si je suis sûr que Sam aurait été à la hauteur, ça aurait été injuste envers elle. Elle avait déjà bien assez de choses à gérer.

— Papa !

Un petit garçon aux boucles blondes entra dans la chambre en courant et se jeta sur Hank. Celui-ci le prit dans ses bras comme s'il l'avait fait une centaine de fois auparavant.

Papa ? Son bébé n'était-il pas le premier enfant de Hank ?

Des bruits de pas le suivirent rapidement, et un homme portant un pull rouge apparut bientôt à la porte.

— Désolé, Hank, dit-il en lui montrant une tétine. Le petit monstre a jeté sa tototte et est parti en courant.

Hank rit.

— C'est pas grave. Je sais que Nathan n'est pas toujours facile, il se tourna vers Luke pour faire les présentations. Luke, voici mon frère Jared, et mon fils Nathan. Jared, voici Luke Darren, mon patron.

— Je suis ravi de vous rencontrer, dit Jared en lui serrant

la main. J'ai beaucoup entendu parler de vous et de votre talent pour les chiffres.

Luke aurait aimé lui répondre quelque chose de similaire, mais Hank ne lui avait jamais parlé de son frère. Ni de son fils, d'ailleurs. Luke avait encore du mal à se faire à l'idée que Hank ait déjà un enfant. Comment avait-il pu l'ignorer ?

– Je suis ravi de vous rencontrer, moi aussi, dit-il maladroitement en serrant la main de Jared. Bon sang, il était vraiment temps qu'il travaille à être plus sociable.

– Nathan a bien grandi, s'exclama Sam en les rejoignant avant de caresser les cheveux de l'enfant. Il sourit en enfouissant le visage dans l'épaule de son père.

– Et il est aussi bien plus lourd, Hank posa Nathan en grognant et le garçon courut se hisser sur une chaise à côté du lit de sa mère. Barbara lui sourit d'un air attendri en lui caressant la joue.

Sam rit en se tournant vers Luke.

– On y va ?

– Merci d'être venus, dit Hank.

– Avec plaisir, dit Samantha. Et félicitations encore, elle se tourna vers Jared. À toi aussi.

Luke en profita pour féliciter les nouveaux parents à son tour avant de retourner aux ascenseurs avec Sam.

– Je savais même pas qu'ils avaient déjà un gosse, admit-il une fois qu'ils furent assez loin pour ne pas être entendus. Il regretta immédiatement ses mots. Qu'allait bien pouvoir penser Sam ? Elle était si proche de tous les employés de Harkin. Elle savait toujours quel anniversaire approchait, et n'oubliait jamais d'acheter un cadeau en conséquence. Dire qu'il ne savait même pas que son employé le plus proche était père.

Sam rit.

— T'es pas vraiment le genre de personne à qui les gens vont aller raconter leurs soucis avec leurs enfants, tu sais. Et puis, Hank n'est pas comme Janet qui parle de ses enfants à longueur de temps. Il est presque aussi strict que toi quand il s'agit de séparer vie professionnelle et vie privée.

Luke savait qu'elle tentait de le réconforter, mais il se sentit coupable malgré tout. Il travaillait avec Hank depuis plus longtemps qu'elle, et elle le connaissait pourtant mieux que lui. Sans parler des excuses que Hank lui avait faites…

— Est-ce que je suis vraiment aussi horrible que ça comme patron ?

Il savait que certains de ses employés le pensaient inhumain, mais de là à croire qu'il exigerait qu'ils soient au bureau alors que leur femme était en train d'accoucher ?

— Qu'est-ce qui t'arrive ? Sam lui donna un léger coup de coude. T'es pourtant pas du genre à t'intéresser aux autres et à vouloir qu'ils te racontent combien ils ont eu du mal à dormir parce que bébé pleurait ou que le match de Petite Ligue de leur gamin a été annulé, si ?

— Bien sûr que non. Mais il y a un gouffre entre être au courant d'un match de Petite Ligue et savoir que la personne a un gosse.

Il n'avait rien d'un misanthrope. Mais la vie de ses employés l'intéressait, quand bien même il avait du mal à le montrer.

— Tu pourrais commencer par demander aux gens

comment leur journée ou week-end s'est passé, lui suggéra Sam. Mais je préfère t'avertir, les gens adorent parler d'eux.

– C'est bien ce qui me fait peur.

Il n'avait aucune envie que ses collègues lui racontent comment s'était passé leur week-end, mais il allait devoir dépasser son désintérêt pour les banalités. Maintenant que Jason était parti, Luke voulait que les employés sachent qu'ils pouvaient venir le trouver s'ils avaient un problème, et ils ne le feraient que s'il les mettait à l'aise.

Demain, il ferait en sorte de prendre une minute pour demander à chacun comment il allait. Avec un peu de chance, on ne lui révélerait plus l'existence d'enfants secrets, qui n'étaient apparemment pas un secret du tout. Il jeta un coup d'œil à sa montre et vit qu'il était plus tard qu'il ne l'avait pensé.

– Tu veux aller manger un bout ?

– Je peux pas, désolée. Je veux pas que Charles m'attende trop longtemps. Il faut encore qu'on rentre.

Sam vivait à Greenwich, à près d'une heure de là.

Il était sur le point de lui dire qu'il pourrait la conduire, mais il se ravisa. Une semaine. Elle n'était de retour au bureau que depuis une semaine, et il était déjà prêt à négliger son travail pour passer du temps avec elle. Il n'était pas comme ça, d'habitude. Il déclinait même les invitations à dîner de sa famille lorsqu'il avait trop de travail, quand bien même cette dernière était plus importante que tout à ses yeux.

Étant donné la situation difficile dans laquelle Harkin se trouvait, il était essentiel qu'il se concentre sur la compagnie, et qu'il cesse de se demander quoi faire pour passer plus de temps avec Sam.

Une vague de regret le traversa en réponse à cette pensée, et il réalisa alors s'être menti à lui-même en se convainquant qu'il n'était plus intéressé par Sam. Il la désirait encore. Il l'avait toujours désirée.

La culpabilité le dévorait de l'intérieur. Si Jason n'avait pas été le meilleur des maris, il avait cependant été un bon ami. Et comment Luke l'avait-il remercié ? En lui enviant sa femme et en lui disant que Jason la trompait.

Et ça s'était retourné contre lui. Sam avait refusé de croire Luke et avait pris la défense de son homme. Il lui avait fallu des années pour qu'elle cesse de traiter Luke avec une politesse glaciale. Et pourtant, il la désirait encore.

Sachant qu'il risquait de faire une bêtise s'il continuait à passer du temps avec elle, il se jura de garder ses distances comme il le pourrait. Ainsi, il se contenta de lui souhaiter la bonne nuit à la sortie de l'hôpital, et la regarda s'éloigner dans son SUV noir, conduit par Charles.

Mais alors qu'il rentrait chez lui, avec un sentiment de vide immense, il ne put s'empêcher de se demander s'il parviendrait jamais à rester loin d'elle.

CHAPITRE QUATRE

Luke se gara devant la maison de ses parents, un soupir sur les lèvres alors qu'il regardait le toit en mauvais état et les vieux rideaux qui bordaient les fenêtres. Il avait tenté de les convaincre de le laisser leur acheter une maison pendant des années, et voilà ce qu'ils avaient choisi lorsqu'ils avaient enfin accepté ?

Même après toutes les rénovations qu'il y avait apportées, Luke avait toujours l'impression qu'il serait plus simple de tout démolir pour reconstruire une nouvelle maison.

S'il avait été ravi que ses parents s'installent dans un quartier plus calme, il aurait aimé qu'ils le laisse en faire encore davantage. A quoi bon avoir tout cet argent s'il ne pouvait même pas s'en servir pour aider ceux qu'il aimait ? La seule et unique raison pour laquelle ils avaient accepté de déménager était pour être les voisins de vieux amis qui s'étaient eux-mêmes récemment installés dans le quartier.

Il secoua la tête en jetant un coup d'œil au siège passager, et son cœur s'adoucit en voyant que sa sœur était encore endormie. Elle avait probablement passé la moindre de ses nuits à étudier pour ses examens de fin d'année cette semaine. S'il était fier d'elle, non seulement parce qu'elle serait le premier membre de la famille à faire de hautes études, mais aussi parce qu'elle serait le premier médecin de la famille, il se sentait aussi mal en sachant que les choses ne feraient qu'empirer une fois ses études terminées. Elle commencerait son internat l'année prochaine, et d'après ce qu'il en savait, les gardes de trente heures étaient la norme, pas l'exception. Ce n'était pas franchement le genre de vie dont il rêvait pour sa petite sœur, mais c'était ce qu'elle voulait, et il la soutiendrait comme il le pourrait.

Il détestait la réveiller malgré son manque de sommeil évident, mais tout le monde les attendait déjà à l'intérieur. Il lui secoua doucement l'épaule.

— Réveille-toi, Anna.

Elle resta profondément endormie et il la secoua un peu plus fort jusqu'à ce qu'elle se tourne vers lui.

— On est arrivés ? demanda-t-elle, les yeux à peine ouverts.

— Ouais.

Elle se couvrit la bouche pour bâiller en s'étirant.

— Pardon, je suis vraiment pas une bonne passagère.

— C'est pas grave.

Il avait en fait apprécié ce moment de silence pour songer aux problèmes de la société, mais il doutait que sa sœur apprécie de l'entendre lui dire ça. Il sortit de voiture et récupéra dans la glacière du coffre la glace à la vanille qu'il avait demandée à son cuisiner de préparer. Elle se marierait parfaitement avec la tarte de sa mère.

– C'est mal si j'ai déjà envie de tarte ? demanda Anna en le rejoignant.

– J'y ai pensé toute la semaine, admit-il en souriant. Lorsque son frère cadet était parti à l'université, sa mère avait institué un rituel de dîner mensuel afin de s'assurer que tous restent en contact, et elle préparait une tarte à cette occasion à chaque fois.

La porte d'entrée s'ouvrit alors qu'ils gravissaient les marches du porche, et leur frère vint les accueillir, une bière à la main.

– Il était temps, dit Brian et Luke se fit violence pour ne pas lever les yeux au ciel. Son frère avait toujours faim. C'était même sans doute pour ça qu'il avait décidé de s'installer près de leurs parents après avoir obtenu son diplôme, pour qu'il puisse venir déjeuner et dîner chez eux chaque jour.

Lorsque leurs parents s'étaient installés dans leur nouvelle maison, Brian s'était plaint de devoir se préparer à déjeuner, mais Luke savait qu'il allait encore dîner chez Papa et Maman presque tous les soirs.

– Brian ! Anna se hâta d'aller l'enlacer.

Brian lui rendit son embrassade.

– Ça va, l'école ?

– C'est l'enfer. Heureusement qu'il ne me reste plus qu'un an.

– C'est bien une Darren ça, dit Brian en lui ébouriffant les cheveux.

Luke et son frère avaient tous deux détesté l'école, mais

ils n'avaient pas eu d'autre choix que d'aller à l'université, forcés par leurs parents qui refusaient de se contenter de rien de moins pour leurs enfants. Ils avaient voulu mieux pour eux qu'un job en usine ou dans un restaurant comme ils en avaient eu toute leur vie.

– T'en doutais pas quand même, si ? Anna donna un coup de coude à Brian avant d'aller rejoindre leur père sur le canapé.

Le son de baskets couinant sur le sol s'échappait de la télévision, et Luke jeta un coup d'œil dans le salon, les sourcils froncés en voyant que leur père regardait un match de basket-ball.

– Depuis quand il regarde le basket, papa ? demanda-t-il à son frère.

– Depuis que Tracy Howard s'est fait recruter.

Luke tenta de mettre un visage sur ce nom, en vain.

– Je suis censé savoir qui c'est ?

Brian sourit en passant un bras autour des épaules de Luke.

– Il allait au lycée avec Anna. Il s'est fait recruter l'année dernière. Il n'a encore participé qu'à quatre matchs, mais tu sais ce que c'est.

Luke acquiesça. La communauté soutenait les siens, même si ses joueurs restaient sur le banc de touche.

– C'est presque fini ! cria son père depuis le canapé, et Brian rit en le rejoignant.

– Tu dis ça depuis une demi-heure.

Un sourire souleva les lèvres de Luke tandis qu'il traversait le salon pour aller à la cuisine. Certaines choses ne changeaient jamais. Il trouva sa mère dans la cuisine, occupée à verser de la sauce tomate sur des spaghettis.

– Coucou maman, dit-il en approchant, désireux de ne pas lui faire peur. Il se souvenait encore de la fois où il lui avait fait lâcher son pain de viande quand il était plus jeune ; il n'avait jamais oublié combien il avait eu faim en allant se coucher ce soir-là.

– J'ai apporté de la glace, dit-il en l'enlaçant rapidement.

Elle lui sourit.

– Merci mon grand. Ça ira très bien avec ma tarte aux myrtilles.

Mmmh, des myrtilles.

Il s'en léchait déjà les babines. Il s'éloigna pour aller mettre la glace au congélateur. Il venait juste d'en fermer la porte lorsque sa mère l'enlaça à nouveau. Son cœur fondit tandis qu'il la prenait dans ses bras. Elle lui avait manqué, elle aussi.

– Je voulais juste un vrai câlin, murmura-t-elle avant de reculer. Elle se tourna vers le saladier de pâtes gigantesque posé sur le plan de travail. Tu veux bien mettre la table et dire à tout le monde qu'on mange ?

Ils venaient à peine de dire les grâces quinze minutes plus tard lorsque sa mère lui demanda :

– Quand est-ce que tu vas enfin te marier et nous donner des petits enfants à ton père et moi ?

Pas encore.

Luke lança un coup d'œil à son frère en espérant qu'il

volerait à son secours, mais Brian se contenta de lui sourire d'un air taquin. Il se tourna donc vers son père, qui semblait soudain tout à fait fasciné par sa salade. Mince. Il n'était pas dupe. Il savait combien son père désirait des petits-enfants, lui aussi. Il était juste plus subtil à ce sujet, voilà tout.

Bien plus subtil.

– Maman, j'ai à peine trente-quatre ans, répondit enfin Luke.

Le simple fait que les amis de ses parents aient déjà des petits-enfants ne voulait pas dire qu'il devait se hâter de faire d'eux des grands-parents.

– Tu sais, j'avais vingt et un ans quand j'ai épousé ton père, dit-elle en le pointant du bout de sa fourchette.

– Je sais.

Lui et le reste de sa fratrie savaient tout de l'histoire d'amour de leurs parents pour l'avoir entendu raconter une centaine de fois au fil des années. Sa mère travaillait dans un restaurant auquel son père s'était arrêté après une longue journée de travail à l'usine. Un simple coup d'œil à sa mère, et son père avait tout oublié de ses soucis. Il s'était rendu à ce même restaurant chaque jour pendant près d'une semaine, y commandant chaque fois un soda étant donné qu'il ne pouvait rien s'offrir d'autre à l'époque, avant d'enfin trouver le courage de l'inviter à sortir. Ils ne s'étaient fréquentés que pendant six mois avant que son père ne la demande en mariage, même si ce dernier avait su qu'il l'épouserait à l'instant même où il avait posé les yeux sur elle.

Sa mère secoua la tête en se tournant vers son père.

– Je comprends plus les jeunes. Ils font toujours passer leur carrière avant la famille, maintenant.

– J'ai pas rencontré la bonne, c'est tout, intervint Luke, même s'il avait parfaitement conscience de n'avoir pas de temps à consacrer à une relation pour le moment. Il n'avait même pas le temps de lire. Et avec tous les clients qui se retiraient, il ne pouvait se permettre de se concentrer sur autre chose que sa société à cet instant. Parce que si Harkin tombait, il tomberait avec elle.

Harkin Capital Management ne serait alors plus qu'un énième nom sur la liste des fonds spéculatifs ayant fait faillite, et plus personne ne lui ferait confiance avec son argent.

– La bonne ? répéta sa mère. Tu t'es laissé charmer par trop de femmes, c'est *ça* le vrai problème.

Non, pas trop de femmes. Juste une, en fait. Le souvenir de ses magnifiques yeux noisette s'infiltra dans son esprit avant qu'il ne le fasse taire. Il ne pouvait se laisser distraire. Le fait qu'il désirait Sam alors même qu'elle était déjà mariée avait été suffisamment détestable. Il était hors de question qu'il dépasse les bornes en tentant de la séduire à présent que Jason était parti.

– Il y a pas eu tant de femmes que ça, rétorqua-t-il tandis que Brian riait. Il haussa un sourcil en direction de son frère. Tu sais que tu vas bientôt avoir droit aux mêmes remontrances, non ?

– Il y a eu Rhonda, sa mère les ignora en se mettant à compter sur ses doigts. Veronica, et puis il y a eu Angela…

Sachant qu'il n'avait jamais présenté la moindre de ses

conquêtes à ses parents, Luke se tourna vers sa sœur qui évitait soudain son regard.

Depuis quand tout le monde s'était-il retourné contre lui ?

Anna avait-elle fait des recherches sur internet avant de rapporter ses trouvailles à leur mère ? Non. Sa sœur n'avait même pas le temps de dormir. Il était plutôt probable que sa mère l'ait forcée à se renseigner pour elle. Elle pouvait être un peu envahissante, parfois.

Il était sur le point de lui dire qu'il n'avait pas entretenu de relations suivies avec ces femmes lorsqu'il se ravisa, en sachant de quoi cela aurait l'air. Sa mère n'avait pas besoin de connaître sa vie sexuelle ni son absence de vie sexuelle, d'ailleurs.

– Ça n'a pas marché, c'est tout, marmonna-t-il.

À l'époque, il avait tenté de se convaincre que de fréquenter d'autres femmes l'aiderait à oublier Samantha, mais cela n'avait fait qu'empirer les choses. Il n'avait eu de cesse de les comparer avec Sam, pour découvrir qu'aucune ne lui arrivait à la cheville. Pire encore avait été de réaliser qu'aucune de ces femmes ne le voyait vraiment pour ce qu'il était. Elles voyaient au lieu de cela le milliardaire et la vie luxueuse qu'il pourrait leur offrir.

Et il les avait alors comparées à Sam, qui aurait pu profiter de cette vie luxueuse dont ces femmes rêvaient après avoir épousé Jason. Au lieu de ça, elle avait rejoint la société et avait travaillé tout aussi dur que le reste des employés, si ce n'est plus encore, comme si elle tentait de compenser le fait qu'elle était la femme du patron.

– J'ai failli oublier Sam !

Le sang de Luke se glaça dans ses veines. Sa mère était-elle vraiment en train de lui demander s'il avait les moindres sentiments envers Sam ? Avait-il été aussi peu discret ? Il avait toujours fait attention à ne pas mentionner son nom trop souvent, mais il n'avait de toute évidence pas été suffisamment prudent.

– Comment va-t-elle ? demanda sa mère.

Bien sûr. Elle voulait uniquement prendre de ses nouvelles, pas lui demander ce qu'il ressentait pour elle.

– Ça va. Elle est déjà revenue au travail, il prit une grande gorgée d'eau en tentant de remettre de l'ordre dans ses idées.

– Tant mieux. On était vraiment inquiets pour elle.

– J'ai encore du mal à croire qu'il soit parti, murmura Anna. Jason m'a toujours donné l'impression d'être immortel.

– Je sais.

La façon dont Jason avait bouleversé sa vie près de douze ans plus tôt lui semblait encore incroyable parfois.

Le gosse qu'il était alors avait eu de grands rêves, qu'il avait offert de partager avec Luke. Il avait toujours su que Jason aurait pu engager n'importe qui d'autre s'il l'avait voulu, des analystes et gestionnaires de portefeuille qui avaient non seulement l'expérience, mais qui savaient aussi tout des ficelles du métier, et pourtant c'était lui que Jason avait choisi. Quelqu'un qu'il avait rencontré lors de leur stage commun à Brown et Hale.

La vie de Luke avait changé quasiment du jour au lendemain. Après avoir grandi au sein d'une famille modeste, il avait soudain gagné plus qu'il n'en aurait jamais besoin, et il lui en serait éternellement reconnaissant. Il n'aurait plus jamais à s'inquiéter de pouvoir s'offrir un repas chaud ou de payer le loyer du mois suivant.

Se rappeler la chance qu'il avait eue en ayant l'opportunité de se bâtir une vie meilleure, non seulement pour lui, mais aussi pour sa famille, ne fit que renforcer sa détermination à ne pas tout gâcher. Il relèverait Harkin et renflouerait leurs caisses envers et contre tout, c'était décidé.

CHAPITRE CINQ

– Oh wow, dit Nina Hall en reposant l'*empanada* dans laquelle elle venait de mordre. C'est super bon. Il faut *absolument* que tu goûtes.

– Merci, mais j'ai déjà trop mangé, admit Sam en jetant un coup d'œil à toutes les assiettes vides qui jonchaient la table. Il ne lui semblait pas avoir jamais été autant rassasiée. Elle avait l'impression de se noyer dans la nourriture. Nina, qui était arrivée au restaurant avant elle, avait commandé quasiment tous les tapas figurant sur le menu pour le dîner. En plus de tout ce qu'elle avait déjà mangé, plusieurs de leurs commandes étaient restées en cuisine faute de place sur la table.

Nina plissa les yeux.

– Je suis sûre que tu veux juste garder de la place pour le dessert.

Sam rit, surprise par ce commentaire. Son amie et ancienne colocataire la connaissait par cœur. Même lorsqu'elle avait trop mangé, Sam ne refusait jamais un dessert.

– Bon, j'admets que j'*avais* hâte de manger du gâteau au chocolat, mais je crois qu'il va me falloir quelques minutes, voire une heure, pour digérer un peu avant.

– Pff ! Je te parie que tu en mangerais si le serveur posait un gâteau devant toi là, tout de suite.

– Comme s'il y avait de la place. Pourquoi est-ce que t'as commandé autant de nourriture ?

Si Nina avait l'habitude de manquer le déjeuner pour s'offrir un dîner de reine tant elle était prise par son travail d'avocate, cela restait quelque peu extravagant, même pour elle.

– Je me suis un peu laissée emporter. Entre Andrew qui a passé la nuit chez moi et la montagne de travail que j'ai au bureau, j'ai pas mangé depuis hier midi, et c'était qu'une salade.

Sam fronça les sourcils.

– Andrew… Le même Andrew que tu as rencontré à une fête de Noël il y a quelques semaines ? Celui à qui t'a donné ton numéro ?

– Ouaip !

– J'arrive pas à croire que tu ne m'aies pas dit que tu voyais quelqu'un ! Ça se fait pas. Je t'ai appelée à la seconde même où Jason m'a invitée à sortir, à l'époque.

Le fait que Nina ait autant attendu pour lui faire part de sa nouvelle relation amoureuse la vexait. Sam n'avait que peu d'amis proches, et s'il était vrai qu'elle multipliait les connaissances et relations amicales, personne ne la connaissait comme Nina.

Elles s'étaient immédiatement entendues lorsqu'elles s'étaient rencontrées en cours de maths à l'université, et étaient rapidement devenues amies. Au fil des années, leur amitié était devenue un pilier dans la vie de Sam, la chose sur laquelle elle pouvait s'appuyer, et ce peu importait la fréquence de leurs rencontres. Elle était blessée que Nina ne lui ait pas parlé de son nouveau petit ami. N'étaient-elles finalement pas aussi proches que Sam l'avait pensé ?

– Je voulais te le dire, répondit Nina, l'air contrit. Mais t'étais super occupée, et puis avec la mort de Jason…

Une vague de culpabilité la submergea. C'était vrai, elle était souvent trop occupée pour voir Nina. Prévoir un déjeuner ou un dîner avec leurs emplois du temps si chargés était devenu un véritable parcours du combattant avec le temps. Il y avait toujours un gala ou une réunion à laquelle elle devait accompagner Jason, et lorsqu'elle avait enfin un peu de temps libre, Nina était coincée au travail ou avec un client. Elles avaient donc fini par se contenter de s'envoyer des messages ou de s'appeler, et ne se voyaient plus que pour les occasions spéciales.

Elle devait d'ailleurs avouer qu'elle avait été tentée de refuser l'invitation de Nina pour aller dîner lorsqu'elle lui avait envoyé un message plus tôt dans la soirée en lui demandant si elle était libre. Mais elle n'avait pas non plus voulu retrouver sa grande maison vide. Si elle arrivait à tenir la plupart du temps, la mort de Jason se rappelait toujours à elle douloureusement lorsqu'elle rentrait du bureau seule. Elle fut donc presque surprise de passer un bon moment aux côtés de sa vieille amie, à rattraper le temps perdu. Elle allait vraiment devoir faire un effort pour voir Nina plus souvent à présent.

Sam soupira en remarquant la pointe d'hésitation dans

la voix de Nina. Elle la devinait liée à la mort de Jason. Les gens semblaient marcher sur des œufs avec elle, et cela commençait à la fatiguer. Désireuse de retrouver la conversation légère qu'elles avaient eue une minute plus tôt, Sam se força à sourire en prenant la main de son amie.

— Bon allez, je te pardonne. Maintenant, je veux tout savoir sur cet Andrew.

* * *

— C'était super, dit Nina au téléphone presque deux heures plus tard. Comme promis, Sam avait appelé son amie lorsqu'elle était arrivée chez elle pour qu'elle sache que tout allait bien. C'était une autre retombée de l'accident de Jason : tous étaient inquiets pour elle à présent, bien plus que par le passé, qu'il s'agisse de sa famille ou de ses amis.

— Il faut absolument qu'on remette ça.

— Je suis d'accord, répondit Sam en gravissant ses escaliers en marbre. Elle était exténuée après cette longue journée de travail, et elle ne désirait rien d'autre que d'aller se coucher.

— Mais pas au même endroit. Je suis presque sûre que le restaurant nous a mis sur liste noire après tout ce qu'on a commandé ce soir.

Ou alors ils s'étaient contentés de créer une limite au nombre de plats servis.

— Tant pis. Leurs côtelettes étaient trop sèches de toute façon.

C'était faux, et Nina le savait.

– J'ai encore du mal à croire qu'on ait pu être toutes les deux libres ce soir, murmura Sam en se glissant jusqu'à sa chambre où elle alluma la lumière.

– Tu m'étonnes ! Je ne me souviens même pas de la dernière fois où on est sorties toutes les deux. Je crois que j'étais encore sur l'affaire Matterson.

Un bip se fit entendre à l'autre bout du fil. Désolée, Sam. Il faut que j'y aille. C'est Miranda qui m'appelle. À plus tard !

Nina lui envoya un baiser avant de raccrocher.

Sam jeta son téléphone sur son lit, et se pencha pour défaire les lanières de ses talons hauts. Elle laissa échapper un soupir de soulagement une fois débarrassée de ses chaussures. *Enfin.* Elle aurait mis des ballerines si elle avait su que Nina allait l'inviter à dîner, mais elle avait pensé rentrer directement après le travail.

Elle s'installa contre les oreillers de son lit en fronçant les sourcils, troublée de s'habituer si rapidement à sa nouvelle vie sans Jason. *Ne devrais-je pas avoir plus de mal à tourner la page ?*

Elle avait fréquenté Jason pendant près de cinq ans. Sa mort aurait dû lui donner l'impression qu'on lui avait arraché un morceau d'elle-même. Au lieu de ça, elle sortait avec Nina comme si de rien n'était. Elle grimaça en songeant au fait qu'elle s'était amusée ce soir, et sa culpabilité ne fit que grandir davantage lorsqu'elle réalisa qu'elle n'aurait pas pu sortir avec Nina si Jason avait été en vie. Elle serait sans doute encore à un gala ou à un dîner professionnel à cette heure.

Elle se souvint soudain du sac d'effets personnels que la police lui avait remis après l'accident, et elle alla le récupérer dans l'armoire. Inquiète à l'idée de s'effondrer en larmes, elle n'avait jusque-là pas osé regarder à l'intérieur, mais le fait de se souvenir de son mari lui ferait peut-être du bien.

Elle se réinstalla sur son lit et ouvrit le sac, y remarquant immédiatement le portefeuille en cuir qu'elle avait offert à Jason le Noël précédent. Sa poitrine se serra tandis qu'elle effleurait du bout des doigts les initiales qu'elle y avait fait inscrire. Elle avait été tellement inquiète que cela ne lui plaise pas. Trouver le cadeau parfait était déjà difficile en soi, mais offrir quelque chose à quelqu'un qui avait déjà tout relevait presque de l'impossible.

Mais toutes ses inquiétudes s'étaient cependant envolées lorsqu'il avait ouvert la boîte et qu'elle avait vu son regard s'illuminer. Elle ravala ses larmes en se souvenant de la façon dont il lui avait dit qu'il l'adorait avant de l'embrasser.

Comment avait-il pu la laisser seule ?

Bien sûr, il avait toujours été du genre à conduire plus vite qu'il ne le devait, mais il aurait dû savoir qu'il fallait faire attention sur les routes gelées. Il ne lui restait plus que des souvenirs, maintenant. Elle réalisa soudain s'être agrippée au portefeuille et elle le lâcha, remarquant le portable de Jason dans le sac, ce même portable qui avait toujours été comme un cinquième membre pour lui.

Lorsqu'il ne travaillait pas, il était toujours occupé à donner un coup de main à l'une des diverses œuvres caritatives dans lesquelles il s'investissait. Désireuse de se souvenir de cette facette de Jason, plutôt que de son côté négligent et égoïste qui l'avait poussé à faire un excès de vitesse sur une route dangereuse, elle le prit pour l'allumer. Le portable se mit à vibrer avec une myriade de notifications.

Elle le déverrouilla et ouvrit le premier message qui s'afficha, un message de Carla Williams, la directrice de l'une des œuvres caritatives avec lesquelles Jason avait travaillé. Le téléphone lui glissa aussitôt des mains comme s'il avait pris feu. Elle s'était attendue à ce qu'elle lui parle affaires, d'un gala à venir peut-être, ou qu'elle lui donne des nouvelles de leur programme éducatif. Mais au lieu de ça, ce furent des photos de Carla en lingerie fine qui s'affichèrent !

Ça doit être une erreur.

Sam se creusa les méninges à la recherche d'une explication plausible. Carla avait probablement envoyé ces photos à Jason au lieu de son mari par accident. Ou peut-être son mari avait-il oublié son téléphone dans la voiture de Jason ? Sam récupéra le téléphone et arpenta ses messages à la recherche de toute indication qu'il s'agirait bien de celui du mari de Carla.

En vain.

Son estomac se serra en ouvrant un autre message dans lequel Carla appelait Jason « mon chéri ». Sam se mit à lire la conversation, et elle comprit bientôt que Jason avait non seulement encouragé cette femme, mais lui avait même acheté la lingerie qu'elle portait !

Le téléphone glissa entre les doigts de Sam à nouveau.

Comment ? Comment Jason avait-il pu lui faire une telle chose ? Ne l'avait-il pas aimée ?

Sa poitrine se serra et elle eut soudain du mal à respirer. *Était-ce pour ça qu'il n'avait jamais voulu d'enfants ?* Lui, qui n'avait eu de cesse de lui demander d'attendre afin qu'il puisse être le genre de père que le sien avait été, avait apparemment eu bien assez de temps pour avoir une liaison.

Il n'avait juste pas voulu être lié à *elle.*

Cette pensée la fit éclater en sanglots. Elle avait été si idiote. Une idiote finie, et irrécupérable.

Une heure plus tard et une fois ses larmes séchées, seule la colère l'animait encore. Cinq ans. Elle avait donné cinq ans de sa vie à cet homme. Cinq ans de galas, de petits-déjeuners sur le pouce, de dîners professionnels interminables, de paparazzis… et tout ça pourquoi ? Parce qu'elle avait voulu être une bonne petite-amie, puis une bonne épouse ? Et voilà comment il avait remercié sa loyauté et sa dévotion !

Elle avait abandonné son travail de rêve à Anderson pour lui. Parce que personne n'aurait voulu d'une comptable mariée à un gestionnaire de fonds spéculatifs. Cette décision n'avait pas été aisée. Elle avait adoré ce travail et ses collègues, mais elle avait accepté d'y renoncer, parce qu'elle avait aimé Jason et n'aurait reculé devant rien pour être avec lui. Mais ce sentiment n'avait de toute évidence pas été réciproque.

Elle secoua la tête et balaya la chambre du regard, l'air absent. Cette maison qui avait autrefois été l'accomplissement d'un rêve lui semblait aujourd'hui n'être qu'une parodie de tout ce qu'elle avait pu désirer. Elle ne pouvait y rester une minute de plus. Ainsi, et sans même prendre la peine de prendre des affaires, elle mit ses chaussures, récupéra son sac à main et prit la direction du garage.

CHAPITRE SIX

Luke venait de terminer de remplir le lave-vaisselle lorsqu'on toqua à sa porte. Il grogna en sachant qu'il n'attendait personne. La dernière fois qu'il avait reçu une visite inattendue, c'était un voisin qui avait tenté de le convaincre d'acheter sa maison des Hamptons. Son bonus annuel avait apparemment été moins conséquent qu'il ne l'avait espéré.

Peut-être Luke aurait-il fait preuve de davantage d'indulgence envers cet homme si ce dernier n'avait pas possédé trois maisons de vacances et quatre voitures, chacune valant plus que la maison d'enfance de Luke, en plus de l'appartement dans lequel il vivait. Certaines personnes étaient tout simplement incapables de se rendre compte de la chance qu'elles avaient.

Luke alla jeter un coup d'œil à travers le judas, et fut surpris de trouver Samantha de l'autre côté de la porte. *Pourquoi n'avait-elle pas utilisé l'ascenseur privé ?* Il se hâta de lui ouvrir et sentit sa poitrine se serrer en la voyant. Elle était aussi belle qu'à l'habitude, mais son expression semblait morose. Ses épaules étaient voûtées et ses yeux, qu'il avait toujours admirés, étaient à présent habités d'une tristesse profonde. Il ne l'avait jamais vue ainsi. Elle avait toujours été si forte, même aux funérailles. Et elle lui semblait à présent vaincue.

– Comment t'as su ? lui demanda-t-elle d'une petite voix.

Il fronça les sourcils.

– Su quoi ?

Elle déglutit difficilement, et releva le menton.

– Qu'il me trompait.

Luke se figea. *Pourquoi lui parlait-elle de ça maintenant ?* Il lui avait révélé la vérité des années plus tôt, et elle n'avait alors pas hésité à le traiter de menteur, ce qui était tout à fait justifié. En dépit du fait qu'il ne lui avait pas menti, ses intentions n'avaient cependant rien eu d'honorable. Il avait voulu se l'approprier et, dans un moment de faiblesse, avait osé croire qu'il aurait enfin une chance avec elle s'il lui parlait des écarts de Jason.

Son ventre se serra en réalisant qu'elle avait dû trouver quelque chose en mettant de l'ordre dans les affaires de Jason. Un indice, une preuve peut-être. Il était incapable d'imaginer ce qu'elle devait ressentir, d'avoir perdu son mari uniquement pour découvrir qu'il la trompait. Elle devait être dévastée.

– Parce qu'il me l'a dit, dit-il enfin, en sachant qu'il ne pouvait échapper à cette conversation. Il aurait pourtant aimé lui épargner la douleur de cette vérité. En dépit de ses actions passées, il n'avait jamais voulu la blesser.

Son cœur se brisa en regardant Sam digérer ses mots

avant d'acquiescer d'un air tendu. Elle ne méritait pas ça. C'était une personne merveilleuse, et savoir qu'elle avait été utilisée de la sorte le mettait hors de lui. Luke aurait aimé pouvoir la prendre dans ses bras et la réconforter, mais il résista à la tentation en sachant que cela aurait été déplacé.

Il aurait aimé être plus fort, être le genre d'ami dont elle avait besoin, mais il en était incapable. Elle éveillait quelque chose en lui, et il doutait de pouvoir lui résister s'ils se retrouvaient seuls dans la même pièce. Il en voulait toujours plus lorsqu'il s'agissait d'elle.

Il la regarda se glisser vers son canapé et s'y asseoir en silence, son regard braqué sur le sol. Elle semblait si faible et perdue.

– Est-ce qu'il… elle déglutit avant de relever la tête pour croiser son regard. Est-ce qu'il l'aimait ?

Luke grogna. Pensait-elle que Jason n'avait fréquenté qu'une seule femme ?

Peut-être avait-ce été le cas, après tout. Luke l'ignorait. Il avait toujours trop eu peur que son ami ne devine ses sentiments à l'égard de Sam pour faire le moindre commentaire ou lui demander des détails sur ses liaisons.

Mais cela l'avait tué à petit feu de voir Sam lui dire au revoir en l'embrassant chaque fois qu'il quittait le bureau en étant convaincue que son mari se rendait à un rendez-vous professionnel, alors qu'en réalité, Jason allait voir d'autres femmes. Il avait trouvé insupportable d'entendre Jason frimer lorsqu'il revenait au bureau. Après une journée particulièrement difficile, Luke avait perdu son calme, avouant à son ami exactement ce qu'il pensait de la façon dont il traitait Sam.

Jason avait mis l'explosion de Luke sur le compte du fait qu'il avait une sœur, et Luke ne s'était pas donné la peine de le détromper. Il s'était rendu compte qu'il avait dépassé les bornes. Après ça, Jason n'avait plus jamais évoqué cette conversation ni ses conquêtes en sa présence.

– Non je ne crois pas, murmura Luke en rejoignant Sam sur le canapé. D'une certaine façon, Jason ne s'était jamais intéressé à personne d'autre qu'à lui-même.

Sam secoua la tête.

– Mais trois ans… elle écarquilla les yeux en se tournant vers lui. Il y a eu plus d'une femme, c'est ça ?

Ignorant quoi faire d'autre, il acquiesça.

– Il y en a eu combien ?

Il se passa une main dans les cheveux en haussant les épaules.

– Je sais pas.

À une époque, il lui avait semblé qu'il fréquentait une nouvelle femme chaque semaine, mais il était certain que Jason avait dû ralentir au fil des années puisqu'aucune n'avait fait de coup d'éclat à sa mort. À moins qu'elles n'aient toutes été mariées…

Des larmes emplirent les yeux de Sam avant qu'elle ne détourne le regard.

– Je me sens tellement stupide, dit-elle, la voix brisée. J'aurais dû savoir. Il n'était presque jamais au bureau.

– Je pense que Jason était doué pour duper son monde.

Il ne se serait jamais douté que Jason irait jusqu'à surhypothéquer l'argent de leurs clients dans son dos, mais il l'avait pourtant fait. Le fait que Luke ne se soit douté de rien sous prétexte qu'il avait eu confiance en

Jason ne faisait que rendre cette découverte plus terrible encore.

– C'est dingue. Pourquoi est-ce qu'il a accepté que je vienne travailler avec vous s'il avait l'intention me tromper ?

Luke hésita, mais il choisit de lui dire la vérité en sachant qu'elle était venue trouver des réponses.

– Je pense qu'il voulait garder un œil sur toi. Il commençait à croire que… tu le trompais.

Cette idée lui semblait ridicule. Il suffisait à quiconque d'observer le regard d'admiration que Sam posait sur Jason à chaque fois qu'il était dans la pièce pour se rendre compte de ce qu'elle ressentait pour son mari. Elle ne l'aurait jamais trompé. Elle n'était de toute façon pas ce genre de personne.

Elle écarquilla les yeux.

– Moi ?

– La paranoïa, tu sais…

L'infidèle finit toujours par croire qu'il est lui-même trompé.

– Comment tu l'as découvert ? ne put-il s'empêcher de demander.

Elle ne l'avait pas cru à l'époque. Pourquoi le croyait-elle maintenant ?

Sam détourna le regard en jouant avec la couture de sa robe verte, et il tenta d'ignorer le fait qu'il était assez proche d'elle pour voir le tissage de ses bas, le matériau translucide lui donnant une envie irrésistible de la toucher, d'effleurer ses jambes auxquelles il avait passé d'innombrables heures à songer.

Une vague de honte le submergea. Elle souffrait, et voilà

qu'il s'imaginait combien ses jambes seraient douces sous ses doigts. Dégoûté par sa propre attitude, il serra les poings en se forçant à détourner le regard.

Le silence qui régnait dans la pièce était assourdissant. Il commençait à croire qu'elle ne répondrait pas à sa question lorsqu'elle parla enfin.

– Je voulais me sentir un peu plus proche de lui, alors j'ai fouillé le sac que la police a trouvé dans sa voiture. Je suis tombée sur des messages de Carla Williams. Elle grimaça. Il me semble même l'avoir enlacée à son enterrement.

Merde. Il était déjà terrible qu'elle ait été trompée, mais qu'elle ait été trompée avec l'une de ses amies ? C'était impardonnable. Comment Jason et cette femme avaient-ils pu faire une telle chose à Sam ?

Luke aurait aimé avoir les mots pour la réconforter, mais il n'avait jamais été très doué avec les mots, contrairement à Jason.

– Je suis désolé, dit-il enfin, et il ne s'était jamais senti aussi inutile de sa vie. Il aurait voulu pouvoir lui dire qu'elle était une femme forte et admirable, et que Jason ne l'avait jamais méritée, mais il ignorait comment elle le prendrait.

– Non, c'est moi qui suis désolée de ne pas t'avoir cru, dit-elle, sa voix sincère alors qu'elle relevait la tête pour rencontrer son regard. C'était juste plus simple de penser que tu essayais de te débarrasser de moi.

Il grimaça alors qu'elle lui rappelait la façon dont il l'avait traitée lorsqu'elle avait commencé à travailler avec eux. Il ne lui avait pas franchement donné de bonnes raisons de lui faire confiance.

– J'ai l'impression d'avoir gâché ces cinq dernières années de ma vie, continua-t-elle.

– Ne dis pas ça. Tu es devenue une sacrée bonne analyste.

Elle grogna en se passant une main sur le visage et il se souvint, sans doute trop tard, qu'elle n'avait au départ pas voulu travailler à Harkin plus qu'il n'avait voulu qu'elle soit là. Il avait contesté ses compétences, elle qui n'avait qu'un diplôme en comptabilité et non en analyse, et il ne voulait que Jason soit distrait par elle.

Mais c'était lui, qui avait été distrait, au bout du compte.

Elle s'était infiltrée dans son esprit presque malgré lui, l'avait ensorcelé sans qu'il ne puisse lui résister. Lui, qui avait d'abord abhorré sa présence au bureau, s'était bien vite mis à admirer son éthique professionnelle. Après quelque temps, il s'était convaincu qu'il fallait qu'il trouve une femme comme elle, et avant même qu'il ne s'en rende compte, il avait fini par vouloir s'approprier Sam.

– C'est pas un cauchemar, hein ? demanda-t-elle, sa voix douloureusement fragile tandis qu'elle se tournait vers lui.

Il secoua la tête. Il aurait aimé pouvoir faire disparaître la douleur qui l'accablait, mais c'était impossible. Cette blessure devrait guérir avec le temps.

Elle soupira en se levant.

– Désolée de t'avoir dérangé aussi tard, mais je n'avais personne d'autre à qui parler.

Il fronça les sourcils, une pensée s'infiltrant soudain dans son esprit.

– T'as quand même pas conduit jusqu'ici toute seule, si ? demanda-t-il en se levant à sa suite.

– Si, mais ça va. Il n'y avait personne sur la route.

Personne sur la route ? Était-elle folle ? Elle n'était pas en condition pour conduire, quand bien même il n'y avait pas de voitures autour d'elle. Des images terrifiantes de ce qui aurait pu lui arriver emplirent son esprit, et il se sentit reconnaissant qu'elle soit arrivée à bon port sans accroc. Il venait tout juste de perdre Jason. Il ignorait s'il pourrait supporter de perdre Sam aussi. Parce que même s'il savait que toute relation était impossible entre eux, il avait malgré tout besoin qu'elle aille bien.

Il ne voulait pas se disputer avec elle, certainement pas maintenant, mais il ne voulait pas non plus la laisser reprendre la route ce soir.

– Laisse-moi te reconduire chez toi.

– Non, ça ira. Je vais m'installer à l'hôtel pour la nuit.

– Dans ce cas je te conduis là-bas.

– T'es pas obligé, mais merci pour la proposition. Ça me touche beaucoup.

– Je te laisserai pas conduire ce soir, Sam.

Il ne se le pardonnerait jamais s'il lui arrivait quoi que ce soit. Elle rit doucement.

– Je n'avais jamais remarqué combien tu étais attentionné.

Elle soupira et baissa la tête un instant avant de retrouver son regard.

– Je suis désolée de t'avoir traité de menteur à l'époque. J'ai été injuste.

Il se sentit dévoré par la culpabilité en sachant qu'il ne

l'avait pas informée des liaisons de Jason par bonté de cœur. Il avait voulu la faire sienne, et ne méritait pas qu'elle pardonne un tel acte d'égoïsme. Il ne répondit cependant pas, ne sachant que trop bien qu'il ne pourrait la détromper sans révéler les sentiments qu'il nourrissait envers elle.

Elle jeta un coup d'œil à la porte.

— Ça te dérange si je reste ici ce soir ? Je…

— Pas de souci, l'interrompit-il, trop heureux qu'elle ait abandonné l'idée de conduire se soir.

Il était probablement risqué autant pour sa santé mentale que pour sa volonté, qu'il s'autorise à passer autant de temps seul avec elle, d'autant plus que les secrets de Jason ne les séparaient à présent plus. Mais même s'il craignait pour sa santé mentale et sa volonté, Luke savait aussi qu'il ne tenterait rien ce soir. Qu'importe ce dont il avait envie, il lui donnerait l'espace dont elle avait besoin. Et si la tentation de la rejoindre devenait insupportable, il pourrait toujours aller au bureau.

Son soulagement illumina son regard.

— Merci. Je n'avais pas franchement envie de me confronter à des gens pour le moment.

— Je comprends. Je te montre la chambre d'amis.

L'avait-il seulement aimée ? Rien qu'un instant, une seconde même ?

Sam grogna en roulant sur le côté. Cela faisait près d'une heure déjà qu'elle s'était mise au lit, mais Jason hantait encore la moindre de ses pensées. Il fallait qu'elle arrête. Il était évident qu'il s'était moqué d'elle, tout du moins assez pour ne pas lui être fidèle. Alors pourquoi perdait-elle encore son temps à penser à lui ?

Parce que je l'aime.

Voilà pourquoi.

Il fallait vraiment qu'elle soit complètement idiote pour aimer ce connard infidèle, mais l'amour ne disparaissait pas aussitôt que l'on découvrait la liaison de son partenaire. Et elle ignorait si elle cesserait même de l'aimer un jour.

Elle soupira en s'allongeant sur le dos, le regard braqué sur le plafond. Leur relation avait-elle été condamnée dès le départ ? Elle ne put s'empêcher de se rappeler tous les doutes qui l'avaient assaillie dès lors qu'elle avait accepté sa demande en mariage. Des choses auxquelles elle n'avait même jamais songé lorsqu'ils sortaient ensemble, et qui pourtant n'avaient eu de cesse de la tracasser.

Elle s'était soudain mise à s'inquiéter de ne pas être assez bien pour lui, de ne pas réussir à faire son bonheur, et de voir d'autres femmes le draguer. En plus d'être charmant et gentil, Jason avait été riche et célèbre. Elle avait toujours su qu'on lui ferait la cour, quand bien même il était déjà pris.

Après s'être rendue folle avec toutes ces peurs pendant des semaines, elle avait sciemment décidé de tout simplement lui faire confiance. Toute autre option l'aurait rendue malheureuse, et elle n'avait pas voulu laisser son manque de confiance en elle prendre le pas sur sa raison.

Et voilà où elle en était aujourd'hui.

Luke lui avait même avoué que Jason la trompait, et au lieu de le croire, elle l'avait traité de menteur. Comment avait-elle pu ignorer la véritable nature de son mari ? Comment avait-elle pu être aveugle à ce point ?

Jason ne lui avait même jamais acheté de lingerie.

C'était complètement idiot de penser à ça, elle en avait conscience, et pourtant elle ne pouvait pas s'en empêcher. Au fil des années, elle avait souvent acheté des ensembles de lingerie pour le surprendre au lit, et ainsi préserver la flamme qui brûlait entre eux. Mais il ne lui avait jamais, pas même une fois, fait ce genre de cadeau à elle, sa *femme*. Et il avait pourtant acheté de la lingerie à Carla, voire même à d'autres, pour autant qu'elle le savait !

Une nouvelle vague de douleur submergea Sam. Pourquoi Jason n'avait-il jamais songé à elle dans l'un de ces magasins de lingerie ? Que lui avait-il manqué ? Avait-il cessé d'être attiré par elle ? Était-ce pour cela, qu'il s'était laissé tenter par d'autres femmes ? N'était-elle pas assez sexy ? Pas assez charmante ?

Carla avait-elle quelque chose qu'elle ne possédait pas elle-même ?

Elle serra les poings tandis que des larmes lui montaient aux yeux. Elle détestait qu'il lui donne l'impression d'être une moins que rien. Elle n'avait jamais rien fait de mal, sinon avoir mauvais goût pour les hommes. S'il avait été malheureux en mariage, il lui aurait pourtant suffi de demander le divorce au lieu d'aller voir ailleurs. Mais il avait choisi de la tromper, encore et encore, alors qu'elle restait chez eux à jouer à la parfaite petite épouse. Et pendant ce temps-là, il s'amusait avec tout ce qui portait une jupe !

Le fait qu'ils n'aient pas signé de contrat de mariage

avait-il été la raison pour laquelle il avait refusé de divorcer ?

Jason avait toute une équipe d'avocats à sa disposition, si bien qu'elle était presque sûre que l'un d'eux avait dû lui recommander d'établir un contrat de mariage, mais il ne lui en avait pourtant jamais parlé. Elle avait songé que cela était dû à son dévouement envers elle, mais elle réalisait à présent qu'il avait sans doute craint de se montrer faible. Il avait toujours détesté qu'on doute de lui, après tout.

Il avait cependant dû finir par regretter sa décision, sinon pourquoi serait-il resté marié alors qu'il préférait visiblement vivre comme un célibataire ? Ou le fait de la tromper l'avait-il excité ?

Elle secoua la tête. Après avoir si longtemps été incapable de comprendre pourquoi certaines épouses tentaient de dépouiller leur mari au cours du divorce, elle partageait aujourd'hui le moindre de leurs sentiments ; la colère et la douleur, et l'envie de se venger de ces hommes qui les avaient mises dans cette situation.

Le pire était qu'elle ne voudrait sans doute même pas lui faire subir le même sort s'il était en vie à cet instant. Elle avait déjà perdu trop de temps avec lui, même si elle aurait malgré tout beaucoup aimé pouvoir lui jeter un verre de vin à la figure. Elle n'avait aucun mal à l'imaginer s'affoler d'une tache sur son estimé costume sur mesure ou ses chaussures en cuir italiennes. Ou mieux encore, elle aurait voulu voir son visage alors qu'elle rayerait l'une de ces voitures qu'il adorait tant.

Mais il l'avait même privée de cette satisfaction-là.

Elle détestait ne pas pouvoir se venger d'une façon ou

d'une autre. Elle trouvait injuste qu'il l'ait trompée pendant toutes ces années et qu'il s'en soit tiré sans être inquiété. N'y avait-il donc pas de justice en ce monde ?

Ses pensées se tournèrent bientôt vers Luke. Même s'il ne l'avait jamais formulé à voix haute, Jason avait toujours été très jaloux de lui. Parce qu'il attirait les médias sans qu'il n'ait besoin d'en faire des tonnes, et que ses résultats professionnels avaient toujours été meilleurs que ceux de Jason. C'était d'ailleurs sans doute pour ça que Jason avait décidé de prendre un peu de recul pour se concentrer sur ses œuvres caritatives. Un domaine dans lequel il n'avait pas à affronter Luke, qu'on ne prendrait jamais à jouer des coudes avec l'élite.

Comment Jason aurait-il réagi s'il l'avait surprise en train de coucher avec l'homme qu'il avait tant envié ?

Elle n'avait aucun mal à l'imaginer rougir de colère en songeant au fait que Luke l'avait surpassé à nouveau, et elle sourit. Bien sûr, Jason ne le saurait jamais, mais cette vengeance serait au moins un doux moyen de lui rendre la monnaie de sa pièce.

Non. Elle ne pouvait, et n'aurait pas une aventure d'un soir avec Luke. Elle avait si longtemps été convaincue qu'il n'était qu'un menteur qui la détestait.

Quand bien même elle arriverait à surmonter sa honte de l'avoir pensé capable du pire pendant si longtemps, Luke n'accepterait jamais ses avances. Le simple fait de l'imaginer lui rire au visage suffit à la visser sur place.

Mais Luke était malgré tout un homme très charmant. Elle l'avait toujours pensé, mais avait laissé sa colère enver lui l'empêcher de l'admettre, même à elle-même. Et sans cette haine pour la retenir, elle ne pouvait qu'apprécier combien il était sexy. Il lui avait semblé délicieusement débraillé et accessible sur le canapé ce soir. Elle avait voulu se réfugier entre ses bras et laisser sa chaleur la protéger de la vérité qui lui brisait le cœur. Elle s'imagina effleurer son torse puissant du bout des doigts…

Bon sang. Pourrait-elle vraiment coucher avec Luke ? Elle imagina la sensation de sa peau nue contre la sienne, et elle frissonna violemment.

Oui, elle le pourrait.

Une myriade de papillons prit son envolée dans son ventre tandis que cette idée s'enracinait dans son esprit. Elle n'avait jamais eu de coup d'un soir auparavant, mais si quelqu'un méritait d'abandonner toute raison l'espace de quelques heures, c'était bien elle. Après tout, qu'est-ce qui l'en empêchait ? Elle était célibataire, tout comme lui.

Mais c'était Luke, l'associé de Jason et l'homme pour qui elle avait ressenti tant de colère, et à qui elle avait battu froid pendant des années. Accepterait-il de coucher avec elle uniquement pour se venger de la façon dont elle l'avait traité ? Non, d'une certaine façon et même si elle ignorait pourquoi, elle sut instinctivement qu'elle pouvait lui faire confiance, et qu'elle serait en sécurité avec lui. Elle ne l'avait jamais rien vu faire par vengeance, ou se laisser aveugler par son ego blessé.

Et le fait qu'il n'ait jamais entretenu de relation sérieuse avec quiconque jouerait en sa faveur. Il ne se ferait pas d'idées. Ce ne serait que du sexe, voilà tout.

Plus rien ne la retenait.

Enivrée par cette idée, elle se rendit au salon uniquement vêtue du t-shirt que Luke lui avait prêté et fut surprise d'y trouver les lumières encore allumées. Elle ne s'arrêta pas pour penser. Elle ferait demi-tour si elle s'autorisait un instant d'hésitation, et elle ne voulait pas être hantée par ses doutes toute la nuit. Son cœur manqua un battement lorsqu'elle vit Luke se tenir debout à la table à manger, occupé à lire un rapport. *Allez, courage.*

Elle se dirigea vers lui, et il releva la tête comme s'il l'avait sentie approcher. Son regard s'adoucit en la voyant.

– T'as du mal à dormir ?

– Je…

Les mots moururent sur ses lèvres lorsqu'elle se qu'elle était sensée le séduire.

– Tu travailles encore ? se contenta-t-elle de lui demander en approchant.

Elle n'aurait sans doute pas dû être surprise, mais elle l'était malgré tout. Il passait déjà la majorité de la journée au bureau, et il travaillait encore lorsqu'il rentrait enfin ? Pas étonnant que la société connaisse un tel succès. Cet homme était une machine.

Il se pinça les lèvres en jetant un coup d'œil aux documents devant lui.

– Ouais. Juste un petit truc à régler.

Elle se sentit dévorée par un sentiment de culpabilité pour l'avoir dérangé alors qu'il était évident qu'il travaillait dur, mais elle le fit taire rapidement. Il était près de trois heures du matin. Il aurait dû être au lit, pas en train de travailler. Jason n'aurait certainement pas été occupé par les affaires à cet instant s'il avait été en vie, et elle réalisa soudain combien ce dernier avait pu être injuste envers Luke.

– T'es pas obligé de finir ce soir quand même, si ? demanda-t-elle d'une voix qu'elle espéra séductrice en posant une main sur son torse. Son torse terriblement puissant. Cette pensée lui fit tourner la tête. Sans même lui laisser une chance de répondre, elle passa un bras autour de lui et l'embrassa, avant de perdre tout courage. Ses lèvres étaient douces, et son odeur de propre, enivrante. Elle en voulait plus ; elle effleura ses lèvres du bout de la langue.

Et elle se sentit soudain mortifiée en réalisant qu'il ne lui rendait pas son baiser.

Pourquoi s'était-elle attendue au contraire ? Elle s'était pointée chez lui sans crier gare, lui avait mis tous ses problèmes sur les bras, et lui avait ensuite demandé de passer la nuit chez lui. Et comment le remerciait-elle ? En l'agressant.

Jurant en silence, elle était sur le point de s'éloigner pour s'excuser lorsqu'il grogna en enfouissant une main dans ses cheveux avant d'approfondir leur baiser. La moindre de ses pensées se dissipa aussitôt pour faire place à la sensation de ses lèvres contre les siennes et à la danse de leurs langues. *Oui.* Voilà ce dont elle avait besoin.

Elle se délecta de la façon dont son corps se fondait dans le sien, et elle se pressa contre lui, ses mains affamées arpentant son dos pour admirer les muscles puissants cachés sous le tissu. Les mains de Luke vinrent trouver ses hanches pour la plaquer contre lui, et sa féminité s'embrasa en le sentant dur sous son toucher.

Désireuse de se débarrasser des barrières qui les séparaient, elle commença à déboutonner sa chemise. Une vague d'électricité lui fit bourdonner les oreilles tandis qu'il déposait une volée de baisers sur sa gorge, sa barbe naissante lui éraflant délicieusement la peau. Il trouva son oreille et se mit à lui suçoter le lobe comme s'il voulait la rendre folle. Elle gémit. *C'était si bon.* Il était si bon.

Il fallait qu'elle le touche. Une fois son torse suffisamment découvert, elle cessa le déboutonnage pour le parcourir de ses mains, appréciant le moindre de ses muscles puissants. Elle y déposa quelques baisers, et il l'attira contre lui dans un nouveau baiser ensorcelant.

Luke glissa les mains sous la couture de son t-shirt, la submergeant de plaisir tandis qu'il caressait son ventre. Plus… elle voulait qu'il aille plus loin. Il lui retira son haut d'un geste brusque, et elle fut soudain tentée de se couvrir ; mais elle résista à cette envie. Il était hors de question qu'elle laisse ses doutes gâcher cette nuit. Parce que cette nuit n'était que pour elle, et pour Luke aussi, avec un peu de chance.

Le regard de Luke s'assombrit alors qu'il l'observait, et elle en eut le souffle coupé. Personne ne l'avait jamais regardée ainsi, comme un dessert qu'on voudrait dévorer, et elle trouva cette idée enivrante.

– Magnifique. T'es vraiment magnifique, putain, soupira-t-il.

Bon sang.

Avant même qu'elle ne puisse lui répondre, il la souleva pour l'asseoir sur la table et il se glissa entre ses jambes. Il passa un bras autour d'elle en la plaquant contre son torse.

– Oh.

Une vague de plaisir la submergea tandis qu'il taquinait son téton de sa langue affamée. Elle passa une main dans ses cheveux pour l'encourager, le garder près d'elle tandis qu'il la mordillait.

– Oh, Luke.

* * *

La voix de Sam le ramena brutalement à la réalité. Il quitta son sein pour relever la tête. Une satisfaction primitive le traversa en voyant ses lèvres enflées et la luxure qui habitait son regard. C'était lui, qui avait fait ça. Et il aurait voulu lui faire davantage encore, mais quelque chose l'en empêchait.

– C'est une façon de te venger de Jason ?

Il était idiot de lui poser cette question, mais il avait besoin de savoir qu'elle ressentait au moins une fraction de ce qu'il ressentait pour elle, que tout ça n'était pas qu'un moyen d'apaiser sa colère. Des étincelles vinrent taquiner sa peau alors qu'elle caressait son torse. Bon sang. Il avait peut-être déjà dépassé le point de non-retour. Il avait l'impression qu'il mourrait s'il ne retrouvait pas rapidement le goût de ces lèvres tentatrices.

Mais il était hors de question qu'il nourrisse un besoin de vengeance mal placé. Aussi compliqués qu'aient été ses sentiments envers Jason à cet instant, Luke ne pouvait être avec Sam pour les mauvaises raisons. Il méritait plus. *Elle* méritait plus. Et son silence était révélateur. Quand bien même il s'était attendu à ce que son geste soit motivé par son besoin de vengeance, cela lui fit l'effet d'un coup de poing malgré tout.

Chaque fois qu'il s'était imaginé avec elle, il avait toujours imaginé qu'elle le désirerait, elle aussi. Ce besoin était stupide, d'autant qu'il avait déjà tout ce qu'il voulait, mais il fallait qu'elle le désire. Il la lâcha en se maudissant en silence, et était sur le point de reculer lorsqu'elle l'arrêta.

– Je t'en prie, dit-elle en enroulant les bras autour de lui, ses seins nus pressés contre son torse. J'ai l'impression d'être une moins que rien, et je déteste qu'il ait un tel effet sur moi. Je te veux. J'en ai *besoin*.

Son cœur se serra. Elle n'avait jamais eu besoin de lui auparavant, et il se sentit soudain submergé par l'envie de dissiper toute la peine que Jason avait pu lui causer. Luke prit son visage en coupe pour l'embrasser, et alors que son goût explosait dans sa bouche, il réalisa qu'il ne serait sans doute jamais rassasié d'elle.

Elle mit un terme à leur baiser avant de descendre doucement, déposant une volée de baisers tentateurs le long de son torse. C'était un rêve. Il devait être en train de rêver. Il ne voyait rien d'autre pour expliquer pourquoi Sam le touchait, l'embrassait. Désireux de ne pas mettre un terme à ce rêve ensorcelant, il la prit dans ses bras pour la porter à la chambre. Et presque comme si elle ne pouvait se rassasier de lui non plus, elle continua à l'embrasser en caressant son torse et son dos. C'était trop, et ce n'était pourtant pas assez.

Les lumières à détecteur automatique s'allumèrent alors qu'ils entraient, et il s'en trouva reconnaissant. Il ne voulait pas manquer le moindre instant de cette étreinte. Il la posa sur son lit et lécha son téton avant de le mordiller. Ses paupières papillonnèrent tandis qu'il la torturait et elle releva les hanches dans un gémissement, ses ongles s'enfouissant dans la chair de son dos. Sa verge ne fit que durcir davantage. *Elle était si sensible.*

Il déposa de tendres baisers sur son ventre plat, se délectant de ses halètements. Il fit glisser sa culotte le long de ses jambes et écarta ses longues jambes. La tête lui tourna lorsqu'il la trouva mouillée. Mouillée pour lui.

Il fallait qu'il la goûte. Sam gémit lorsqu'il la lécha. Elle était délicieuse. Il étancha sa soif avec ardeur, bercé par ses gémissements de plaisir. Bientôt proche de l'extase, il glissa sa langue en elle et elle jouit en grognant.

Sachant qu'il n'en aurait probablement plus jamais l'occasion, il se remit à la lécher et à la sucer pour s'enivrer de son goût. Entendre son nom sur les lèvres de sa belle ne fit qu'accentuer son désir primitif et il accéléra le rythme, les jambes de Sam se mettant bientôt à trembler. Elle jouit à nouveau, hurlant son nom.

Il avait besoin d'elle *maintenant.*

Il se redressa et se déshabilla rapidement avant d'aller récupérer un préservatif. Ses mains tremblaient alors qu'il le mettait. Une part de lui avait encore du mal à croire que le rêve était en train de devenir réalité. Après tant d'années passées à la désirer, Sam était enfin dans son lit. Qu'avait-il bien pu faire pour mériter un tel bonheur ? Médusé, il releva la tête pour s'assurer qu'elle était bien là, et il la surprit alors à le regarder. Ce n'était pas qu'une femme avec la même coupe de cheveux ou les mêmes yeux qu'elle, non, c'était bien *Sam.*

La tête lui tourna lorsqu'il vit le désir qui assombrissait son regard. Elle aimait ce qu'elle avait sous les yeux. L'idée que Sam puisse le désirer d'une quelconque façon que ce soit était entêtante. Et il se hâta d'aller la retrouver. Bientôt, ses mains étaient sur elle et il l'embrassa comme s'il mourrait de faim. Elle gémit doucement lorsqu'il s'enfonça en elle, ce son délectable. *C'était si bon. Putain, c'était tellement bon.*

Une myriade de sensations délicieuses le traversa alors qu'ils trouvaient leur rythme. Les yeux de Sam étaient clos et ses jambes enroulées autour de la taille de Luke alors qu'il se mettait à aller, et venir. Il se sentit empli d'une satisfaction infinie en la voyant s'abandonner à ses sensations. Bon sang. Il n'y avait rien de plus beau que de voir une femme prendre du plaisir, et le fait qu'il s'agisse de Sam ?

Elle était tout simplement époustouflante.

Il atteignit l'extase trop vite. Incapable de jouir sans elle, il se redressa pour aller taquiner son clitoris lorsqu'elle hurla. La féminité de Sam se resserra brusquement autour de sa verge et il jouit, se déversant en elle.

Un grognement sur les lèvres, il pressa son front contre le sien en faisant attention à ne pas l'écraser tandis qu'il reprenait son souffle. Les seins de sa belle se soulevaient et s'abaissaient doucement au rythme de ses halètements, et il les regarda, fasciné. Il ne se lasserait jamais de cette femme.

Il inversa leurs positions et la blottit contre lui tandis qu'il lui caressait le bras. Il savait qu'il fallait qu'il retire son préservatif, mais il n'avait aucune envie de se relever. Qu'il était bon d'être contre elle. Une part de lui craignait peut-être qu'elle disparaisse à l'instant même où il la lâcherait. Ainsi, il resta là, profitant de cet instant aussi longtemps qu'il le pouvait.

CHAPITRE SEPT

Sam s'étira en se réveillant, d'une humeur resplendissante. Son sang se glaça cependant dans ses veines lorsqu'elle sentit un corps sous elle. Un corps puissant.

Luke.

Sa respiration s'affola alors qu'elle ouvrait les yeux pour découvrir son visage magnifique. Il avait passé un bras autour d'elle, l'autre relevé au-dessus de sa tête tandis qu'il dormait. Elle profita de cette opportunité pour le regarder sans qu'il ne le sache, admirant ses cheveux sombres, son nez fort et ses lèvres qu'elle avait tant embrassées la nuit précédente. Son regard s'aventura plus bas, s'attardant sur sa barbe naissante et un frisson la traversa en se souvenant la façon dont elle l'avait griffée lorsqu'il l'avait embrassée.

Elle se sentit soudain mortifiée en se rappelant la façon dont elle l'avait supplié. Il avait tenté de la repousser, mais elle avait refusé d'abandonner, comme s'il avait été son dernier espoir. Honteuse, elle se redressa pour s'extirper du lit lorsque son bras se resserra autour d'elle. Avant même qu'elle ne puisse réagir, il l'attirait vers lui pour l'embrasser. Ses orteils se mirent en éventail tandis qu'une vague de plaisir la traversait, mais elle se reprit bien vite. Elle mit un terme au baiser, et fut surprise de trouver une étincelle de détermination dans son regard.

– Ne dis rien, l'avertit-il. Ne me dis pas qu'hier soir était une erreur.

– Ça ne l'était pas, dit-elle. Hier soir était…, elle se tut, hésitante. Elle luttait pour trouver les bons mots. Leur étreinte avait été délectable, et étrangement intime. Peut-être cela était-il dû à tout ce qu'ils avaient partagé, mais elle ne s'était jamais sentie aussi proche de quiconque.

– C'était ce dont j'avais besoin.dit-elle enfin, incapable de mettre des mots sur ce que cette nuit qu'ils avaient partagée représentait à ses yeux.

Elle ne put s'empêcher de s'inquiéter de la façon dont leur étreinte allait changer leur relation. Elle avait espéré qu'ils pourraient devenir amis, mais après la soirée de la vieille, elle doutait que ce souhait ne puisse un jour devenir réalité. Ils finiraient sans doute par se remettre à s'éviter, ce qui lui brisait le cœur. Elle l'avait non seulement utilisé hier soir, mais elle avait aussi probablement gâché sa dernière chance d'être amie avec lui.

Et pour une raison qu'elle ne s'expliquait pas, être son amie lui semblait terriblement important à présent.

Il sembla se détendre en acquiesçant.

– J'aimerais qu'on se laisse une chance de voir où ça va nous mener.

– Tu veux qu'on se laisse une chance ? répéta-t-elle bêtement avant de comprendre où il voulait en venir, une vague d'horreur la traversant.

Se pensait-il forcé d'entretenir une relation avec elle pour éviter de compliquer leurs échanges professionnels ? Elle ne voyait aucune autre explication pour justifier sa proposition insensée. Harkin était le joyau de Luke, et elle n'avait aucun mal à l'imaginer se sacrifier pour le protéger.

– Luke, c'est inutile. Je pense qu'on est tous les deux assez matures pour ne pas se faire des idées.

Elle ne voulait pas qu'il prétende ressentir quoi que ce soit pour elle. Elle en avait déjà eu assez avec Jason.

– Ce n'était que du sexe hier soir, lui dit-elle avant de tenter d'alléger l'atmosphère. C'était vraiment fabuleux…

Il écrasa ses lèvres contre les siennes avant même qu'elle ne puisse dire un mot de plus. Son baiser était ardent, affamé, et elle sut alors qu'elle y était déjà accro. Elle n'en aurait jamais assez. Son acharnement fit voler la moindre de ses défenses en éclats.

– C'est rien que du sexe ça, pour toi ? demanda-t-il, le regard noir.

Elle en eut le souffle coupé, et il jura en s'éloignant. Perdue, elle le regarda s'asseoir au bout du lit et se passer une main dans les cheveux. Sa gorge s'asséer alors qu'elle regardait ses muscles se tendre doucement.

Pourquoi fallait-il qu'il soit aussi sexy ? En dépit du fait qu'elle savait devoir fuir, elle ne désirait rien d'autre que de passer les bras autour de lui et de le taquiner en le forçant à venir se recoucher. Elle ne voyait pas de meilleur moyen de passer la journée que de passer la journée dans le lit de Luke.

– Ne me dis pas que ce qui s'est passé hier soir ne signifiait rien à tes yeux, dit-il enfin en se tournant pour lui faire face.

Sa gorge se serra en réalisant qu'il avait vraiment ressenti quelque chose, hier soir. Il n'aurait pas tant insisté si cela n'avait pas été le cas. Une douce chaleur se répandit en elle, les mots de Luke lui faisant l'effet d'un baume apaisant les blessures encore fraîches causées par l'égoïsme de Jason.

Mais qu'importait combien elle était tentée de faire fi de la raison pour s'abandonner à ce que Luke lui offrait, elle savait ne pas être en position d'entretenir une nouvelle relation amoureuse avec quiconque. Et il méritait mieux que ça.

Elle secoua la tête doucement, frustrée par sa propre inadéquation.

– Je suis désolée, Luke. Je ne suis pas prête pour une nouvelle relation, et à en juger par ce qu'elle ressentait à cet instant, elle ne le serait sans doute jamais. En dépit du fait qu'elle savait que tous les hommes n'étaient pas comme Jason, elle doutait être capable de reprendre un tel risque. Cette douleur, cette impression de ne pas être à la hauteur étaient bien trop désagréables.

La mâchoire de Luke se serra tandis qu'il détournait le regard.

– Moi aussi, je suis désolé, dit-il après un instant, avant de se lever pour quitter la pièce.

Elle se sentit traversée par un désir presque irrésistible de le suivre, d'envoyer valser ses doutes pour se laisser tenter, mais elle se ravisa rapidement en se rappelant qu'aucune des relations amoureuses de Luke n'avait duré plus d'un soir. Bon sang. En dépit du fait qu'elle le connaissait depuis des années déjà, elle n'était même pas certaine de l'avoir vu avec la même femme plus d'une fois. Il se lasserait d'elle bien vite, et elle devinait déjà que cela la briserait.

Un soupir sur les lèvres, elle se contenta donc d'aller se rafraîchir et s'habiller.

* * *

Quel con ! Mais quel con !

Luke ferma la cafetière d'un geste brusque. Que lui était-il passé par la tête ? Comment avait-il pu croire qu'après une simple nuit passée ensemble, Sam réaliserait soudain qu'il était l'homme de sa vie ? Comment avait-il pu croire que ses sentiments changeraient du tout au tout après l'avoir détesté pendant si longtemps ? Il était fou.

Il fallait qu'il soit fou. Il ne voyait aucune autre explication pour justifier qu'il lui ait demandé de leur laisser une chance.

Furieux, il s'agrippa à la poignée de la carafe en versant de l'eau dans la cafetière. Qu'importait qu'elle l'ait embrassé comme si sa vie en dépendait la nuit dernière, ou qu'elle lui avait semblé être à sa place entre ses bras. Elle venait non seulement de perdre son mari, mais aussi d'apprendre que ce connard de menteur la trompait depuis toujours. Bien sûr qu'elle n'était pas prête pour une relation.

Oh, mais cela n'empêchait pas Luke de désirer être avec elle, ou de vouloir la faire changer d'avis. Il se sentit dévoré par la culpabilité en sachant qu'il utilisait les liaisons de

Jason comme une excuse pour ne pas se sentir coupable de son attitude de la nuit précédente. Le simple fait que Jason ait trompé Sam ne voulait pas dire qu'elle lui était offerte. Pire encore était de savoir que cette étreinte n'aurait jamais eu lieu s'il n'avait pas été assez égoïste pour révéler à Sam que Jason la trompait. Mais il lui semblait à présent payer le prix fort pour son erreur.

Avoir passé une nuit avec elle et ne plus jamais pouvoir recommencer était… Il grogna.

Il avait longtemps pensé que de voir Sam faire les yeux doux à un autre homme était un véritable enfer sur Terre, mais cette situation était pire encore. Savoir combien ses lèvres étaient délicieuses sans jamais pourtant pouvoir l'embrasser de nouveau ? C'était tout bonnement insupportable.

– Hé.

Il releva la tête et son cœur manqua un battement lorsqu'il vit Sam entrer dans la cuisine habillée de l'une de ses chemises. Elle l'avait cintrée à l'aide d'une ceinture et elle lui tombait juste au-dessous des hanches, révélant ses longues jambes tentatrices à son regard curieux.

– Je t'ai emprunté une autre chemise, j'espère que ça ne te dérange pas.

Elle n'avait pas pris de vêtements avec elle, si bien qu'il lui avait prêté une chemise avant qu'elle n'aille au lit. Il avait voulu qu'elle soit à l'aise, et peut-être avait-il apprécié l'idée que sa peau effleure quelque chose qui lui appartenait ? Il n'avait jamais imaginé qu'il aurait même le plaisir de la lui retirer. Il l'aurait laissée lui emprunter toutes ses chemises tant qu'il la voyait les porter.

– Pas de soucis, murmura-t-il en tentant d'ignorer combien il lui serait aisé de lui arracher ce vêtement. Elle n'en avait fermé que quelques boutons. Il lui suffirait de tirer sur le tissu pour les faire sauter et l'en débarrasser. Mais elle ne le désirait pas, et il allait falloir qu'il apprenne à vivre avec ça. Encore.

Il serra les poings en se tournant vers la cafetière avant de demander de la voix la plus naturelle possible :

– Du café ?

Il ne pouvait s'en prendre qu'à lui-même. Il aurait dû mieux se contrôler la nuit passée. Mais comment aurait-il pu? Après toutes ces années, la femme de ses rêves s'était enfin glissée entre ses bras, et il l'avait désirée. Il l'avait tant désirée.

– Ouais, merci.

Il prépara deux tasses de café et ajouta du lait dans l'une d'elles. Elle fronça les sourcils lorsqu'il lui tendit la tasse.

– Tu sais comment je prends mon café ?

Il savait tout à son sujet, mais sachant que cela pouvait sembler étrange, il haussa les épaules.

– On travaille ensemble depuis une éternité.

– Même Jason ne le savait pas, murmura-t-elle en regardant sa tasse.

Il aurait voulu lui dire que cela était le signe qu'il méritait qu'elle lui laisse une chance de lui montrer qu'il n'avait rien à voir avec Jason, mais il ne voulait pas l'ennuyer. Ainsi, il se contenta de blaguer :

– Tu devrais peut-être exiger que ton prochain copain le sache.

– Sans doute, elle rit en portant la tasse à son nez, puis elle soupira. Il sent très bon, merci.

Il sourit.

– Le goût est encore meilleur.

Elle sourit en soufflant sur sa tasse pour refroidir le café. Voir ses lèvres pincées agita sa queue, et il se força à détourner le regard. Arrêterait-il de la désirer un jour ? Cela était-il même possible ? Il la désirait depuis si longtemps que cela lui semblait être sa deuxième nature à présent. C'était sans doute même pour cela qu'il n'avait jamais pu entretenir de relation sérieuse avec une autre femme. Il n'y avait de place que pour l'une d'elles dans son cœur : Sam.

– Tu veux rester pour le petit-déj' ? Maria…

– Il vaudrait mieux que je me change et que j'y aille, l'interrompit Sam. Mais merci pour la proposition.

– C'est normal, dit-il en tentant de faire taire sa douleur. Il lui semblait être de retour à la case départ. Voilà qu'elle se remettait à l'éviter.

Génial. Quelle plaie.

* * *

Le regard de Sam était braqué sur la télé, même si elle ne suivait qu'à peine le film qu'elle avait loué dans sa chambre d'hôtel. Après avoir quitté l'appartement de Luke, elle était allée s'acheter quelques vêtements avant de prendre une chambre. Elle avait pensé qu'un bon *thriller* lui permettrait de s'occuper l'esprit, mais elle était trop préoccupée pour en profiter.

Tout ce à quoi elle pouvait penser était la façon dont

Jason l'avait dupée, et la stupidité avec laquelle elle s'était laissée avoir. Il l'avait trompée pendant si longtemps, et elle n'avait pourtant rien vu ! Comment avait-elle pu être aussi aveugle, et lui faire confiance de la sorte ?

Elle ne lui avait jamais fait la moindre scène lorsqu'il voulait sortir avec ses amis et l'avait même soutenu lorsqu'il avait choisi de s'investir davantage dans la vie de la communauté. Oh, mais il avait dû tellement se moquer d'elle ! Elle lui avait presque donné l'autorisation d'aller voir ailleurs à travailler si dur pour être une bonne épouse.

Il était hors de question qu'elle se laisse avoir de la sorte lorsqu'elle se remettrait à voir des hommes. Elle n'autoriserait plus quiconque à lui marcher sur les pieds comme Jason l'avait si longtemps fait.

Lorsqu'elle se remettrait à voir des hommes !

Elle grogna en sachant que c'était avant tout à cause de Luke, qu'elle envisageait cette possibilité. Bien qu'elle ait refusé son offre de « voir comment les choses évolueraient », elle avait pourtant été incapable de faire taire cette idée. Elle avait été terriblement tentée de lui dire oui, mais elle s'était ravisée en sachant qu'elle serait incapable de le captiver. Comment le pourrait-elle ? Elle n'avait même pas été capable de garder son propre mari ! Et puis, ses pensées étaient si confuses à présent. Elle ne pouvait entraîner Luke dans sa spirale cauchemardesque.

Une part d'elle était encore incapable de croire qu'elle s'était servie de lui de cette façon. Elle n'avait jamais été du genre à agir ainsi, et le fait qu'il s'agissait de Luke ne faisait qu'empirer les choses. Il avait été si gentil, non seulement de la prévenir pour Jason il y a si longtemps, mais aussi d'avoir été là pour elle la veille.

Il lui avait même proposé de la reconduire chez elle, et au lieu de se montrer reconnaissante, elle l'avait utilisé. Une vague de honte la traversa en réponse à ce souvenir. Si cette nuit avait été la plus belle nuit d'amour de sa vie, elle avait aussi gâché les débuts fragiles d'une nouvelle amitié. Comment allait-elle pouvoir lui faire face à nouveau ? Que devait-il penser d'elle ?

Elle aurait dû rester chez elle la veille, ou mieux encore, aller directement à l'hôtel. Qu'avait-elle espéré, après tout ? Que Luke nie ses accusations ? Qu'il aurait une excuse pour justifier tous les messages et photos qu'elle avait vus sur le téléphone de Jason ?

Dire qu'au lieu de se contenter de mettre tout ça derrière elle, elle avait empiré les choses avec Luke !

Sam prit la télécommande pour éteindre la télévision. Il allait falloir qu'elle se mette à songer à l'avenir, et à ce qu'elle voulait faire de sa vie à présent. Elle commencerait par se prendre un nouvel appartement. Parce qu'il était hors de question qu'elle passe une nuit de plus dans la maison qu'elle avait partagée avec Jason.Cette maison qui avait représenté son rêve de fonder une famille et de vieillir à ses côtés était maintenant un monument à la naïveté dont elle avait fait preuve envers lui. Elle ne pouvait plus vivre là-bas. Elle prendrait donc un appartement en ville, loin, très loin de la maison.

Elle fit défiler ses contacts sur son téléphone jusqu'à atteindre le nom d'un agent immobilier avec lequel elle était amie. Elle se ravisa cependant avant d'appuyer sur le bouton d'appel. Confier sa recherche d'appartement à un agent immobilier était du Jason tout craché. Il n'était pas du genre à s'embarrasser des détails lorsqu'il pouvait laisser un autre se charger des tâches qui lui incombaient. Il lui suffisait de claquer des doigts pour que l'on accoure.

Désireuse de se dissocier de Jason, elle se demanda comment elle aurait cherché un appartement avant sa rencontre avec lui, et elle se souvint qu'elle avait eu l'habitude de faire ses recherches sur internet, si bien qu'elle décida de commencer par là. Même si rien ne lui tapait dans l'œil, elle aurait au moins une meilleure idée de ce qu'elle recherchait. Décidée, elle ouvrit le navigateur de son téléphone pour regarder les appartements disponibles à Manhattan.

Et cette décision, même minime et insignifiante, lui sembla incroyablement valorisante. Comme si elle prenait enfin sa vie en main, après avoir sommeillé pendant une éternité et laissé quelqu'un d'autre gouverner sa vie.

CHAPITRE HUIT

– Bonjour madame C.

Les salutations de l'agent de sécurité tirèrent Sam de ses pensées le lundi matin. Elle avait hésité à venir au bureau tout le week-end. D'un côté, elle détestait l'idée de continuer à travailler pour le fonds spéculatif que Jason avait créé, et détestait que sa vie continue d'être dictée par ce menteur égoïste, mais d'un autre, elle adorait son travail et avait l'impression que de le quitter serait comme le laisser gagner. Il fallait qu'elle fasse ce qu'il y avait de mieux pour elle, et qu'elle évite de laisser sa colère envers Jason la pousser à prendre des décisions irréfléchies, comme de séduire Luke pour tromper sa douleur. Elle était bien résolue à y réfléchir à deux fois avant d'agir.

Mais le salut cordial de Ruben ne fit que confirmer le fait qu'elle avait toujours été la femme du patron aux yeux de tous.

Qu'importait qu'elle ait redoublé d'efforts pour être la meilleure analyste possible. Elle serait toujours la femme qui avait obtenu ce poste parce que le patron était son mari. Après tout, elle devait même sa vue imprenable sur Bryant Park qu'elle affectionnait tant à Jason. Même après toutes les promotions qu'elle avait obtenues chez Anderson, elle avait toujours dû se contenter du petit cube qu'elle partageait avec un autre comptable.

Et elle ne voulait même pas songer à la file de sécurité interminable qu'elle venait juste d'éviter, et à l'ascenseur privé dans lequel elle était sur le point de pénétrer.

Sa vie entière lui semblait être bâtie sur les privilèges dont elle bénéficiait pour avoir épousé Jason.

Dans un soupir, elle s'arrêta et sourit à l'agent de sécurité.

– Bonjour Ruben.

– Vous avez vu le match hier soir ?

– Non, mais j'ai entendu dire qu'il y avait eu des prolongations.

Ruben secoua la tête.

– Vous avez manqué quelque chose, Madame C. Hill a marqué vingt-cinq points.

– Vu son salaire, il aurait dû en marquer trente, elle n'avait jamais été franchement intéressée par le sport, mais Jason lui avait permis d'en apprendre les bases. Ruben s'était mis à lui en parler depuis que l'agent de sécurité l'avait entendue corriger sa prononciation du nom d'un joueur en face de lui.

Ruben sourit.

– C'est à peine sa deuxième année. Vous verrez dans un an, il en marquera quarante !

– On verra ça, dit-elle en se glissant dans l'ascenseur

privé, le cœur lourd à l'idée que Jason ait empoisonné le moindre aspect de son existence. Même sa conversation avec l'agent de sécurité la rappelait à lui. Comment pourrait-elle continuer à travailler ici en sachant que Jason lui avait presque servi cette réalité sur un plateau d'argent ? Elle serait incapable de grandir en restant.

Sa colère se raviva tandis que l'ascenseur prenait son envol. Dire qu'à sa mort, elle avait voulu rester pour préserver son esprit ! Et elle aurait continué à jouer son rôle de parfaite veuve loyale si elle n'avait pas trouvé ces messages, n'avait jamais découvert ses coucheries.

Son esprit soudain éclairci et débarrassé de ses œillères, elle réalisait à présent qu'elle ne pouvait continuer à travailler chez Harkin. Parce qu'en dépit du fait qu'elle adorait son travail et était amie avec ses collègues, l'ombre de Jason planerait toujours au-dessus d'elle, tout comme la façon dont il avait contrôlé son existence dans la société. Bien sûr, elle l'avait laissé faire, mais il était temps que tout ça prenne fin. Elle avait le choix aujourd'hui, et elle voulait, *avait besoin* même, de prendre son indépendance. De découvrir qui elle était sans lui. Et il fallait pour ça qu'elle quitte Harkin.

Cette décision l'attrista, en même temps qu'elle soulageait ses épaules d'un poids immense. Elle informerait Luke de son départ aussi rapidement que possible.

* * *

— Luke ! Je voulais justement de voir.

Le cœur de Luke manqua un battement alors qu'il se

tournait pour faire face à Sam. Il ne l'avait plus vue depuis qu'elle avait quitté son appartement le samedi matin, et elle lui avait manqué, elle et ses longs cheveux d'ébène doux comme de la soie dans lesquels il avait adoré enfouir les doigts, elle et ses superbes yeux noisette noyés de plaisir tandis qu'ils ne faisaient qu'un… Il pria en silence pour qu'elle lui dise qu'elle avait décidé de lui donner une chance. Il ne voulait rien d'autre.

– Salut, Sam.

– On peut se parler en privé ?

Il resta parfaitement calme, tout du moins il l'espérait, malgré les battements affolés de son cœur.

– Bien sûr, il balaya l'étage bondé du regard. La salle de réunion était inoccupée, mais les murs en verre ne leur conféreraient aucune intimité et il mourrait d'envie de l'embrasser, de la prendre dans ses bras à nouveau.

– Allons dans mon bureau, dit-il. Ce n'était pas aussi près, mais ils seraient au moins tranquilles. Il dut se faire violence pour résister à l'envie de passer un bras autour d'elle tandis qu'ils s'y rendaient. Il n'avait pas l'habitude de le faire après tout, et il doutait qu'elle veuille parader avec lui devant leurs employés.

Une fois la porte de son bureau fermée, Sam se tourna vers lui.

– Je veux vendre les parts de Jason.

Il recula brusquement la tête, comme si elle l'avait giflé. *Elle voulait vendre ?*

Cela n'avait rien à voir avec le fait de lui laisser une chance. Non, elle voulait rompre l'unique lien qui les raccrochait. Cette pensée lui serra l'estomac.

Elle était en train de tourner la page sur son ancienne vie, dont il faisait partie.

Sa décision si soudaine de vendre était la preuve même que la nuit qu'ils avaient partagée ne signifiait rien à ses yeux, et qu'il n'avait été qu'un moyen pour elle d'apaiser sa peine à la découverte des mensonges de Jason. Il ne s'était pourtant pas voilé la face, sachant qu'il était trop tôt pour que Sam ressente pour lui ce qu'il ressentait envers elle, mais réaliser que tout ça n'avait strictement aucune importance à ses yeux le blessa.

Cette nuit avait été la plus belle de sa vie.

Un peu tard, il réalisa combien son départ allait aussi influencer en mal son avenir professionnel. La presse prétendait déjà qu'il n'était pas à la hauteur pour prendre la suite de son associé, un journaliste ayant même insinué que Jason était le cerveau à l'origine de Harkin, après quoi il avait conseillé à ses lecteurs de cesser d'investir avec la société. Ils verraient le départ de Sam comme la confirmation de leurs doutes, et qu'elle non plus ne lui faisait pas confiance pour diriger Harkin.

Il secoua la tête.

– Sam…

– Cinquante millions, dit-elle, d'un ton doux, mais ferme.

Cinquante millions ? Cette somme était même inférieure à la somme qu'ils gagnaient par le biais de leurs frais de gestion chaque année. Il fallait vraiment qu'elle veuille partir pour qu'elle ne lui demande même pas l'équivalent d'une année de revenus.

– Je prends la moitié maintenant, continua-t-elle. Et

l'autre moitié sera distribuée à diverses œuvres caritatives au fil des années.

Elle arrivait à penser aux autres même avec tout ce qui se passait dans sa vie. Il en aurait sans doute ri s'il n'avait pas eu le cœur brisé.

Il prit place à son bureau pour se donner le temps de réfléchir. C'était dans des moments tels que celui-ci qu'il se maudissait de ne pas garder une bouteille au bureau.

– Désolé Sam, mais je peux pas prendre le moindre risque maintenant, dit-il une fois qu'il eut remis de l'ordre dans ses idées. Peut-être dans un trimestre ou deux.

Il devait s'assurer que l'entreprise était de nouveau stable, avant de prendre une telle décision financière.

– Je ne reste pas, Luke, dit-elle avec une détermination qui le surprit. Elle se tut en réalisant la dureté de son ton, avant de reprendre d'une voix plus douce. Je peux pas continuer à travailler ici alors que tout est à son image.

– Je suis désolé, Sam, dit-il, ignorant sa remarque au sujet de Jason. Il détestait l'idée qu'elle devrait affronter le souvenir de Jason chaque fois qu'elle viendrait au bureau, détestait l'idée que Jason la dépouille encore davantage, en dépit de tout ce dont il l'avait déjà privée. Je ne paierai pas cinquante millions pour une société qui pourrait bien ne plus exister dans un an.

Il savait qu'il lui rendait la tâche difficile, mais il devait faire passer Harkin en priorité.

– C'est si terrible que ça ? demanda-t-elle en se laissant tomber dans un siège en face de lui.

– Tu sais que le fiasco Cervco nous a sérieusement mis

dans la panade l'année dernière. Et la mort de Jason n'a fait qu'empirer les choses.

Il soupira avant d'ajouter :

– Et ce n'est pas tout. Si je ne peux pas racheter tes parts, c'est aussi parce que peu après la mort de Jason, j'ai découvert qu'il avait surhypothéqué le fonds de secours. On a liquidé la majeure partie de nos avoirs, mais on a encore un sacré bout de chemin à faire. J'avais l'intention de me servir de nos économies dans l'éventualité où on aurait un souci.

Enfin, ce qu'il restait de leurs économies. Avec tous les clients qu'ils avaient perdus, leurs économies, qui avaient pourtant longtemps été supérieures à celles de la plupart de leurs compétiteurs dans l'industrie, étaient aujourd'hui mises à rude épreuve.

– Je suis désolé de ne pas t'en avoir parlé plus tôt. Je ne voulais pas ternir son image à tes yeux.

Une étincelle de tristesse traversa son regard, et il devina sa réticence à quitter la société alors qu'il était déjà dans une situation bien difficile. Désireux d'apaiser ses craintes, il ajouta :

– Donne-moi six mois. Si tout va bien d'ici là, je te rachè-terai tes parts.

L'idée qu'elle puisse partir le mettait mal à l'aise, mais il comprenait qu'elle en ait besoin pour avancer. Il espérait juste qu'elle finirait par réaliser combien elle aimait son travail, et qu'elle décide de rester.

Elle hésita un instant avant d'enfin acquiescer.

– Et ça te dérangerait de rester deux semaines le temps que je trouve à te remplacer ? demanda-t-il en sachant que son départ serait compliqué. Si elle travaillait avant tout en tant qu'analyste du fond de dette des entreprises, elle s'était cependant impliquée dans presque tous les départements de la compagnie.

– Je… Bien sûr.

Sa gratitude et son soulagement se lisaient sur son visage, et il sut alors qu'il se voilait la face en espérant qu'elle changerait d'avis. Elle partirait dès qu'elle le pourrait, sans même un regard en arrière.

– Comment veux-tu l'annoncer ? Tu veux qu'on dise que tu as besoin de repos pour justifier ton départ ?

– Pourquoi pas.

Elle haussa les épaules, les sourcils froncés.

– Ou on pourrait dire que j'ai décidé de prendre du recul pour me consacrer à des œuvres caritatives.

– Bien sûr. Avec tous les dons que tu prévois de faire, je doute qu'on vienne te poser des questions. Il faut juste que j'en parle à Hank avant d'annoncer quoi que ce soit. On peut se revoir plus tard dans la journée, pour qu'on discute de la façon dont on va répartir tes responsabilités ? Harkin étant déjà en difficulté, il n'avait aucune envie d'engager du personnel tant que cela ne serait pas absolument nécessaire.

– Bien sûr.

Un poids écrasant vint soudain se poser sur les épaules de Luke, le privant de toute énergie. Quand le cauchemar allait-il prendre fin ? Il y avait d'abord eu le fiasco Cervco, puis la mort de Jason. Et comme si cela ne suffisait pas, voilà que Sam voulait partir, elle aussi. Quand bien même son départ n'aurait pas le même impact que les deux premiers incidents auxquels ils avaient dû faire face, d'un point de vue personnel, il n'en serait pas moins dévastateur.

Elle avait toujours été son rayon de soleil, et il ne pouvait, ni ne voulait s'imaginer un quotidien dans lequel elle n'aurait pas sa place.

Inquiet de se ridiculiser, et désireux de lui changer les idées, il s'éclaircit la gorge en se levant.

– J'ai une réunion client dans quelques minutes. Je passerai à ton bureau plus tard pour qu'on discute des détails.

– D'accord, ça marche.

Un sourire triste se glissa sur ses lèvres tandis qu'il la raccompagnait à la porte. Il avait besoin d'un verre. Peut-être emmènerait-il son client au bar en bas de la rue. S'il ne pouvait bien sûr pas se saouler pendant ses heures de travail, un petit verre lui ferait au moins oublier la douleur que lui inspirait le départ de Sam.

* * *

– Bon et tu es sûre de ne pas vouloir parler aux stagiaires ? demanda Ross à Sam le lendemain lorsqu'elle lui expliqua qu'elle ne pourrait plus animer l'atelier d'analyse financière. Son départ serait annoncé en fin de journée, mais elle avait voulu prévenir l'analyste en avance, sachant que le programme de stage devait commencer la semaine suivante.

Elle avait animé les séances d'introduction les deux années précédentes, et avait prévu d'en faire de même cette année. Mais étant donné son départ, Ross allait devoir s'en charger lui-même, ou trouver quelqu'un pour lui donner un coup de main.

– Certaine.

Elle serait encore là lorsque le programme commencerait, mais elle préférait ne pas rencontrer les stagiaires du
tout. Elle ne voulait pas qu'ils s'habituent à elle et se sentent
perdus une fois qu'elle serait partie. Elle ne doutait de toute
façon pas que l'un, ou plusieurs des autres analystes de la
société adoreraient faire office de mentors aux stagiaires si
on leur en donnait la chance. S'ils n'étaient pas franchement
très pédagogues, ils apprécieraient cependant qu'on se fie
à eux.

– Et si tu passais juste pour discuter un peu avec eux ?

Un sourire souleva les lèvres de Sam. Ross avait
toujours été très inquiet, pour tout. Il ne s'autorisait même
pas à être fier lorsque l'un des gestionnaires de fonds achetait une action sur ses recommandations, trop occupé à s'inquiéter des performances de cette dernière, et du risque que
le gestionnaire ait acheté son action « trop tôt ».

– Je suis certaine que tu t'en sortiras très bien, lui dit-
elle. Si tu n'es vraiment pas à l'aise, tu peux demander à
quelqu'un de te donner un coup de main. Je suis sûre que
Joanne ou Chris seraient ravis de t'aider.

Il prit un carnet et un stylo.

– Tu peux me redire pourquoi on n'utilise pas le BAIIA ?
demanda-t-il en agitant la main. Je veux dire, j'en connais la
raison, mais j'aime comment tu présentes ça.

Elle savait qu'ignorer le BAIIA allait à l'encontre de ce
qu'apprenaient toutes les écoles de management, mais ce
concept ne lui semblait être que de la poudre aux yeux.

– Ça n'a aucun intérêt, dit-elle. Ça fait gonfler les revenus, rien de plus. Les taux d'intérêt, les impôts… elle se tut

en le voyant écrire à toute vitesse. Et si je t'envoyais plutôt un mail à la place ?

Le soulagement qu'elle lut dans ses yeux était presque palpable.

– Oui, s'il te plaît.

Elle rit.

– D'accord, je te prépare ça et je te l'envoie d'ici la fin de journée.

Elle lui tapota la main pour le rassurer.

– Ne t'inquiète, tu t'en sortiras très bien.

– C'est facile à dire pour toi, dit-il, sur un ton accusateur. J'arrive toujours pas à croire que tu m'abandonnes.

Elle résista à l'envie de lever les yeux au ciel. Il agissait comme si elle le laissait seul aux prises d'une classe de maternelles.

– Ils ne seront que cinq.

Il grogna, et elle rit à nouveau.

– Appelle-moi si tu as besoin de quoi que ce soit.

Elle se sentit traversée par un frisson d'excitation en traversant l'étage. Tout ça allait lui manquer, songea-t-elle en retournant à son bureau. Au lieu de se sentir forte de reprendre sa vie en main, elle avait la désagréable impression d'abandonner ses collègues qui faisaient presque partie de sa famille à présent. Si les gestionnaires de fonds et les analystes n'étaient pas particulièrement connus pour leur amabilité, elle s'était cependant rapprochée de plusieurs d'entre eux, sans doute parce qu'ils ne l'avaient jamais vue comme une concurrente.

Elle avait été l'épouse du patron, et tous s'étaient attendus à ce qu'elle parte une fois qu'ils auraient eu des enfants, tout comme elle, d'ailleurs. Le fait qu'elle puisse gérer son emploi du temps comme elle le voulait avait été l'une des raisons principales pour lesquelles elle avait accepté l'offre de Jason de rejoindre la société au départ. Elle avait songé que cela lui permettrait d'allier travail et famille, en pouvant s'occuper de ses enfants comme elle le voudrait.

Ses parents avaient toujours travaillé à plein temps, elle n'avait jamais eu la joie de les voir à ses récitals de piano ou autre activité scolaire, et elle avait toujours envié ses camarades dont les parents venaient les soutenir. Elle avait donc pour ambition de devenir une maman très présente, qui assisterait aux matchs, aiderait avec les devoirs et conduirait ses enfants aux entraînements.

Mais voilà, il n'y avait jamais eu d'enfants.

Jason avait toujours eu une excuse parfaite pour retarder leur conception. D'abord, il lui avait dit vouloir l'avoir à lui seul un moment, ce qu'elle avait trouvé romantique. Elle avait évoqué le sujet à nouveau l'année suivante, et il lui avait répondu qu'il était bien trop occupé par le travail pour fonder une famille, et qu'il voulait pouvoir se consacrer à ses enfants complètement.

Elle ne se doutait absolument pas à l'époque qu'en fait, il avait du temps ; simplement, il avait eu d'autres priorités. Elle serra les poings en songeant à toutes ces années gâchées avec lui. Peu importait ce qu'elle pouvait ressentir envers son travail et ses collègues, elle savait avoir raison de se laisser une chance de tout reprendre à zéro.

Une idée lui traversa l'esprit alors qu'elle arrivait à son bureau, et elle tourna les talons pour aller à la réception.

Elle sourit lorsqu'elle ouvrit la porte et trouva la jeune blonde assise au comptoir.

– Coucou Theresa. Tu voudrais bien commander à déjeuner pour tout le bureau ? Avec un peu de chance, un bon repas suffirait à adoucir la nouvelle de son départ.

– Bien sûr, où ça ?

– Je te laisse décider.

Theresa écarquilla les yeux.

– Vous êtes sérieuse ?

– Oui. Je te demande juste de ne pas me le faire regretter.

– Promis. Wouah. Merci, Samantha !

– Je t'en prie, dit-elle, heureuse d'avoir pu faire sourire quelqu'un aujourd'hui. Elle se sentit traversée par une vague de culpabilité à l'idée que ce bonheur serait sans doute de courte durée. Elle n'avait aucun mal à imaginer l'air triste de Theresa lors de l'annonce que Luke avait prévue en fin de journée.

Avec un peu de chance, la jeune réceptionniste ne le prendrait pas trop mal. Après tout, peut-être Sam surestimait-elle combien elle était proche de ses employés.

– Ah, et mets ça sur mon compte personnel s'il te plaît.

Oui, un bon déjeuner serait parfait pour adoucir la nouvelle et apaiser sa conscience coupable.

CHAPITRE NEUF

Luke venait de sortir de l'ascenseur le lendemain matin lorsqu'il vit Hank le rejoindre. Son collègue avait un air sombre, et Luke devina immédiatement quel était le problème.

– On a perdu un autre client, dit-il sans attendre lorsque Hank s'arrêta devant lui. Il savait que le répit dont ils avaient bénéficié ces derniers jours était trop beau pour être vrai. Ils n'avaient plus perdu le moindre client depuis près d'une semaine, et il avait naïvement espéré que la crise était terminée.

– On en a perdu deux aujourd'hui, en fait.

Merde ! Combien de clients, combien d'argent allaient-ils encore perdre ? Il leur était déjà assez difficile de travailler avec le peu de capital qu'il leur restait, sans parler de la baisse de moral des gestionnaires. Il voyait bien que certains étaient sur le point de craquer.

– Lesquels ? demanda-t-il.

– NorCal et l'un de nos fonds de retraite dans le New Jersey.

– Je t'en prie, dis-moi que c'est pas celui des profs, le fonds de retraite des enseignants du New Jersey valait près de quatre-vingts millions de dollars.

– Non, c'est celui de Dayner.

Luke ravala un soupir de soulagement. Le fond Dayner devait valoir vingt millions tout au plus, mais celui de NorCal valait au moins trois fois plus. Ils ne pouvaient se permettre de perdre d'autres clients, au risque de devoir renvoyer une partie de leurs employés et de mettre en place des restrictions budgétaires. Il avait vérifié leurs chiffres la veille, et avait calculé que l'entreprise retomberait sur ses pieds s'ils parvenaient à engranger les mêmes bénéfices que l'année précédente. Mais avec la perte de ces deux nouveaux clients, Harkin serait dans le rouge tant qu'ils ne réduiraient pas leurs dépenses, ce qui se traduisait d'abord par la réduction des salaires. Il ne voulait pas non plus virer quiconque ne le méritait pas. Virer un employé paresseux était une chose, mais y être contraint par quelque chose que personne ne pouvait contrôler était tout à fait impensable.

– Ouvre les fonds aux nouveaux clients, ordonna-t-il à son collègue. Ils avaient fermé Harkin aux nouveaux investisseurs près de deux ans plus tôt après avoir décidé de ne pas tenter le diable avec des investissements risqués pour la simple raison qu'ils avaient plus d'argent à gérer. Luke n'avait pas immédiatement rouvert les fonds à la mort de Jason, en espérant que les choses finiraient par rentrer dans l'ordre d'elles-mêmes. Il n'avait pas voulu que la rumeur de leurs difficultés se répande et convainque les clients qui avaient choisi de rester avec eux de reconsidérer leur décision. Mais ils allaient à présent devoir prendre ce risque s'ils voulaient éviter le pire pour la société.

Un frisson traversa tout son corps à l'idée que personne ne voudrait investir avec eux, mais il la fit taire rapidement en se maudissant. Il s'inquiétait trop. Il était évident que certains voudraient encore investir avec Harkin. Qui refuserait de leur faire confiance, après toutes ces années de résultats époustouflants ? Il lui fallait juste quelques mois pour prouver aux gens qu'ils avaient paniqué pour rien, et tout irait bien. Il n'avait de toute façon pas d'autre option.

– Sois aussi discret que possible, dit-il à Hank.

– Bien sûr.

Dire que ce n'était que la partie immergée de l'iceberg. Ils auraient bientôt de quoi se faire du souci lorsque NorCal signerait avec un autre fonds d'investissement. Ce serait un gros coup de récupérer un client de Harkin Capital Management, et nul doute que le nouveau fonds irait le crier sur les toits, sachant combien Jason avait frimé, enchaînant les conférences de presse lorsqu'ils avaient réussi à convaincre NorCal de signer avec eux plutôt qu'avec Tyco Entreprises.

Hank hésita un instant avant d'ajouter :

– Tu as pensé à verrouiller les fonds ?

Luke fronça les sourcils, surpris. S'il y avait effectivement songé, il avait du mal à croire que Hank lui pose une telle question. Empêcher les clients de retirer leur argent, quand bien même temporairement, compliquerait la tâche à tous puisqu'il leur faudrait alors gérer les clients en colère en plus de tout le reste.

Hank devrait vraiment être inquiet pour Harkin pour lui recommander une *telle chose*.

– J'y ai pensé, mais j'ai décidé de ne pas le faire, répondit Luke. Même si on arrive à générer des profits pour nos clients, ils partiront dès qu'ils en auront l'occasion si on leur impose de telles restrictions.

Si leurs clients n'avaient pas nécessairement besoin de leur argent immédiatement, personne ne voulait se voir interdire l'accès à ses fonds.

Espérant avoir apaisé les craintes de Hank, Luke se força à lui sourire avant de prendre la direction de son bureau.

– Merci de m'avoir tenu informé. Je pense qu'il va falloir miser sur les investissements étrangers plutôt que sur les retraites, cette fois.

S'il avait préféré faire croître les fonds de retraite d'Américains honnêtes plutôt que ceux de riches investisseurs étrangers, il n'était malheureusement pas en position de faire la fine bouche.

Hank sourit en lui emboîtant le pas.

– Tu es bien le seul à t'inquiéter de ça.

Sa réponse lui rappela combien leurs origines étaient différentes. En dépit du fait que Hank n'avait pas grandi dans une famille riche comme cela avait été le cas pour Jason, ses parents avaient cependant été relativement aisés. Hank ne saurait jamais ce que c'était que de travailler pendant plus de quarante ans pour n'avoir qu'une mince retraite sur laquelle compter pour vivre. Il ne pouvait imaginer en quoi les profits qu'ils avaient générés pour leur fonds de retraite allaient changer la vie des personnes qui y avaient investi. Elles allaient pouvoir prendre leur retraite avec un ou deux ans d'avance, et auraient suffisamment d'argent pour payer l'université de leurs enfants ou tout traitement médical donc elles pourraient avoir besoin.

— Il n'y a pas de mal à vouloir aider les gens.

Luke songea au fait que son père n'aurait pas été forcé de travailler si dur, pendant si longtemps, si les gestionnaires responsables de son fonds de retraite n'avaient pas été de véritables incapables. S'ils n'avaient pas été aussi avares, son père aurait pu partir à la retraite à soixante-quatre ans, au lieu d'être forcé d'aller s'épuiser à l'usine.

— Et c'est comme ça qu'ils nous remercient, dit Hank en secouant la tête.

Comme Jason, Hank avait été d'avis de ne faire affaire qu'avec des clients riches. Ils requerraient moins de travail et de paperasserie, et cela leur permettait en retour de fréquenter les riches et les puissants. Mais quel intérêt y avait-il à faire en sorte que les riches s'enrichissent davantage ? Cela aurait été semblable à remplir une carafe déjà pleine.

— Oh je t'en prie, dit Luke. Ce n'est pas comme si les fonds de retraite étaient les seuls à s'être retirés.

Certains de leurs riches clients étaient partis, eux aussi. Le fait que les fonds de retraite soient de plus gros clients leur donnait simplement l'air d'être plus importants, voilà tout.

Peut-être avait-il eu tort de s'acharner à convaincre Jason de fermer Harkin aux nouveaux investisseurs près de deux ans plus tôt, après tout. La situation n'aurait pas été aussi critique à présent. Mais cela les aurait aussi probablement poussés à engager de nouveaux employés qu'ils auraient alors dû payer, et les dégâts que Jason aurait pu causer avec ses paris risqués auraient aussi été bien plus terribles. La tête de Luke lui tourna. Ils avaient de la chance d'être l'un des géants du marché, sans quoi tout ça aurait été un véritable enfer.

– Ouais. Mais ce sont les fonds de retraite et les syndicats qui nous donnent le plus de fil à retordre en ce moment.

Hank secoua la tête.

– Je vais aller dire à Betty de rouvrir les fonds.

Luke soupira en ouvrant la porte de son bureau. Il était au moins soulagé que Hank soit de son côté. Si son collègue n'était pas toujours du même avis que lui, au moins il ne s'opposait pas à Luke comme Jason l'avait si souvent fait.

Presque par habitude, l'esprit de Luke se tourna vers Sam tandis qu'il s'installait à son bureau. Elle n'était pas encore partie, mais son sourire et le doux son de sa voix lui manquaient déjà. Il avait du mal à imaginer comment il allait bien pouvoir survivre aux mois qui suivraient son départ.

Ils n'avaient jamais vraiment été amis, ni n'avaient entretenu la moindre relation en-dehors du travail, si bien que Luke pourrait s'estimer heureux lorsqu'il recevrait un message de sa part. Il se demanda brièvement s'il pourrait utiliser la perte de leurs clients comme une excuse pour la pousser à rester plus longtemps, et fut bientôt submergé par une vague de honte. Elle faisait de son mieux pour tirer parti des cartes que la vie lui avait distribuées, et voilà qu'il voulait encore lui compliquer les choses pour ses propres besoins égoïstes. Terrifié par combien il était tenté de retarder le rachat de ses parts, il prit son téléphone. Il ne voulait pas risquer d'attendre qu'elle vienne le trouver pour lui dire qu'il rachèterait ses parts immédiatement. Il craignait de finir par changer d'avis. Si cette décision n'était sans doute pas la plus avisée pour le bien de la compagnie, il était nécessaire qu'il coupe le cordon, pour elle, comme pour lui. Elle lui faisait perdre la tête, et elle n'aurait sans doute aucun mal à remarquer combien il tentait de la retenir lorsqu'il serait temps de lui racheter ses parts. Il pourrait se dévouer corps et âme à Harkin une fois qu'elle serait partie. Il ne songerait plus à elle constamment, et il ne prendrait certainement plus de pause-café toutes les heures dans l'espoir de la croiser dans les couloirs.

Il fronça les sourcils en composant son numéro. Peut-être était-ce une bonne chose après tout, que Sam l'ait repoussé. Il n'avait pas franchement de temps à consacrer à une relation, mais il avait été incapable de ne pas au moins lui poser la question. Même après n'avoir partagé qu'une nuit avec Sam, il en avait voulu plus.

– Luke ?

Un frisson de plaisir le traversa en entendant son nom sur les lèvres de Sam, et il sut alors avoir pris la bonne décision. Étant donné la situation difficile dans laquelle la société se trouvait, il ne pouvait se permettre la moindre distraction. Faisant taire la voix qui lui hurlait qu'il était en train de faire une erreur, il lui dit sans prendre le moindre détour :

– Je te rachète tes parts. Je m'occupe des papiers pour qu'on puisse signer avant ton départ aujourd'hui.

– Attends… Est-ce que tu es sérieux ? Merci, Luke.

– Merci à toi aussi, dit-il en tentant d'ignorer le soulagement qu'il perçut dans sa voix. Elle voulait vraiment partir.

– Je sais que tu aurais pu m'en demander plus.

– Tu le mérites. Je sais combien tu t'es dévoué corps et âme à l'entreprise.

– Tout comme Jason, d'ailleurs, se sentit-il obligé d'ajouter.

En dépit du fait qu'il était encore en colère contre Jason, il savait qu'il lui devait beaucoup. Luke lui-même n'aurait après tout jamais eu le courage, ou les ressources nécessaires à la création d'un fonds d'investissement à la sortie de l'université, et n'aurait pas non plus eu la patience ni les relations pour dénicher des clients.

– J'aurais bien donné mes parts aux parents de Jason, mais ils auraient refusé.

Elle avait probablement raison. Les parents de Jason adoraient Sam, et ils n'avaient de toute façon pas besoin d'argent. Le père de Jason appartenait à l'une des familles les plus anciennes et les plus riches d'Amérique, et sa mère ayant elle-même fait fortune avec un fonds spéculatif, tous deux avaient suffisamment d'argent pour qu'il leur dure dix vies.

– Tu veux bien m'envoyer la liste d'œuvres caritatives auxquelles tu veux faire des dons, ainsi qu'un premier échéancier, aussi rapidement que possible ?

– Je… bien sûr. Je ne m'attendais pas à ce que ça aille aussi vite, mais merci. C'est vraiment très gentil.

– C'est rien, mentit Luke. Je vais demander à John de rédiger le contrat.

Il lui sembla avoir remis de l'ordre dans ses pensées alors qu'il raccrochait. Bien sûr, le fait de retirer une telle somme d'argent à la compagnie lui compliquerait la tâche davantage, mais il se savait à la hauteur pour gérer. Il lui suffirait de signer avec de nouveaux investisseurs, de courtiser un, ou deux fonds de retraite en plus, et de se concentrer sur la croissance des avoirs qu'ils possédaient déjà. Ce serait difficile, mais pas impossible.

Mais si sa tête était claire, ses émotions étaient embrouillées. Et il n'avait pour cela aucune solution, si bien qu'il fit taire ses inquiétudes pour se mettre au travail.

* * *

Le dernier jour de Sam au bureau.

Le cœur de Luke se serra alors qu'il regardait Sam mettre une photo encadrée dans une boîte en carton. Il avait du mal à croire qu'elle partait vraiment. Une part de lui avait dû espérer un miracle, qu'elle réalise qu'elle adorait son travail et qu'elle décide de rester, ou que quelque chose, n'importe quoi, parvienne à lui faire changer d'avis, mais tout ça n'avait été qu'une illusion.

Et puisqu'il ne savait pas quand il aurait la chance de la voir à nouveau, il profita de cet instant pour s'enivrer d'elle. De ses longs cheveux d'ébène à ses courbes tentatrices parfaitement mises en valeur par sa petite robe noire. Et ce n'était pas que l'extérieur, qu'il adorait. Elle était plus belle encore à l'intérieur.

Semblable à elle-même, Sam avait décidé de faire don de la moitié des revenus qu'avait générés la vente de ses parts de la société, mais elle avait aussi utilisé son argent encore investi chez Harkin pour créer une bourse au nom de Jason. Même si Harkin ne parvenait pas à générer le moindre profit sur cet investissement, l'argent qu'elle avait dédié à cette bourse suffirait à prendre en charge tous les frais de scolarité de cinq nouveaux étudiants tous les ans pendant un très long moment.

Et quand bien même elle lui avait assuré avoir créé cette bourse en l'honneur des parents de Jason, il n'était pas dupe. Si elle n'était pas du genre à frimer comme Jason l'avait été, elle adorait cependant aider les gens.

Réalisant sans doute un peu tard être resté à la fixer trop longtemps, il toqua doucement à sa porte. Elle se tourna vers lui rapidement, et il se força à sourire en enfouissant la main dans sa poche.

– Merci d'avoir pris le temps de parler aux gars ce matin.

– Ce n'est rien.

Un sourire traversa ses lèvres. Il avait entendu plus d'une personne essayer de la culpabiliser pour qu'elle reste. Sachant qu'elle était proche de tous ici, il n'avait aucun mal à imaginer combien les au revoir avaient dû être difficiles pour elle. Et le fait qu'elle ait choisi de partir en dépit de toutes les amitiés qui la liaient à cet endroit ne faisait que lui prouver combien elle était déterminée à prendre un nouveau départ.

– Oh, j'ai failli oublier, elle se tourna pour récupérer une enveloppe posée sur son bureau. Voici mes clés et cartes bancaires, dit-elle en la lui tendant. J'ai déjà fait annuler les cartes, mais je voulais te les rendre quand même, au cas où tu en aurais besoin. La plupart des clés sont étiquetées, mais j'ai oublié où allaient certaines, elle haussa les épaules. Elles se sont un peu accumulées au fil des années.

— Merci, murmura-t-il en effleurant les bords de l'enveloppe du bout des doigts. Il savait qu'il aurait dû se montrer reconnaissant qu'elle soit aussi attentionnée et ait pensé à tout, mais il ne pouvait s'empêcher de penser qu'elle était en train de le priver de la moindre excuse de la recontacter.

Il fit taire cette pensée et lui demanda :

— Alors, quels sont tes projets ?

Il ne l'imaginait pas à rester sagement assise à la maison. Elle avait bien trop besoin de travailler pour ça.

— Au départ, je me suis dit que je retournerais chez Anderson. Mon ancien manager est passé chef du département, et je suis presque sûre qu'il m'engagerait.

Le cœur de Luke manqua un battement et elle se hâta d'ajouter :

— Ne t'inquiète pas. Avec tout ce qui s'est passé, je sais que c'est impossible.

— Je suis désolé Sam, mais tu sais que ça aurait franchement l'air bizarre si tu allais travailler pour une autre société, non ?

L'explication qu'ils avaient donnée pour son départ était sa volonté de se consacrer à ses œuvres caritatives, il lui était donc impossible pour le moment de commencer à travailler pour une autre compagnie.

— Je sais. Mais pour être honnête, je ne sais pas trop ce que je vais faire. Je ne me vois pas vraiment rejoindre le conseil d'une œuvre caritative. Même avant tout ce qui s'est passé avec Jason, ça n'a jamais vraiment été mon domaine.

Ni le sien non plus, quand bien même il se donnait un mal fou à ignorer leurs points communs. Il fronça les sourcils tandis qu'une nouvelle pensée s'infiltrait dans son esprit.

— Pourquoi est-ce qu'on ne t'a jamais donné d'argent à gérer ? N'importe qui d'autre aurait été promu gestionnaire de portefeuille junior depuis longtemps.

— Je…, elle haussa les épaules. C'est comme ça, voilà tout. Tu sais, je suis un peu arrivée ici comme une bombe, elle se tut en réfléchissant un instant. Tu penses vraiment que je pourrais être gestionnaire ?

Il détestait l'espoir qu'il percevait dans sa voix. Jason ne lui avait-il donc jamais dit combien elle était douée ? Si elle n'avait pas les diplômes des autres analystes, elle n'en restait pas moins professionnelle et expérimentée. Elle était même meilleure qu'eux encore, songea-t-il en sachant son opinion biaisée. Il adorait tout chez elle, y compris les rapports qu'elle écrivait. Il aimait voir la façon dont son esprit travaillait, et la façon dont il pouvait presque entendre sa voix lorsqu'il lisait son travail.

Il serra les poings à l'idée que Jason ait ralenti sa progression avant de se maudire en silence. Ce que Jason avait pu faire avait peu d'importance aujourd'hui, car Sam partait. Elle tournait le dos à Harkin, sans un regard en arrière. Ainsi, au lieu de lui confier tout ce qu'il ressentait, il se contenta d'acquiescer brièvement.

— Oui, je le pense.

Son visage s'illumina.

– Merci. Même si je ne reprends pas de travail tout de suite, ça me fait vraiment plaisir de savoir que tu me penses à la hauteur.

Elle haussa les épaules en glissant une main dans la boîte. Je viens de prendre un appartement sur la quarante-neuvième et Lex. J'y emménage ce week-end, dit-elle après un instant, et il tenta d'ignorer combien elle serait proche de lui alors. Elle n'allait de toute façon pas venir lui rendre visite à la nuit tombée.

– Tu vends la maison ?

– Ouais. Je me suis dit que ce serait mieux. Elle est un peu trop grande pour une seule personne.

Une vague de colère la traversa en sachant tout ce dont elle avait dû se séparer à cause de Jason : son travail, sa maison… Il aurait voulu pouvoir lui dire que Jason n'en valait pas la peine, mais il savait qu'elle devait le comprendre seule.

– Je t'emmène dîner ce soir ? demanda-t-il avant de pouvoir se raviser. Peu importait combien de fois il avait pu se répéter qu'il serait plus aisé de tourner la page une fois qu'elle serait partie, il était encore incapable de renoncer à elle. S'il se montrait honnête avec lui-même, il n'en avait même pas envie. Chaque fois qu'il pensait à elle, ou à cette nuit qu'ils avaient partagée près de deux semaines plus tôt, il lui paraissait évident qu'ils étaient faits pour être ensemble.

Elle sourit, et il se sentit soudain plus léger.

– Tu as rendez-vous avec Clarence Myers à huit heures.

Mince. Il l'avait oublié. Il fut tenté d'annuler l'espace

d'une seconde, avant d'être rattrapé par sa culpabilité. Il ne pouvait pas se permettre de perdre un autre client.

– Une autre fois alors.

– Avec plaisir, lui répondit-elle sans lui donner d'alternative, et il sut qu'elle faisait uniquement preuve de politesse. Elle n'avait aucune intention de le revoir.

Sa déception lui serra le cœur et il jura intérieurement. À quoi s'était-il attendu après qu'elle l'ait repoussé ? Il valait mieux s'atteler à la préparation de son rendez-vous au lieu de perdre son temps à espérer l'impossible.

Cette pensée en tête, il retourna à la porte.

– Bon, et bien à plus tard.

CHAPITRE DIX

Une vague de soulagement traversa Sam alors qu'elle regardait son chauffeur aider les bénévoles d'une œuvre caritative charger la dernière des voitures de Jason dans leur camion une semaine plus tard. *Le garage était enfin vide.*

Jim, l'un des bénévoles, vint la trouver une fois qu'ils eurent terminé.

– Merci encore, madame Collins. Votre geste est admirable.

– Avec plaisir. Je suis juste contente que ces voitures puissent servir.

Elle avait voulu s'en débarrasser rapidement pour pouvoir enfin mettre la propriété en vente.

Ce qui avait autrefois été son paradis sur Terre n'était à présent plus que le reflet de ses rêves brisés, énième victime de l'égoïsme sans bornes de son époux. La pièce qu'elle avait voulu transformer en chambre d'enfant avait finalement été aménagée en cinéma privé par Jason ; la salle de jeu qu'elle avait imaginée ayant quant à elle été remplacée en bureau domestique pour son époux. Bon sang, même la partie du jardin où elle avait projeté d'installer un toboggan et un parcours d'activité avait été recouvert de ciment ; Jason y avait fait construire un kiosque pour leurs réceptions.

S'il lui avait permis de choisir la couleur des murs et la décoration chaque fois qu'ils en changeaient, Jason avait cependant toujours été celui qui décidait de remettre leur intérieur au goût du jour. La seule chose qu'elle avait désirée et obtenue était le chemin de dalles qui bordait la pelouse pour ses parents lorsqu'ils venaient leur rendre visite.

Malgré tous ses efforts, ils n'étaient venus que trop rarement, mal à l'aise dans cette grande maison. Mais elle savait à présent qu'ils avaient surtout été dérangés par l'attitude, et l'influence de Jason. Ils n'avaient après tout eu aucun mal à s'installer chez elle à sa mort. S'il n'avait jamais été impoli avec eux, il n'avait cependant jamais été franchement chaleureux non plus, n'ayant de cesse de parler d'endroits et de choses qu'ils ne pouvaient s'offrir.

Et de nourriture !

Sa culpabilité s'intensifia en se rappelant une soirée bien particulière où ses parents avaient boudé leur dîner. Le menu du restaurant dans lequel ils s'étaient rendus avait été rédigé en français, et ils avaient donc décidé de suivre les recommandations du serveur pour commander. Il leur avait amené des pieds de porc.

Lorsqu'elle avait fait remarquer à Jason combien ses parents avaient semblé déçus, il s'était contenté de lui répondre qu'ils auraient dû demander au serveur de leur traduire le menu afin de pouvoir mieux faire leur choix. Son explication lui avait paru logique à l'époque, mais elle réalisait à présent combien elle avait été stupide de se laisser faire de la sorte.

Elle aurait dû remettre Jason à sa place lorsqu'elle avait remarqué qu'il faisait toujours en sorte de choisir des restaurants dans lesquels ses parents étaient mal à l'aise, mais elle avait eu trop peur de causer une dispute, d'autant que c'était lui qui payait leurs repas. Et il en avait été de même pour les rénovations de la maison. Elle s'était résignée, et avait abandonné l'idée de se battre en songeant qu'il y avait encore bien assez d'espace pour aménager un espace pour des enfants.

– C'est la première fois que l'on nous fait un don pareil, dit Jim en lui souriant, la ramenant au présent. Même si on n'en tire que la moitié de leur prix de vente aux enchères, elles devraient valoir assez pour couvrir tous nos frais annuels.

Elle se félicita en silence de ne pas avoir cédé à la tentation et rayé les voitures que Jason avait tant adorées lorsqu'elle avait découvert ses coucheries. Elle n'aurait pu les donner à quiconque autrement, sans parler du fait que tous auraient alors su quel genre de sentiments elle gardait pour son défunt mari.

Elle avait d'abord songé à donner ses voitures à son beau-père, mais elle s'était ravisée en craignant que cela ne soit de mauvais goût, étant donné que Jason avait trouvé la mort dans un accident de la route. Cela avait peu d'importance, après tout. La majorité des œuvres caritatives auxquelles elle avait choisi de faire des dons étaient celles dans lesquelles Jason s'était investi. Elle ne doutait pas que ses parents approuveraient son choix.

Une petite partie d'elle-même se refusait à soutenir plus avant les œuvres dans lesquelles Jason s'était impliqué, mais elle savait que c'était mesquin. Le simple fait qu'il ait entretenu une liaison avec l'un des membres du conseil de son association fétiche ne voulait pas forcément dire que c'était son mode opératoire habituel. Sans parler du fait qu'elle ne pouvait punir une association entière pour les actes d'une personne, surtout lorsque cette dernière faisait tant de bien autour d'elle.

— À en juger par les appels que nous avons reçus ces derniers temps, cette vente aux enchères risque bien d'avoir un sacré succès, continua Jim. On n'arrête pas de nous demander des réservations.

— C'est super. Je suis ravie que nos voitures puissent vous être utiles.

— Bon, on ferait bien d'y aller, il détacha une feuille attachée à son carnet de notes qu'il lui tendit. Voici votre reçu. Connie devrait vous envoyer une liste récapitulative pour l'année en février.

— Merci.

— Non, *merci à vous*, dit-il, les yeux brillants. Vous n'imaginez pas combien votre geste va nous aider. Les enfants…

Il secoua la tête, comme s'il avait du mal à trouver ses mots.

Elle sourit.

— Remerciez-moi en donnant à ces enfants un endroit où aller après l'école.

Elle ignorait ce qu'il serait advenu d'elle et sa sœur sans

les centres communautaires comme celui que gérait cette association. Ses deux parents ayant été très pris par le travail, elle et sa sœur avaient dû s'y rendre chaque jour après l'école. Le centre leur avait non seulement permis de rester au chaud jusqu'à ce qu'elles soient récupérées, mais était aussi devenu une sorte de deuxième maison pour elles.

Elle regarda Jim s'éloigner pour rejoindre les hommes qui discutaient à côté du camion, le murmure de la petite rivière qui coulait doucement dans le jardin japonais résonnant dans ses oreilles. Elle soupira en se retournant. Tout ça allait lui manquer. C'était presque comme avoir un parc privé derrière sa propre maison. Elle adorait venir se promener ici après dîner, et s'installer dehors pour lire dès qu'elle en avait l'occasion.

Elle fronça les sourcils en réalisant que son jardin était plus grand encore que le parc auquel sa mère avait l'habitude de les emmener, elle et sa sœur, lorsqu'elles étaient petites. Bon sang, ce qu'elle avait pu être gâtée ! Peut-être le fait de retourner s'installer en ville lui ferait-il plus de bien qu'elle ne l'avait pensé, après tout.

Elle entendit une voiture remonter l'allée et elle se tourna pour voir le véhicule de Nina approcher.

– Qu'est-ce que tu fais ici ? lui demanda Sam dès que Nina fut sortie de voiture.

Même si elle était ravie de voir son amie, la route était longue jusqu'à chez elle, d'autant plus avec tous ces embouteillages.

– Je suis venue t'emprunter une robe. Andrew doit venir…

– N'en dis pas plus, dit Sam en levant la main. Si elle n'avait jamais rencontré le petit ami de Nina, Sam en avait suffisamment entendu sur lui au cours des dernières semaines pour déjà l'apprécier.

Une flamme de soulagement vint illuminer le regard de Nina.

– Merci, murmura-t-elle en l'enlaçant. Tu me sauves la vie.

– Tu aurais dû me demander de passer t'en apporter quelques-unes, dit Sam lorsqu'elle s'éloigna. Ça t'aurait évité de faire de la route.

– Je sais, mais je me sens déjà bien assez coupable de toujours faire des descentes dans ton dressing.

Nina haussa les épaules.

– Je te proposerais bien d'en faire autant, mais le mien ressemble à une friperie à côté du tien. Et puis ça aurait été franchement dommage de manquer ces apollons.

Elle abaissa ses lunettes de soleil et regarda les hommes fermer le camion. Sam rit. Son amie n'avait pas la moindre retenue.

– Ils sont venus chercher deux des voitures de Jason pour une vente aux enchères, lui expliqua-t-elle.

Nina se tourna vers elle, les yeux écarquillés.

– Attends… Tu les donnes ?

– Je les ai toutes données, oui.

Elle ne voulait plus rien avoir à faire avec Jason.

Nina retira ses lunettes de soleil.

– Désolée de te le dire, Sam, mais Jason t'a sans doute menti sur le prix de ces voitures. Je suis presque sûre que toutes lui ont coûté plus d'un demi-million de dollars.

– Ce n'est pas franchement ce qui me préoccupe pour l'instant, dit Sam en espérant qu'elle ne ressemblerait pas trop à l'une de ces riches épouses qui se fichaient du prix de toute chose.

En dépit du fait que Nina était une avocate accomplie, la moindre de ces voitures valait bien cinq fois son salaire annuel.

Nina lui tapota le bras.

– Tu as raison, je suis désolée.

Mince. Elle n'avait pas voulu se poser en victime.

– C'est pas grave, ajouta-t-elle rapidement. Et merci pour l'info. Je ferai attention en triant le reste de ses affaires, mentit-elle.

– Comment ça va, toi ? demanda Nina en lui prenant la main.

Sam se tendit sous son regard inquiet. Elle n'avait aucune envie qu'on vienne la consoler à nouveau en lui chantant les louanges de Jason. Elle avait la désagréable impression de vivre un mensonge depuis qu'elle avait découvert sa liaison, qu'elle avait par ailleurs décidé de garder sous silence. Les gens lui offraient encore leurs condoléances en complimentant toutes les qualités de son mari alors qu'elle ne désirait rien d'autre que d'aller cracher sur sa tombe de connard infidèle.

Mais révéler la vérité aurait blessé les parents de Jason, et elle ne pouvait s'y résigner. Ils l'avaient toujours traitée comme un membre de leur famille, et ils avaient adoré leur fils unique. Elle ne pourrait jamais rien faire qui ternirait les souvenirs qu'ils avaient de lui.

– On fait aller, dit Sam. Comment va Miranda ? contra-t-elle.

– Ne me lance pas sur le sujet. Ma chère sœur a décidé d'emménager à L.A. parce que son copain, qu'elle ne fréquente même pas depuis deux semaines, y a trouvé un travail. Ce qu'elle peut être…

La main de Nina se referma autour de son bras et Sam remarqua que son amie regardait quelque chose derrière elle. Elle se tourna pour voir Jim monter dans son camion.

– Mmh… Je me demande s'ils viennent aussi récupérer les livres à domicile.

– Tu peux toujours vérifier, Sam rit en tendant son reçu sur lequel le nom et le numéro de téléphone de l'association étaient inscrits. Même si je pense que ça ne devrait pas trop plaire à Andrew.

– Quel drame. Tu sais, parfois je me demande s'il m'aime vraiment. Il m'appelle presque jamais quand il n'est pas en ville.

La première pensée de Sam fut qu'il était marié, et elle se maudit en silence de tirer des conclusions hâtives. Que Jason l'ait trompée ne signifiait pas que tous les hommes étaient forcément infidèles. Et elle connaissait bien Nina. Elle ne doutait pas que son amie ait utilisé son savoir-faire et ses relations pour s'assurer que son petit ami était *clean* dès leur premier rendez-vous. Elle l'aurait su, s'il avait été marié, ou s'il existait des photos de lui en compagnie d'une autre femme.

– Il doit être occupé, c'est tout, répondit enfin Sam.

Elle espérait juste qu'Andrew méritait qu'on lui laisse le

bénéfice du doute. Nina ne méritait pas qu'on lui brise le cœur à nouveau.

Le camion démarra et les deux hommes leur firent un signe de la main en passant devant elles. Nina grogna.

– Non, mais t'as vu ces fossettes !?

Sam leva les yeux au ciel.

– Est-ce que t'as pas justement rompu avec un comptable à fossettes l'année dernière ?

– Oui, mais ça lui allait pas. Contrairement à M. Irrésistible. Bon sang.

Nina laissa échapper un rire tremblant.

– Je ne savais pas que des fossettes pouvaient être aussi irrésistibles.

Ces hommes étaient charmants, elle ne pouvait le nier, mais ils n'arrivaient même pas à la cheville de Luke dont la virilité était incomparable, avec son corps fort et tout en muscles… Elle grogna en silence. Il fallait qu'elle arrête de penser à lui. Elle n'était pas prête pour une nouvelle relation, et même si elle l'avait été, Luke n'était pas fait pour elle.

Il y avait quelque chose de sombre chez lui, une pointe de mystère qui le rendait absolument irrésistible, elle ne pouvait le nier. Mais en plus d'être riche, Luke était un homme à femmes, et elle n'aurait tout simplement pas la force de traverser cet enfer une deuxième fois. Elle ne voulait pas passer son temps à se demander s'il était avec une autre femme lorsqu'il était coincé au travail. Si elle savait que Luke n'était pas du genre à tromper, il n'était pas non plus du genre à entretenir des relations sur le long terme.

Il se lasserait d'elle avant même qu'elle ne s'en rende compte, et qu'adviendrait-il d'elle alors ?

– Allez, viens. On va chercher ta robe, dit Sam dans l'espoir que cela la tirerait des pensées troublantes qui l'animaient. Elle savait que sa tendance à faire confiance trop facilement était justement ce qui l'avait mise dans cette situation au départ, mais elle détestait combien elle était en train de devenir cynique.

– Merci pour votre aide, Charles, dit-elle à son chauffeur en passant devant lui.

– Je vous en prie, madame, il inclina son chapeau pour la saluer.

Sam ouvrit la porte de la maison et se dirigea vers l'escalier en marbre, sa maison lui paraissant soudain terriblement vide. Interdite, elle réalisa alors que cette impression de vide avait toujours été là. Elle s'était simplement toujours évertuée à l'ignorer.

Si tous ses meubles étaient encore là, il lui semblait pourtant être la propriétaire d'une maison témoin, dépouillée de toute touche personnelle. Presque comme s'ils n'avaient jamais vécu là… Sa gorge se serra en songeant qu'elle avait été assez stupide pour tolérer une existence aussi vaine. Pire encore, elle était allée jusqu'à se convaincre qu'elle était heureuse.

– Tiens, ça c'est nouveau, dit Nina tandis qu'elles passaient devant un croquis de Central Station. Attends, as-tu as aussi fait don des tableaux à des associations ?

– Non, je les ai prêtés à un musée.

Il ne lui avait jamais semblé très juste de conserver ces chefs-d'œuvre égoïstement, si bien qu'elle s'était décidée à les envoyer à un musée pour que d'autres puissent aussi en profiter. L'employé auquel elle avait eu affaire avait été si touché par son geste qu'il lui avait fait don des œuvres d'un artiste local en vogue pour la remercier.

– C'est gentil de ta part, dit Nina. Les étudiants en art vont être contents de pouvoir voir des originaux.

– J'espère. Jason avait prévu d'en faire don à un moment donné de toute façon, et puis j'ai entendu parler de l'exposition Picasso.

Elle avait consulté la mère de Jason pour savoir quoi faire des tableaux. Étant une des membres respectées du conseil du musée local, Jessica avait été la mieux placée pour la conseiller afin qu'ils servent vraiment, au lieu de prendre la poussière comme du temps de Jason.

Elles entrèrent dans la chambre et Nina hurla en courant vers le dressing ouvert.

– Cette robe rouge est splendide !

Dix minutes plus tard, Sam regardait Nina se tortiller devant le miroir afin de déterminer si la robe rouge qu'elle portait mettait ses fesses en valeur. Ce devait sans doute être l'un des seuls avantages de son mariage : elle pouvait prêter des vêtements à Nina. Jason lui ayant interdit de porter la même robe deux fois, elle en avait une myriade à partager.

– J'imagine que Jason a dû te laisser pas mal pour que tu puisses mettre la maison en vente si vite, dit Nina en se regardant dans le miroir à nouveau. Elle lissa sa robe du bout des doigts.

Si elle savait que certaines femmes auraient adoré être riches, avec un mari dans la tombe et personne avec qui se disputer les miettes, Sam aurait pourtant préféré ne jamais devoir traverser cette épreuve. Elle aurait préféré avoir un mariage semblable à celui de ses parents, où chacun aimait son partenaire inconditionnellement.

Nina écarquilla les yeux en se tournant vers elle brusquement.

– Oh, mince. J'ai mis les pieds dans le plat, c'est ça ?

Sam secoua la tête.

– Non, tu as raison. J'ai de la chance que Jason se soit assuré de mettre ses affaires en ordre pour que je ne me retrouve pas à la rue du jour au lendemain.

C'était sans doute la seule chose de bien qu'il ait pu faire.

– Je ne veux même pas imaginer ce qui se serait passé s'il n'avait pas pris ses précautions.

Elle soupira en détournant le regard.

– Il me trompait, admit-elle dans un murmure.

Elle n'avait pas prévu d'en parler à Nina, mais mentir à sa meilleure amie la mettait mal à l'aise. Au fond, elle savait qu'elle n'était pas uniquement inquiète que la vérité fasse du mal aux parents de Jason. Elle était aussi inquiète pour elle.

Les médias avaient le pouvoir de faire de sa vie un enfer, bien sûr, mais ce qu'elle redoutait avant tout était ce que ses amis et sa famille pourraient penser d'elle. Nombre d'entre eux avaient été convaincus qu'elle s'était mariée par intérêt. Si elle admettait que Jason l'avait trompée, ils penseraient alors qu'elle n'avait eu que ce qu'elle méritait pour avoir préféré l'argent à l'amour, tout en ignorant, ou en se fichant même, qu'elle ait réellement aimé Jason.

– Oh ma chérie, dit Nina en la rejoignant pour l'enlacer.

C'est pour ça que tu as quitté la société, alors ? Et c'est aussi pour ça que tu vends la maison ?

La gorge de Sam se serra tandis qu'elle acquiesçait. Elle voulait repartir de zéro, voilà tout.

– Quel connard ! dit Nina. Je sais pas comment t'as pu te retenir de rayer ses voitures.

Sam ne put s'empêcher de rire, et elle fut soudain heureuse d'avoir dit la vérité à son amie.

L'expression de Nina se fit sérieuse.

– Il te méritait pas. Tu le sais ça, au moins ?

– Je sais, mais ça reste dur à avaler parfois.

Lorsqu'elle était rentrée chez elle après avoir passé près d'une semaine à l'hôtel, elle avait fouillé le téléphone de Jason à nouveau et avait été malade de voir le nombre de femmes avec lesquelles il avait entretenu une liaison. Pire encore avait été le constat qu'elle allait devoir aller se faire tester. Heureusement, elle n'avait rien, mais elle ne pouvait s'empêcher de penser que Jason s'était complètement fichu d'elle.

– Tu sais, certains hommes tromperaient n'importe quelle femme juste parce qu'ils le peuvent, dit Nina.

– Je sais, mais c'est encore plus difficile de ne pas pouvoir lui en parler. J'aurai jamais vraiment l'opportunité de tourner la page.

Elle avait tant de questions auxquelles elle ne trouverait jamais réponse. Avait-il eu l'intention de divorcer ? Ou le fait de la tromper lui suffisait-il ? Son infidélité était-elle plutôt due à un problème d'ego ? Si tout ça avait peu d'importance, elle aurait malgré tout voulu savoir.

– Parfois, se venger fait plus de bien que de tourner la page.

Sam sourit en se souvenant de la façon dont Nina s'était vengée de son petit ami lorsqu'elle avait découvert son infidélité. Elle avait engagé une personne pour se rendre à l'appartement qu'elle partageait alors avec Paul et battre le meilleur score de son jeu vidéo préféré en son absence. Elle y avait mis son nom, et avait ensuite rassemblé ses affaires avant de partir. Plus tard, elle avait sous-loué l'appartement à l'un de ses collègues qui n'avait de cesse de proclamer combien les jeux vidéo violents étaient une menace pour la société.

– Dommage que t'aies déjà donné toutes ses voitures, reprit Nina. Ça t'aurait fait du bien d'en démolir une.

Elle réfléchit un instant avant de claquer des doigts.

– Hé, et si tu couchais avec l'un de ses concurrents ? demanda-t-elle en se tournant vers Sam. Elle haussa un sourcil, et les épaules de Nina se voûtèrent. Bon, c'est pas la meilleure idée que j'aie pu avoir. Ils doivent tous être vieux et moches de toute façon, elle releva la tête. Et si on allait faire la fête ? Ça fait longtemps qu'on n'est plus allées dans un club.

– C'est parce qu'on est trop vieilles pour ça, lui répondit Sam dans un sourire.

Elle était même incapable de se souvenir de la dernière fois où elle était allée en discothèque.

– N'importe quoi. On n'est jamais trop vieux pour faire la fête.

Sam rit.

– J'apprécie ton offre, mais j'ai encore beaucoup à faire

ici, elle ne voulait pas être forcée de revenir à la maison plus souvent qu'elle ne le devait. Et si on y allait la semaine prochaine ? Comme ça tu pourras me raconter ton rendez-vous avec Andrew.

La soif de vengeance de Nina était un douloureux rappel que Sam avait été la victime dans cette affaire. Elle n'avait de cesse de l'oublier, et se surprenait souvent à songer à toutes les erreurs qu'elle avait pu faire. Ses parents lui avaient appris à accepter la responsabilité de ses actes et de ses décisions, et c'était précisément ce qu'elle avait toujours fait. Parfois à tort. Mais Nina lui avait rappelé tout le mépris avec lequel Jason avait traité son amour et sa loyauté, et Sam se jura de ne plus jamais l'oublier.

– Je t'appellerai avant, c'est sûr, mais d'accord. On fait comme ça. Bon, et au sujet de cette robe verte…

CHAPITRE ONZE

Les épaules de Luke se détendirent doucement alors qu'il terminait sa réunion avec les gestionnaires de portefeuille et analystes de l'agence. Heureusement pour eux, cette réunion avait été plus agréable que les précédentes, le moral de tous ayant été *boosté* par de nouvelles rentrées d'argent.

— Je vous enverrai le rapport avant dix-sept heures, lui dit Ross.

— Super, dit Luke en se levant. Il balaya la pièce du regard et remarqua que la plupart de ses employés étaient déjà partis. Sam avait quitté la société depuis presque cinq semaines déjà, et ils étaient entre temps parvenus à charmer de nouveaux investisseurs tout en modérant les conséquences des risques stupides pris par Jason. Si la société n'était pas encore tout à fait à l'abri, la situation s'était toutefois grandement améliorée, suffisamment tout du moins pour rassurer Luke. Il ouvrit la porte en verre pour laisser Ross sortir le premier.

Chris vint le trouver alors qu'il était sur le point de lui emboîter le pas.

— Tu vas quand même pas donner le bureau de Sam à Dean, si ? lui demanda le manager junior et Luke soupira. Il n'était pas rare qu'on vienne lui réclamer une promotion ou de plus amples responsabilités, mais ces temps-ci, ses employés ne semblaient plus être intéressés que par une chose : le bureau de Sam, et celui de Jason.

— Je n'ai pas encore pris de décision en ce qui concerne les bureaux de Sam et de Jason, répondit-il. S'il savait que ses anciens associés ne retravailleraient plus jamais à ses côtés, il n'avait cependant pas le cœur à donner leur bureau à quiconque pour le moment. À ses yeux, ces pièces seraient toujours les leurs.

Et il savait qu'au fond, il espérait encore que Sam finirait par revenir. Il comprenait les raisons de son départ, bien sûr, mais il savait aussi combien elle avait adoré travailler ici. Cela finirait par lui manquer, tôt ou tard, et lorsque ce serait le cas, il voulait être prêt.

— Je veux le bureau de Sam, lui annonça Chris en soutenant son regard. Tu sais que je le mérite.

— Pourquoi, le tien ne te convient pas ? il lui semblait pourtant que le bureau de Chris était plus grand que celui de Sam.

— Il n'a pas une vue imprenable sur Bryant Park.

Luke secoua la tête, médusé. Cette attitude hautaine n'était pas rare chez les managers, et même si c'était une qualité qui les rendaient bons dans leurs tâches, ils pouvaient aussi se montrer quelque peu agaçants parfois.

– Je vais me remettre au travail. Je te suggère d'en faire autant.

Luke quitta la salle de conférence sans attendre la réponse de son collègue.

Luke soupira en réalisant que Jason aurait géré la situation tout autrement lorsqu'il s'assit à son bureau quelques instants plus tard. Jason aurait refusé de céder, bien entendu, mais il l'aurait fait d'une façon si charmante qu'il serait parvenu à arracher un sourire à son interlocuteur, en lui donnant l'impression d'avoir gagné. Luke se mit à songer à la façon dont il aurait pu réagir différemment à la requête de Chris, lorsque son téléphone sonna, le tirant de ses pensées.

Il regarda son écran. *Sam.* Il se hâta de déverrouiller son téléphone en tentant d'ignorer les battements affolés de son cœur. Il savait que certains employés lui posaient encore des questions parfois, mais il n'avait plus eu de ses nouvelles depuis qu'elle était partie, et elle lui avait manqué.

T'es libre pour déjeuner samedi ?

Avait-elle décidé de lui laisser une chance après tout ? Une étincelle d'espoir se raviva dans sa poitrine.

Ouais. Tout va bien ?

Il refusait de se faire des idées. Après des semaines sans la voir, il avait fini par comprendre qu'il voulait qu'elle fasse partie de sa vie, *vraiment* partie de sa vie, comme cela ne serait jamais possible. Et il était hors de question qu'il la fasse fuir en voulant aller trop vite. Ainsi, il se forcerait à se maîtriser, quand bien même il devait se contenter d'être son ami.

Tout va bien. Je me demandais juste si tu voulais déjeuner.

Bien sûr. Je viens te chercher à onze heures.

Super ! À bientôt !

Il rangea son téléphone dans un sourire. Son côté terre-à-terre lui hurla d'être réaliste. Elle n'avait pas voulu se mettre en couple avec lui quelques semaines plus tôt, et il était impossible qu'elle ait changé d'avis aussi rapidement. Et pourtant, il ne put s'empêcher d'espérer d'avoir eu tort, et samedi lui parut soudain bien loin.

* * *

Cette robe était-elle appropriée pour un déjeuner entre amis ?

Sam sortit sa robe bleue sexy et secoua immédiatement la tête. Elle était trop courte. Pas du tout appropriée. Elle grogna en la remettant sur son cintre, et réprima un soupir en réalisant qu'elle avait déjà rejeté le tiers de ses robes. Que diable lui arrivait-il ? Elle avait pourtant déjà mangé avec Luke. Alors pourquoi se tracassait-elle autant pour ce déjeuner ?

Parce qu'ils avaient couché ensemble. Et qu'il n'avait eu de cesse de hanter ses pensées.

Était-il un ami, ou autre chose encore ? Elle ne pouvait nier être attirée par Luke, ni même être tentée par l'idée d'avoir une relation suivie avec lui. Mais elle savait aussi ne pas être dans la meilleure des disposition pour débuter une relation. Même si elle se sentait plus affirmée que jamais à présent, la rancœur et la douleur qui avaient animé son quotidien ces dernières semaines ne s'étaient pas encore tout à fait dissipées.

Sans parler du fait qu'elle aurait aussi eu bien besoin d'un ami tel que Luke. Après avoir si longtemps été entourée de personnes qui ne s'intéressaient à elle que par intérêt, elle trouvait libérateur de pouvoir fréquenter quelqu'un sans motivation cachée et qui se montrait sincèrement gentil.

Bon sang. Elle espérait juste ne pas avoir tout gâché avec lui. Elle l'avait invité à déjeuner dans l'espoir que cela lui permettrait de déterminer où ils en étaient, et de peut-être poser les premières pierres d'une amitié qui bourgeonnait doucement entre eux.

Parce qu'en dépit de tout ce dont elle avait tenté de se convaincre par le passé, elle savait que Luke était un type bien. Elle ne l'avait jamais vu profiter de quiconque ou des sociétés qui venaient lui demander conseil, et il faisait souvent des dons à des associations, non pas pour se faire mousser auprès des médias ni bénéficier d'une remise sur ses impôts, mais parce qu'il croyait vraiment en les causes qu'elles défendaient.

Frustrée par son dilemme vestimentaire interminable et sachant qu'elle était en train de dramatiser, Sam prit le premier jean qu'elle vit ainsi que le chemisier le plus proche d'elle. Voilà ce qui lui arrivait lorsqu'elle ne travaillait pas. Elle faisait une montagne des petites choses.

Elle était en train de mettre son rouge à lèvres lorsque la sonnette retentit quelques minutes plus tard. Ravalant les papillons qui avaient pris leur envol dans son estomac, elle se força à poser son rouge à lèvres calmement et à se recoiffer une dernière fois avant de traverser son salon.

Son cœur manqua un battement lorsqu'elle vit Luke sur

le petit écran de contrôle à côté de la porte d'entrée. Il était si beau. Le souvenir de sa barbe naissante chatouillant sa peau nue la fit frissonner violemment, et elle s'imagina la toucher à nouveau, faire courir ses doigts sur...

Reprends-toi, Sam.

Elle fit taire ses pensées lubriques pour ouvrir la porte et fut presque foudroyée sur place par ses yeux sombres. Sa gorge se serra.

– Coucou. Euh je... je prends juste mon sac à main.

– Je t'ai apporté des cookies, dit-il en lui tendant un sac. Elle reconnut aussitôt ce sac marron qu'elle ne connaissait que trop bien. Elle s'était tellement concentrée sur lui qu'elle n'avait rien vu d'autre.

– Oh, merci.

Le sac était encore chaud et elle ne put s'empêcher d'être touchée. Il s'était non seulement souvenu du fait qu'elle adorait les cookies de *Chez Nadine*, mais il avait aussi fait un détour pour lui en ramener.

– Je vais les poser, je reviens.

Elle lâcha la porte pour aller poser les cookies sur sa table basse. Lorsqu'elle se retourna, elle vit que Luke était entré et inspectait son salon. Elle imaginait combien cet espace devait lui paraître minuscule. Si son appartement était relativement spacieux, et plutôt grand selon les standards new-yorkais, et ne ressemblait en rien au splendide espace de Luke, dont le salon seul était plus grand que tout son appartement.

Bien sûr, elle aurait pu se permettre de louer plus grand, plus opulent, mais l'idée d'utiliser l'argent de Jason la rendait malade. Tout du moins, lorsqu'il s'agissait d'elle.

Elle n'avait autrement aucun mal à le dépenser pour faire plaisir à sa famille. Rien ne suffirait jamais à leur faire oublier la façon dont elle les avait pratiquement abandonnés après son mariage, mais elle voulait au moins essayer d'arranger les choses comme elle le pouvait.

– C'est joli chez toi, lui dit enfin Luke.

Surprise par la sincérité qu'elle perçut dans sa voix, elle balaya du regard la pièce qu'elle avait décorée en souriant.

– Merci, je me suis donné du mal.

Sa décoration n'avait rien de franchement remarquable, mais tout ici, du canapé à la table basse, lui appartenait. Elle avait même monté sa bibliothèque seule.

– Tu sais où tu voudrais aller manger ? lui demanda Luke.

Elle eut du mal à retenir un sourire en remarquant qu'il n'avait pas dénigré sa décoration ni ne lui avait recommandé un décorateur d'intérieur comme Jason l'aurait fait, et elle sentit son cœur fondre.

– Je sais pas si tu connais, mais il y a un restaurant appelé le *Flanigan's* dans le Village.

– Si, je connais.

– Sérieux ?

Ce restaurant était réputé pour sa nourriture bon marché. Elle avait du mal à imaginer Luke y manger.

Il haussa les épaules.

– C'était l'un des seuls endroits où je pouvais me permettre de manger à l'université.

– Moi aussi. J'ai oublié qu'on était allé à la même fac.

Et qu'ils avaient apparemment eu les mêmes problèmes d'argent. Elle prit son manteau pendu à un cintre.

– Je n'y ai pas mis les pieds depuis des siècles. Je sais que leurs plats ne doivent pas être aussi bons que dans mes souvenirs, mais j'ai quand même envie d'aller y faire un tour.

– Je vois ce que tu veux dire. J'adorais leurs sandwichs, à l'époque.

– Moi aussi ! J'ai essayé d'en ramener à la maison une fois, dit-elle en verrouillant sa porte. Elle se lassait parfois de tous ces produits réputés comme étant sains, bios, ou à base de blé complet. Et il n'était pas rare qu'elle ait envie de se faire plaisir avec un plat à emporter délicieux, quand bien même on le disait malsain.

– Mais ce n'est pas pareil que quand c'est chaud.

Il rit alors qu'ils se dirigeaient vers les ascenseurs.

– Je suis sûr que Jason a dû être ravi.

– Je l'ai fait quand il n'était pas là, admit-elle. Je me pensais super intelligente. Comme Jason ne voulait plus que j'y mange, j'y suis allée pendant qu'il était sorti avec un client.

Luke fronça les sourcils.

– Il te disait quoi manger ?

– Ouais. Il ne voulait pas que sa femme soit vue dans ce qu'il pensait être un taudis.

Son mépris l'avait mise en colère alors, mais elle avait tenté de voir les choses de son point de vue. Il faisait la cour à des clients qui valaient des milliers de dollars, après tout. Et sa femme allait dîner dans un bar-restaurant ? Si elle n'avait pas été franchement d'accord avec lui, elle avait malgré tout fini par céder. Et sans même s'en rendre compte, il avait peu à peu commencé à régenter sa vie.

Après un moment, elle avait même cessé d'aller dans le moindre restaurant ou tout autre endroit qui ne répondait pas à ses standards. Et il en avait été de même pour ses vêtements, et ses amis.

– Ça ne me surprend pas, dit Luke. Il m'a fait changer de garde-robe pour que je sois présentable devant nos clients.

Elle haussa les sourcils alors qu'ils continuaient à marcher.

– J'ai du mal à imaginer quiconque, même Jason, te dire quoi faire.

– J'en avais envie, d'une certaine façon. Je voulais me fondre dans la foule des riches. Après avoir été pauvre ma vie entière, c'était comme un rêve devenu réalité. J'avais l'impression d'avoir réussi. Mais je m'en suis vite lassé.

Il haussa les épaules.

– Pourquoi tu t'es mis à investir ? demanda-t-elle lorsqu'ils arrivèrent aux ascenseurs.

Elle appuya sur le bouton d'appel. Sam savait tout de la façon dont lui et Jason s'étaient rencontrés à *Brown and Hale*, et comment ils avaient lancé le fonds spéculatif ensemble, mais elle ne savait pas grand-chose de Luke lui-même.

– J'entendais souvent parler de la bourse aux infos quand j'étais jeune, mais ça ne m'avait jamais franchement intéressé, jusqu'à ce qu'une usine alimentaire ouvre pas loin de chez moi quand j'étais au lycée. L'entreprise en question s'y installait pour avoir plus de place et je me suis dit que leur affaire devait bien tourner pour qu'ils aient besoin d'un tel espace. J'avais mis un peu d'argent de côté en travaillant dans un garage après les cours, et j'ai acheté une de leurs actions, il lui sourit alors qu'ils pénétraient dans l'ascenseur. Je n'étais pas un actionnaire très investi à l'époque. Je ne passais pas le moindre appel, et je me fichais bien des rapports annuels.

Elle rit.

– Et moi qui pensais que ma sœur et moi étions des génies avec notre business de corrections de copies pour avoir l'argent d'aller à des concerts.

– Vous l'étiez. Je ne me serais pas vu faire ça à cet âge.

Il lui lança un regard admiratif.

– Et toi ? Comment tu es devenue comptable ?

– Mon histoire n'est pas aussi intéressante que la tienne, dit-elle avant de lui raconter qu'elle avait pris cette route pour la simple raison qu'elle était douée en maths et terriblement maladroite dans toutes ses autres matières.

Leur conversation parvint à apaiser ses peurs. Pour un homme qui n'était pas franchement doué pour discuter de la pluie et du beau temps, Luke n'avait cependant aucun mal à s'ouvrir à elle. Peut-être était-ce là une preuve qu'elle n'avait pas tout gâché en couchant avec lui, après tout ?

Sam entra dans son restaurant fétiche, un sourire aux lèvres en apercevant les box en cuir usé et les murs étrangement sombres qui le décoraient. *Cet endroit avait-il toujours été aussi sombre ?*

Non. C'était impossible. Le *Flanigan's* avait été l'un de ses endroits préférés où aller traîner pour faire ses devoirs lorsqu'elle était à l'université. Elle n'en serait pas tombée amoureuse s'il avait été si sombre à l'époque, quand bien même leurs sandwichs de bœuf pouvaient être délicieux. Comment aurait-elle même pu lire la moindre ligne dans le noir ?

L'endroit devait simplement lui sembler différent parce qu'ils étaient venus de jour. Trop occupée par ses cours et son travail en journée, elle avait eu l'habitude de se rendre au restaurant à la nuit tombée uniquement. Voilà qui devait aussi expliquer pourquoi l'endroit n'était pas bondé comme il pouvait l'être certains soirs, même s'il restait très fréquenté à cette heure. Elle balaya la pièce du regard à la recherche d'une table vide, voire même d'une simple chaise, en vain.

– Désolée, dit-elle en se tournant vers Luke. Je ne m'attendais pas à ce qu'il y ait autant de monde à cette heure de la journée. Tu veux qu'on commande et qu'on mange dehors ?

– Pourquoi pas ?

Ils se frayèrent un chemin à travers la foule, Sam incapable d'ignorer les regards appuyés qu'on leur lançait. Qu'on lançait à Luke, surtout ! Elle devait admettre qu'il était très charmant, et cela peu importe si on savait qui il était ou non. Qu'il porte un costume ou un jean, il y avait quelque chose de profondément sexy chez lui. Sachant ces pensées dangereuses, elle se força à les faire taire en s'arrêtant au bout de la file d'attente.

Un simple geste qui lui rappela à nouveau combien Luke et Jason étaient différents. Il était prêt à faire la queue. Jason, de son côté, se contentait de remonter la file pour aller directement au comptoir, et cela même lorsqu'il n'avait pas de réservation. Le maître d'hôte lui donnait une table dès l'instant où il le voyait. Sam avait souvent reproché à Jason de ne pas réserver, mais elle avait rapidement cessé de lui faire le moindre commentaire après qu'il ait oublié plusieurs de ses réservations. Elle sourit en devinant combien le menu attaché au mur aurait fait grimacer Jason. Son sourire ne fit que grandir en réalisant qu'il n'avait d'ailleurs pas changé.

– Tu prends quoi ? demanda Luke en se penchant vers elle.

– Le *tri-tip*, répondit-elle en rencontrant son regard. Et toi ?

– Le *brisket*.

Hum. Le *brisket* était lui aussi délicieux. Luke rit en voyant son expression.

– Tu veux qu'on partage ?

– Non merci, elle aurait déjà bien du mal à éviter que la sauce ne lui tombe sur les genoux une fois installés sur un banc. Elle ne voulait même pas imaginer quelle catastrophe ce serait une fois les sandwichs coupés et la sauce coulant de tous les côtés. Ils n'étaient pas aussi bien emballés pour rien, après tout.

– Dommage. Le *tri-tip* me faisait bien envie aussi.

Et elle avait très envie du *brisket*.

– On va se mettre de la sauce partout, l'avertit-elle.

– Ça me dérange pas.

Elle lui sourit. Jason n'aurait jamais permis à la moindre goutte de venir ternir ses vêtements, et elle se surprit à aimer l'idée de se salir avec Luke, et cela de plus d'une façon.

– Bon d'accord, mais viens pas me dire que je ne t'ai pas averti.

Une fois au bout de la file et leur commande passée, Sam ouvrit son sac pour sortir son portefeuille.

– Je te l'offre, dit Luke en sortant son propre portefeuille.

Sam fronça les sourcils en tendant sa carte de crédit à la caissière.

– C'est moi qui t'ai invité.

– C'est un truc de mecs. Fais-moi plaisir, s'il te plaît.

– C'est n'importe quoi. C'est même moi qui ai choisi le restaurant.

La caissière attendait leur décision patiemment, et Sam se tourna vers elle, le regard suppliant. Après ce qui lui sembla être une éternité, elle tendit la main, mais s'arrêta aussitôt lorsque Luke lui tendit sa propre carte. Sam ravala un grognement. Il suffirait que Luke lui lance son célèbre regard de fer pour avoir ce qu'il voudrait. Même elle avait du mal à résister à *ce* regard.

– On est vraiment en train de se battre pour savoir qui va payer un sandwich à huit dollars ? demanda Luke.

L'absurdité de sa question la fit éclater de rire. Elle se tut bientôt en sentant le regard de la caissière lui brûler la peau, et elle se mit à tousser. Elle devait admettre leur querelle insensée, mais elle avait voulu prendre l'initiative. Prendre son propre appartement et ne se consacrer à rien d'autre qu'à elle-même au cours des dernières semaines avait été incroyablement libérateur, et elle ne voulait pas s'arrêter en si bon chemin. Mais il fallait parfois faire des compromis.

– Bon, elle remit sa carte dans son sac. Merci.

Luke secoua la tête et marmonna quelque chose au sujet

des femmes folles, et elle se dit qu'il avait raison. Il n'était pas rare que leur note atteigne le millier de dollars lorsque Jason, elle et Luke allaient dîner ensemble, et voilà qu'elle se battait avec lui pour payer une facture de seize dollars à peine ?

– Ça fait longtemps que je n'ai plus fait ça, admit-elle en se mettant sur le côté pour attendre leur commande.

– Quoi ? Sortir avec un mec, tu veux dire ?

Son cœur manqua un battement en réalisant que leur tête-à-tête pouvait effectivement être perçu comme un rendez-vous galant. Elle s'était souvent demandé ce qui se serait passé si elle n'avait pas rejeté son offre de lui donner une chance. Bien sûr, leur relation n'aurait pas duré longtemps, mais elle aurait au moins été absolument époustouflante. Elle lui lança un bref coup d'œil et se maudit en silence lorsqu'elle croisa son regard interrogateur. Ce n'était pas *du tout* ce qu'il avait voulu dire. Il lui parlait de sortir s'amuser avec quelqu'un, rien de plus.

– Non, je voulais dire d'aller manger avec un ami, clarifia-t-elle. Elle avait toujours été si occupée au bureau, et Jason si souvent absent.

– J'ai un peu oublié comment ça marchait. Nina et moi avons l'habitude de payer tour à tour quand on sort, et Jason avait l'habitude de mettre nos repas sur le compte de la société, sauf pour les occasions spéciales, elle sourit. Mon sandwich t'a vraiment coûté huit dollars ?

– Aucune idée.

Elle rit.

– Quand est-ce que tu as regardé les prix d'un menu pour la dernière fois ?

– La semaine dernière.

Elle lui lança un regard dubitatif et il haussa les épaules.

– Adam a mis trois siècles pour se décider, et je ne voulais pas paraître impoli en sortant mon téléphone.

Elle ne l'avait jamais vu consulter son téléphone lorsqu'ils étaient sortis manger ensemble, et elle réalisa soudain combien cela était étrange. Il aurait presque été logique que lui, qui était toujours si obsédé par le travail, passe son temps à consulter son téléphone lorsqu'il n'était pas au bureau. Mais il n'était pas comme ça. Il s'assurait toujours de donner son entière attention aux personnes qu'il fréquentait.

– Je n'ai plus regardé les prix sur un menu depuis longtemps, admit-elle. Cette pensée lui semblait folle. Lorsqu'elle était jeune, il fallait toujours qu'elle fasse attention aux prix pour s'assurer de pouvoir s'offrir ce qu'elle voulait. Elle avait d'ailleurs souvent dû se priver faute de moyens. Aujourd'hui, elle pouvait aller où bon lui semblait, quand elle en avait envie.

C'était fou. Son métier voulait qu'elle inspecte les finances des entreprises dont on lui confiait la garde, passant le moindre détail à la loupe pour y rechercher toute étrangeté, et elle ne prenait pourtant même pas la peine de s'enquérir du prix des repas qu'elle commandait.

– Le prix ne compte pas toujours, tu sais, lui fit remarquer Luke. Je doute que tu te prives du chocolat de *Chez Gérard* même s'ils multipliaient leurs prix par dix.

– Comment tu sais que je raffole de leur chocolat ?

Il savait aussi pour les cookies de *Chez Nadine*.

– Tu oublies qu'on a travaillé ensemble. Je suis souvent

passé devant ton bureau en te voyant te goinfrer de chocolats rangés dans une petite boîte argentée que je ne connais que trop bien.

– C'est mon petit plaisir, le chocolat.

Il haussa les sourcils.

– À huit heures du matin ?

– Je dois bien me récompenser pour m'être levée aussi tôt.

Il rit et elle continua.

– Tu n'imagines pas l'enfer que c'était de faire ce trajet tous les matins. J'ai souvent été tentée de demander à Charles de faire demi-tour.

La chance d'avoir son chauffeur privé ne changeait rien à la frustration d'être coincée dans les embouteillages.

Elle lui donna une tape sur le bras lorsqu'il lui lança un faux sourire compatissant.

– Tu verras, un jour ce sera toi qui vivras en banlieue, et tu comprendras ce que ça fait.

Elle ignorait pourquoi l'idée de le voir avec une autre femme lui serrait le cœur, et elle choisit de ne pas s'y intéresser davantage.

Luke sourit alors qu'on appelait leur numéro.

– Je ne pense pas avoir à m'inquiéter de ça à moins que tu n'aies enfin décidé de mettre un terme à mes souffrances en m'épousant.

Elle rit en le suivant vers le comptoir. Elle ne lui connaissait pas cette nature de blagueur.

Une fois leurs boissons et repas récupérés, ils retournèrent à l'extérieur où ils trouvèrent un banc libre dans le parc d'à-côté. Elle posa le sac entre eux en espérant que cette maigre distance suffirait à apaiser l'attraction contre laquelle elle luttait, et il en fit de même en posant leurs bouteilles au même endroit. Si tous deux avaient été ravis de retrouver la nourriture du restaurant, ils n'avaient cependant pas voulu tenter le diable en testant la propreté de la fontaine à eau.

L'odeur familière des sandwichs emplit ses narines lorsqu'elle ouvrit le sac. Elle allait enfin pouvoir savoir s'ils étaient aussi bons que dans ses souvenirs. Elle les ouvrit doucement et coupa chacun en deux en tentant d'éviter que la sauce ne coule partout. Elle en enroula un dans une serviette et le tendit à Luke.

– Bonne chance.

Elle se sentit secrètement soulagée qu'il n'ait pas mis l'un de ses costumes, sans quoi elle se serait sentie terriblement désolée qu'il le tache. Elle enroula une autre serviette autour de la moitié restante, en prit une bouchée et gémit. Elle avait oublié combien la sauce barbecue était délicieuse. Ce sandwich n'avait rien de bio, de sain, et n'était certainement pas à base de blé complet, mais bon sang ce que ça lui avait manqué. Elle en prit une bouchée, puis une autre.

Après un instant, elle remarqua ne pas avoir vu Luke bouger à ses côtés, et elle s'essuya la bouche avant de se tourner vers lui pour le trouver en train de la fixer, avec une expression indescriptible. Sa gorge se serra. Elle doutait que les femmes élégantes avec lesquelles il sortait puissent l'emmener dans des bars miteux pour manger des sandwichs pleins de graisse. Elle était sur le point de lui demander pourquoi il ne mangeait pas lorsqu'il effleura le coin de sa bouche à l'aide de son pouce. Son cœur manqua un battement, et elle se hâta de s'essuyer avec une serviette.

– Tu ne manges rien, murmura-t-elle.

Il la regarda un instant comme s'il était tenté de lui dire quelque chose avant de secouer la tête.

– J'avais la tête ailleurs.

Il prit son sandwich, une coulée de sauce coulant sur son pantalon. Elle rougit en posant son sandwich.

– Pardon, j'aurais dû mieux l'emballer.

Elle ouvrit son sac et en sortit une lingette pour bébé avant de se rapprocher de lui. Elle tira le tissu de son pantalon et essuya la sauce, après quoi elle plia sa lingette pour tapoter la tache en espérant qu'elle parviendrait à la faire disparaître.

Après un instant, Luke étouffa un grognement et lui prit la main, lui arrachant un frisson électrique.

– Je vais le faire, merci.

Elle rougit davantage en réalisant sans doute trop tard combien elle avait été proche de son pénis.

– Bien sûr, dit-elle en lui donnant la lingette.

Elle but une gorgée d'eau tandis qu'il frottait la tâche et se fit violence pour ne pas le regarder. L'esprit agité, elle craignait que son regard ne finisse par tomber sur quelque chose qu'elle n'avait aucun droit de regarder.

– Voilà, dit-il un instant plus tard.

Elle baissa la tête et laissa échapper un soupir de soulagement en constatant que la tâche était presque partie.

– C'est déjà mieux, dit-elle. Avec un peu de chance, Maria ne voudra pas me tuer quand elle la verra.

Sa cuisinière et femme de ménage était connue pour sa discipline de fer.

Il rit.

– Maria t'adore. Elle dira probablement que c'est de ma faute.

Il enroula une autre serviette autour de son sandwich avant de le porter à sa bouche et Sam fut incapable d'ignorer combien ses mains étaient fortes.

Elle se força à détourner le regard et sentit sa gorge s'assécher en regardant les muscles de son cou se tendre. Comment pouvait-il être aussi sexy en mangeant ? Elle se tourna vers son sandwich en se maudissant intérieurement. Elle l'avait invité à déjeuner dans l'espoir de sauver ce qui restait de leur amitié, et voilà qu'elle le reluquait comme une grosse part de gâteau. Elle devait être folle. Elle ne voyait que ça.

– Merci pour le déjeuner, dit Sam alors qu'ils sortaient de l'ascenseur de son bâtiment quelques heures plus tard. Luke arracha ses yeux à ses fesses parfaitement dessinées pour la regarder tirer une clé de son sac, et il laissa échapper un soupir de soulagement. Heureusement, elle ne l'avait pas surpris en train de la regarder. Il n'aurait pas franchement dû lui mater le cul, mais bon sang, que ce jean lui allait bien.

– C'était rien, murmura-t-il en enfouissant les mains dans ses poches.

Sam rit en ouvrant sa porte.

– Pourtant je ne m'étais pas amusée comme ça depuis très longtemps.

Il sourit en s'efforçant de garder son sang-froid. Ce compliment ne voulait rien dire, si ce n'était qu'elle en avait assez de rester chez elle à longueur de temps.

– Je me suis amusé moi aussi.

Ils étaient allés se promener du côté de l'université une fois leur repas terminé, et il s'était senti si bien qu'il aurait voulu que cette journée dure toujours.

– N'hésite pas à m'envoyer un message si tu as besoin d'aide pour quoi que ce soit.

Elle lui avait dit s'être mise à investir sur ses conseils, et il ne pouvait s'empêcher d'être heureux de la voir faire quelque chose qu'elle aimait, mais aussi de savoir qu'elle l'appréciait suffisamment pour écouter ses idées. Si cela ne valait en rien toutes les heures qu'il avait pu passer à penser à elle, c'était un début.

– Merci, c'est gentil.

Elle se tourna vers lui.

– Bon… on refait ça un de ces quatre ?

Son sourire affola le cœur de Luke et il réalisa soudain qu'il était seul avec elle. Son regard se posa sur ses lèvres presque malgré lui, et il se fit violence pour faire taire son envie d'y goûter. Il lui aurait suffi de faire un pas vers elle pour aller capturer ces douces lèvres qu'il avait admirées toute la journée.

– Je t'enverrai un message.

Il fit un pas en arrière pour mettre de la distance entre elle et ses désirs fous. Il craignait de faire quelque chose de stupide s'il restait avec elle une minute de plus. Elle était trop irrésistible pour son propre bien. Il avait cru pouvoir faire taire ses sentiments, mais il n'avait eu de cesse d'espérer un signe qu'elle voudrait être plus que son amie tout au long du déjeuner. Malheureusement pour lui, il n'en avait remarqué aucun. Et même s'il s'y était attendu, cette déception était difficile à accepter malgré tout.

– Ça marche.

Son cœur se serra en réalisant qu'il allait devoir se résigner à passer moins de temps avec elle. Il ne pouvait plus accepter la moindre invitation à déjeuner, et ne pouvait décemment pas continuer à lui envoyer des messages. Il ne tournerait jamais la page autrement.

– Il faut que j'y aille, dit-il en se tournant vers le couloir. J'ai du travail en retard. J'ai été content de te revoir.

– Oui, moi aussi.

Il lui lança un sourire triste avant de tourner les talons.

* * *

Hé, ça te dit de sortir samedi ?

Le cœur de Luke se serra en consultant le message de Sam. Cela faisait près de deux semaines déjà qu'ils avaient déjeuné ensemble, et s'il adorait l'idée qu'elle ait apprécié ce moment au point de vouloir le revoir, il refusa de s'abandonner à ses sentiments. Parce qu'il en voudrait toujours plus qu'elle ne pouvait lui en donner, et que cela serait injuste autant pour elle que pour lui.

Et pourtant, il avait du mal à se convaincre de refuser.

Un an plus tôt, il aurait sauté sur toute occasion de passer un peu plus de temps avec elle. Il se serait moqué qu'elle soit mariée et qu'il ne puisse rien espérer de plus qu'une amitié. Il se serait satisfait de tout ce qu'on lui aurait apporté. Mais à présent que Jason était décédé, il était incapable de se contenter d'une relation platonique. Il en voulait plus. Il voulait *tout*.

Mais il était grand temps qu'il arrête de se faire des idées. Elle ne pouvait lui donner ce qu'il désirait, et il fallait donc qu'il la laisse partir. Il ne l'oublierait jamais autrement.

Sa déception lui serra l'estomac, mais il savait avoir pris la bonne décision. Il n'était jamais parvenu à l'oublier lorsqu'elle était mariée à Jason, et à présent qu'elle était célibataire, cette tâche lui semblait tout bonnement impossible.

Désolé, Sam. J'ai trop de travail.

Il devait ravaler les sentiments qu'il nourrissait pour elle, qu'importe combien il trouvait cela difficile. Quel intérêt de la courtiser, après tout ? Elle savait déjà ce qu'il ressentait à son égard, et elle s'en moquait.

Elle répondit quelques instants plus tard, sans doute après avoir attendu en vain qu'il précise sa pensée.

C'est pas grave. Passe un bon week-end !

Ouais, bien sûr. Comme s'il pourrait passer un bon week-end sans elle. Il s'était plongé dans le travail pour l'écarter de ses pensées, sans pourtant y parvenir. Il pensait encore à elle constamment.

Il reposa son téléphone et se passa une main sur le visage en le regardant. Il détestait l'idée qu'il ait pu la blesser en la repoussant, mais il était essentiel qu'il prenne ses distances avec elle s'il voulait pouvoir surmonter son rejet.

CHAPITRE DOUZE

Luke était sur le point d'entrer dans son bureau un mois plus tard lorsque Hank le rejoignit. – Peter a été embauché chez *Blue Asset Management*, lui dit son bras droit en lui tendant un article de journal.

– Tant mieux pour lui, lui répondit Luke sans même prendre la peine de s'arrêter. Peter avait été furieux d'apprendre que Luke avait choisi de confier le fonds de secours à George plutôt qu'à lui, quand bien même il avait conscience que George était le choix le plus stratégique. Ce dernier était un meilleur analyste, sans parler du fait qu'il n'avait aucun mal à travailler en équipe. Il n'avait pas peur de partager ses connaissances et était toujours prêt à écouter quiconque avait une opinion différente de la sienne. Peter, de son côté, était un loup solitaire. Il avait tendance à tout garder pour lui, et ne prenait jamais la peine de débattre avec quiconque, notamment les personnes récemment embauchées.

– C'est plutôt un problème, en fait, dit-il en lui montrant le même journal à nouveau. Lis l'article.

Luke y jeta un coup d'œil, un soupir sur les lèvres. *Un grand ponte de Harkin rejoint Blue Asset Management.*

Merde.

Il tenta de se rappeler quels étaient les clients dont Peter avait la charge et jura à nouveau en réalisant l'importance de certains de ces comptes. Il n'avait pas franchement besoin de ça maintenant.

– Au moins, on sait qu'on a évité le pire en donnant la promotion à George, dit-il en tentant d'apaiser l'ambiance. Peter n'a même pas eu les couilles pour lancer son propre fonds spéculatif.

Hank ne sourit cependant pas.

– Continue à lire, lui dit-il, l'air sombre.

Luke lui obéit et ravala un soupir en apercevant le nom de Sam. L'article insinuait qu'elle était partie après avoir été déçue par la façon dont il avait repris la société. Cela, ajouté au départ de Peter, donnait l'impression que leurs employés et investisseurs cherchaient à quitter le navire avant qu'il ne coule.

Merde.

Il aurait dû se douter qu'il était encore trop tôt pour lui racheter ses parts.

Il se tourna vers Hank.

– On fait quoi ?

– Ah, donc maintenant mon avis t'intéresse ?

Luke soupira. Hank était encore vexé qu'il ait refusé de rencontrer leurs clients dès qu'il le lui avait suggéré, même s'il avait fait de gros efforts pour se rattraper depuis.

– Tu vas bouder pendant longtemps ?

Hank sourit.

– Jusqu'à ce que je m'en lasse. C'est rare que tu aies tort. Autant en profiter.

Luke secoua la tête.

– Tu as un plan au moins, j'espère ?

Son collègue avait toujours un plan.

– Oui, mais je peux déjà te dire que tu vas pas l'aimer, l'avertit Hank en se tournant vers lui. Ce serait bien que toi et Sam vous rendiez à un gala ou un bal ensemble, pour que tout le monde puisse voir que vous n'êtes pas en froid.

Le cœur de Luke manqua un battement à l'idée de revoir Sam. Il ne l'avait plus appelée ni ne lui avait envoyé de message depuis qu'elle l'avait invité à aller déjeuner pour la dernière fois. Il n'avait cependant pas cessé de penser à elle, en se demandant où elle était, ce qu'elle faisait, et avec qui…

– Tu connais les journalistes, poursuivit Hank. Il ne leur faut pas grand-chose pour croire qu'il y a de l'eau dans le gaz.

Luke ne lui fit pas remarquer qu'ils étaient sortis ensemble en public. La presse n'avait pas capturé ce moment, voilà tout.

– Écoute, je sais que tu détestes devoir faire des courbettes, mais ce serait vraiment mieux que de simplement demander à Sam de publier une déclaration.

Luke acquiesça.

– Je vais voir ce que je peux faire. Le gala de la *Children's Society* doit bientôt avoir lieu. Je vais lui demander si elle y va déjà avec quelqu'un.

— Quoi, et c'est tout ? lui demanda Hank, incrédule. Tu ne vas pas me dire que les galas sont une perte de temps ? Que tu préférerais aller te baigner avec des requins que d'être interviewé par ces bons à rien de journalistes ?

Luke réprima un sourire. S'il ne pouvait nier qu'il détestait ce genre d'événements, il n'aurait cependant reculé devant rien pour revoir Sam. Cela faisait plusieurs semaines déjà qu'il ne l'avait plus vue, et elle lui manquait tant que c'en était douloureux.

— Non. J'ai pas envie de me disputer avec toi, murmura Luke. C'est un bon plan. Et puis j'ai bien vu ce qui se passait quand je ne t'écoute pas. Comment vont Barbara et les enfants, au fait ?

Hank se figea, et Luke devina qu'il l'avait pris au dépourvu. Il avait fait des efforts pour discuter davantage avec ses employés depuis qu'il avait découvert que ces derniers étaient mal à l'aise avec lui. Mais il était évident qu'il n'en avait pas fait assez, si les gens étaient encore surpris qu'il leur pose ce genre de question.

— Ils vont bien, dit Hank après un instant. Barbara et moi étions inquiets de la façon dont Nathan réagirait à la naissance du petit, mais il se comporte déjà en grand frère. Hier, il est venu me dire d'aller changer la couche du bébé parce qu'elle sentait mauvais.

Luke rit. Il se souvint de toutes ces fois où il avait dû changer les couches de sa sœur et était soulagé qu'Anna ait grandi si vite.

— Quel âge a Nathan ?

— Il aura trois ans le mois prochain, dit Hank. Luke ne put dissimuler sa surprise.

Nathan était donc né après qu'il ait été embauché chez Harkin, mais il n'avait pourtant appris son existence que récemment.

Si Sam lui avait assuré que Hank n'était pas franchement du genre à parler de sa vie privée, il ne pouvait cependant s'empêcher de penser qu'il aurait été presque normal qu'il mentionne son fils après avoir travaillé avec lui pendant près de sept ans et il se demanda alors ce qu'il pouvait bien ignorer d'autre.

Hank secoua la tête.

– Le temps passe si vite, parfois j'ai du mal à y croire.

– Il sera bientôt un vrai bourreau des cœurs.

– Et je ne veux même pas imaginer son entrée à l'école.

Même si Luke ignorait tout au sujet des enfants, c'était agréable de voir un parent aussi épanoui dans son rôle.

Il hocha la tête en direction de Hank.

– Merci de m'avoir prévenu pour l'article. Je vais aller appeler Sam.

Une vague d'excitation le traversa alors qu'il s'éloignait en sortant son portable de sa poche. Cela faisait des semaines qu'il n'avait plus entendu la voix de Sam et il était affamé. Il était accroc à elle comme un junkie à sa dose, et il réalisa soudain combien il avait été futile de prendre ses distances avec elle. Tout ce qu'il y avait gagné, c'était qu'elle lui manquait encore plus.

Il appuya sur le bouton d'appel en souriant. Dans un peu plus d'une semaine, Sam serait entre ses bras à nouveau.

* * *

– Tu aurais dû me laisser payer, Sam. Tu m'as déjà offert le restaurant et les billets pour le spectacle.

Le cœur de Sam se serra en réponse aux mots de sa sœur. Le simple fait que Cindy puisse penser qu'elle lui faisait une faveur en sortant avec elle montrait combien Sam s'était éloignée au fil des années.

Sa culpabilité ne fit que grandir davantage en sachant que sa mère lui avait spécifiquement demandé de garder un œil sur Cindy lorsqu'elle était venue s'installer en ville. Au lieu de cela, Sam l'avait laissée se débrouiller seule, ou presque. Si Cindy avait toujours été débrouillarde, Sam savait pourtant qu'elle aurait au moins dû faire l'effort de la sortir une fois de temps en temps. Mais elle avait été si occupée à essayer de trouver sa place dans l'univers de Jason qu'elle en avait complètement oublié ses devoirs de grande sœur. Belle réussite.

– C'est rien, murmura-t-elle en signant la note.

– Mais je *veux* payer de temps en temps. Tu fais toujours plein de choses pour moi, et tu paies toujours aussi.

Sam rit alors qu'elles récupéraient leurs lattés et examinaient le café bondé à la recherche d'une table vide.

– Arrête, tu sais que c'est faux, dit-elle en laissant échapper un soupir de soulagement lorsqu'elle trouva une table libre près du fond.

– Bien sûr que si, insista sa sœur en lui emboîtant le pas. Tu as même payé mes frais universitaires.

– Uniquement ceux qui n'étaient pas couverts par ta bourse, répondit Sam en posant les deux lattés sur la table avant de s'asseoir, suivie par Cindy et leurs pâtisseries.

– Tu m'as acheté la machine à espresso de mes rêves, et

tu es allée jusqu'à m'offrir une croisière de luxe avec Hailey !

– C'était pour fêter ta remise de diplômes, que j'ai manquée d'ailleurs, elle avait dû accompagner Jason à un petit-déjeuner professionnel qui avait duré plus longtemps que prévu ce jour-là. Avec un peu de recul, elle savait aujourd'hui qu'elle avait été stupide de s'y rendre, mais Jason lui avait assuré qu'elle ne manquerait pas la remise de diplômes.

Cindy secoua la tête.

– C'est pas ta faute, t'étais occupée. Et puis t'es venue au dîner qu'on avait prévu ensuite, c'est tout ce qui compte.

Les mots de sa sœur ne parvinrent pas à apaiser sa culpabilité. Sam avait été une sœur si absente que Cindy avait dû apprendre à ne plus jamais rien attendre d'elle au fil du temps. Après tout, comment un simple dîner pouvait-il être le moment crucial d'une remise de diplômes ?

Sam se souvenait encore de toutes ces heures passées à bavarder lorsqu'elle avait quitté la maison pour aller à l'université. Elles avaient été si proches alors, tandis qu'elle avait de la chance si elles se parlaient une fois par semaine aujourd'hui.

Sam se pencha vers sa sœur.

– Le truc, c'est que je sais que j'ai été une sœur plutôt merdique ces dernières années, et j'aimerais me rattraper.

À présent qu'elle avait pris un peu de recul sur sa vie, elle réalisait combien sa relation avec Jason avait pris le pas sur ses responsabilités envers ses amis et sa famille, combien elle s'était laissée absorber par son monde, et elle n'en était pas fière.

Cindy secoua la tête.

– Tu es trop dure avec toi-même. Tu as toujours été là dans les moments importants.

Sam en doutait, mais elle était bien déterminée à être une meilleure sœur à l'avenir, et pas uniquement lorsque cela l'arrangeait *elle*.

– Attends, c'est pour ça que tu m'as invitée à sortir ce soir ? Pour te rattraper ?

– Pour ça, et parce que j'avais très envie de voir cette comédie musicale, mentit Sam, et Cindy rit.

– J'aurais dû m'en douter quand tu m'as appelée. Je sais combien tu détestes les comédies musicales, mais j'ai pas pu me résigner à choisir autre chose. Ça faisait un sacré moment que je voulais aller la voir, et les billets sont toujours *tellement* chers.

Sam songea qu'il s'agissait d'une autre retombée positive de son mariage. Cela lui permettait d'acheter des billets pour Broadway hors de prix et de soudoyer sa sœur pour qu'elle passe du temps avec elle. Sam prit une gorgée de son latté avant de soupirer. Il était délicieux.

– Comment s'appelle ce café déjà ?

– Deux Pains, répondit Cindy. Pourquoi ?

Sam secoua la tête en sortant son téléphone pour en prendre note.

– Je me demande juste si c'est une société publique ou pas, elle haussa les épaules en remettant son téléphone dans son sac. Ce café est pas uniquement bondé grâce à sa localisation. Le café, et la nourriture aussi j'imagine, sont délicieux, dit-elle en observant les tables et la foule éclectique. Cet endroit plaisait à tous, des étudiants aux hommes d'affaires. Rares étaient les sociétés à avoir un tel potentiel de croissance.

— Tu peux pas t'en empêcher, hein ? dit Cindy en riant. Tu travailles même quand tu manges.

— Désolée. Je me suis mise à investir un peu.

Elle se souvint que sa sœur avait rencontré Luke à plusieurs reprises, et fut soudain tentée de lui demander ce qu'elle pensait de lui, avant de faire taire cette pensée. Peu importait ce que Cindy pouvait bien penser de Luke. Sam ne sortait pas avec lui, après tout.

— Oh, c'est super ! Ça veut dire que je peux parler de toi aux gens ?

— Pardon, quoi ?

— À propos de tes investissements, clarifia Cindy. Certaines personnes, comme les Jackson par exemple, n'arrêtent pas de me parler d'investir avec Harkin, mais comme je sais qu'ils ne remplissent pas les prérequis du fonds, je dois leur dire qu'il est fermé aux nouveaux clients.

L'attention de sa sœur fit sourire Sam. Elle leur disait la vérité sans pour autant les blesser. La *Securities and Exchange Commission* avait des règles strictes concernant les personnes qui pouvaient investir dans des fonds spéculatifs, et prenait en compte le patrimoine ainsi que le salaire de chaque individu. Elle voulait s'assurer que les investisseurs avaient connaissances des risques qu'ils prenaient, et sauraient les gérer. Et si Sam savait que la somme que les voisins de ses parents étaient prêts à investir était une fortune à leurs yeux, elle doutait malgré tout que le couple de retraités remplisse les conditions de la *SEC*.

— Et du coup ils me demandent des conseils sur la

bourse dont je ne sais absolument rien. Cindy haussa les épaules et fit un geste de la main.

– Ce serait bien que je puisse leur dire de se tourner vers toi.

– Je ne peux pas. Enfin, tu sais, je fais ça depuis un mois à peine.

Luke et Jason avaient eux-mêmes investi leur propre argent pendant des années avant de se mettre à gérer celui des autres.

Mais la perspective que lui offrait sa sœur était excitante, elle ne pouvait le nier. Elle adorait l'idée d'aider une famille qui avait toujours travaillé d'arrache-pied pour faire fructifier ses économies au lieu d'aider la clientèle riche dont s'occupaient habituellement les fonds spéculatifs.

– Ce n'est pas déjà ce que tu faisais chez Harkin ?

– Non, je repérais juste les sociétés. Je n'ai jamais géré l'achat ou la vente.

– Mais ce n'est pas le plus simple justement ?

– Je vais y réfléchir, répondit-elle.

C'était une chose de faire des paris risqués avec son propre argent pour voir si elle parviendrait à générer des profits, et une autre d'avoir la responsabilité des économies de toute une vie d'une tierce personne. Il faudrait qu'elle adopte une approche bien plus conservatrice que celle qu'elle avait décidé de suivre en se lançant dans les investissements. Quand bien même son portefeuille était composé en majorité de sociétés stables, elle y avait aussi quelques jokers qui pourraient autant la tirer vers le haut que vers le bas.

Il allait falloir qu'elle voie ce qu'il adviendrait de ses

investissements, et qu'elle s'assure de bien vouloir se lancer dans cette industrie, avant d'accepter de gérer l'argent de quiconque.

– En attendant, dis-leur d'investir dans des fonds indiciels.

Cette option était la plus sûre, étant donné que seuls les meilleurs parvenaient à battre le marché année après année.

– Crois-moi, c'est ce que j'ai fait, mais tu sais comment sont les gens.

Elle hocha la tête.

– Je sais. Ils veulent toujours que leurs…

La sonnerie de son téléphone l'interrompit et elle soupira. Il valait mieux que ce ne soit pas un énième journaliste qui avait réussi à mettre la main sur son numéro, sans quoi elle le lui ferait payer cher.

Elle prit son téléphone et son cœur manqua un battement en voyant le nom de Luke s'y afficher. Si elle n'avait eu de cesse de penser à lui, ils n'avaient cependant pas échangé le moindre mot depuis qu'il avait refusé son invitation à déjeuner. Elle n'avait d'ailleurs pas compris pourquoi il l'avait repoussée. Luke lui avait donné l'impression de s'être amusé la dernière fois qu'ils s'étaient vus, mais elle s'était de toute évidence fourvoyée.

– Tu ne réponds pas ? demanda Cindy.

Sam savait que son comportement était lâche, mais elle détestait les émotions qu'il éveillait en elle. Elle était censée oublier les hommes, et voilà qu'elle s'était laissée charmer par le premier type qu'elle avait croisé.

– Je… si, peut-être y avait-il un problème au bureau, ou

avec l'un de ses dons, après tout. Désolée, murmura-t-elle en déverrouillant son téléphone. C'est Luke.

Cindy acquiesça.

– T'inquiète.

Un sourire de remerciement aux lèvres, Sam pressa son téléphone contre son oreille en répondant.

– Bonjour, Luke.

– Salut, Sam. As-tu déjà un cavalier pour le gala de la *Children's Society* ? demanda-t-il sans le moindre préambule, et elle ne put retenir un sourire. Cela lui ressemblait tant. Il allait toujours droit au but sans perdre la moindre seconde avec les banalités.

– Non.

En fait, elle n'avait aucune envie de s'y rendre, mais avait fini par se résigner. Il était hors de question qu'elle se défile sous prétexte qu'elle craignait d'y croiser l'une des conquêtes de Jason. Non pas qu'elle avait l'intention de mettre Carla face à ses manquements. Elle voulait uniquement se prouver à elle-même qu'elle ne prenait pas la fuite. Sans parler du fait que ses beaux-parents seraient présents. Une sorte d'hommage à Jason avait été prévu.

– Tu veux qu'on y aille ensemble ?

Son cœur s'affola à l'idée de revoir Luke avant qu'elle ne fronce les sourcils.

– Mais tu détestes ce genre d'événement.

Il ne s'y rendait que lorsque Jason lui forçait la main, si bien qu'elle n'aurait pas été surprise de le voir faire un feu de joie avec ses costumes de soirée à présent qu'il était libre de ne plus y aller.

– C'est vrai, mais ils ont prévu un hommage à Jason, dit-il.

Bien sûr. Il aurait été fou d'imaginer que son invitation ait quoi que ce soit à faire avec elle. Il lui avait de toute façon fait clairement comprendre qu'il n'avait aucune intention d'être ami avec elle.

Il y eut un bref silence, avant qu'il n'ajoute :

– Et j'espérais aussi que ça me permettrait d'étouffer une rumeur selon laquelle il y aurait des tensions entre nous.

– Quelle rumeur ?

– Un article est paru dans le *Times* disant que tu es partie parce que tu ne me pensais pas à la hauteur pour gérer la société.

Elle se maudit en silence, sachant qu'il n'aurait pas eu ce problème si elle était restée chez Harkin.

– Je suis vraiment désolée, Luke. Elle n'aurait pas dû s'empresser de partir, mais elle avait été si désespérée.

– Excusez-moi, l'interrompit une voix. Je peux prendre cette chaise ?

Sam leva la tête pour voir un homme en costume pointer du doigt la chaise à côté d'elle. Cindy reposa le croissant qu'elle mangeait pour répondre « Oui », à l'instant même où Luke lui demandait « C'est qui, ça ? ».

Un frisson descendit le long de la colonne de Sam. Était-ce bien une pointe de jalousie qu'elle percevait dans sa voix ?

Cette pensée eut à peine le temps de traverser son esprit avant qu'elle ne la fasse taire. Il ne pouvait être jaloux, puisqu'il n'y avait rien entre eux. Pourquoi diable était-elle incapable de se le rentrer dans la tête ?

– Un type d'une autre table, dit-elle d'un air désintéressé. Écoute, je suis vraiment désolée pour tout. Je n'aurais
pas dû te forcer à racheter mes parts.

– Ne t'en fais pas. J'aurais sans doute fait pareil dans ta
situation.

Sa tentative de la réconforter ne fit qu'accentuer le mal-
être de Sam, mais Luke était comme ça, après tout. Elle
avait simplement été trop aveugle pour le voir toutes ces
années.

Il ajouta :

– Ah merde, Sam, je suis désolé. C'est pas justement
l'œuvre caritative de Carla ? Oublie ce que je t'ai dit. Je ne
veux pas te mettre mal à l'aise.

– Non, ça va, lui assura-t-elle. J'avais prévu d'y aller
de toute façon, et j'aimerais autant que tu sois mon
cavalier.

Peu importe le nombre de fois où elle se répétait
combien elle se fichait de croiser l'une des conquêtes de
Jason au gala, elle savait au fond que cette idée la dérangeait, et elle préférait donc ne pas s'y rendre seule.

– Merci, Samantha, c'est vraiment très gentil.

– Tu veux que j'en profite pour publier une déclaration ?

– Non. Je pense qu'aller au gala ensemble devrait suffire
à faire taire les rumeurs. Publier une déclaration en plus
ferait un peu trop.

Il avait probablement raison. Son travail d'analyste
l'avait souvent poussée à s'intéresser à la façon dont chaque
société gérait ces scandales. Lorsqu'elles avaient l'air de
surcompenser quelque chose, c'était généralement parce
que c'était justement le cas.

– Est-ce que tout va bien ? lui demanda Cindy lorsqu'elle raccrocha une minute plus tard.

Sam soupira en rangeant son téléphone.

– Le public cherche des poux à Luke pour m'avoir racheté mes parts de la société.

– Quelle plaie !

– Ouais. Il espère limiter les dégâts en allant à un gala avec moi.

Cindy rit.

– En quoi le fait de te voir lui lancer des piques en public pourrait l'aider ?

– Je ne lance pas de piques.

Sa sœur haussa les épaules.

– Sauf quand il s'agit de Luke. Je ne l'ai rencontré que quelques fois, et pourtant tu avais toujours quelque chose à lui reprocher.

Sam grimaça en se rappelant la sévérité avec laquelle elle avait traité Luke au fil des années. Elle avait toujours pensé qu'il était le méchant de l'histoire, alors qu'il avait en réalité été une sorte de héros.

– J'ai fait une erreur, admit-elle. C'est un type bien.

– J'en doute, mais je comprends. Tu n'as jamais été le genre de personne à dire du mal de quiconque jusqu'à ce que tu rencontres ce Luke. Je savais que ce n'était qu'une question de temps avant que tu ne redeviennes normale. Je suis juste surprise que ça ait duré aussi longtemps. Maintenant finis ton croissant, je veux pas être en retard au spectacle.

Sam termina son croissant et sa boisson rapidement, une vague de culpabilité la traversant alors qu'elles quittaient le café. Il lui semblait enchaîner les bêtises quand il s'agissait de Luke. Elle l'avait d'abord traité de menteur, puis elle avait couché avec lui, et comme si cela ne suffisait pas, elle l'avait ensuite presque forcé à lui racheter ses parts.

Elle ne pouvait qu'espérer que de l'accompagner à ce gala suffirait à apaiser les rumeurs. Elle détestait songer à tous les problèmes qu'elle lui avait causés alors qu'elle s'en était tirée si facilement. Elle jeta un coup d'œil à sa sœur et ravala un soupir en voyant son regard excité tandis qu'elles pénétraient dans le théâtre. Elle avait au moins réussi à faire plaisir à quelqu'un.

CHAPITRE TREIZE

Il n'aurait jamais dû inviter Sam à ce gala.

Luke se maudit en silence en sortant de l'ascenseur menant à l'appartement de Sam. Il aurait dû se contenter de lui demander une simple déclaration. Au lieu de ça, il avait sauté sur l'occasion de passer du temps avec elle, comme s'il avait oublié qu'elle ne s'intéressait pas à lui de façon romantique et qu'il se voilait la face en espérant une réalité qui ne serait jamais la sienne. Mais elle lui manquait, voilà tout.

Et son besoin de la revoir lui faisait faire des folies. Lorsqu'il se rendait à un gala, il se contentait normalement de mettre le premier costume qui lui passait sous la main. Mais à présent que Sam devait être sa cavalière, son image lui importait au plus haut point. Peut-être était-ce parce qu'elle avait l'habitude de sortir avec Jason, qui était toujours sur son trente-et-un, mais Luke avait voulu être élégant pour elle, et s'était donc acheté un nouveau costume ainsi que de nouvelles chaussures pour l'occasion, même s'il en avait déjà des tas de paires qui conviendraient parfaitement.

Il secoua la tête, désemparé par sa propre folie, et frappa à la porte de son appartement. C'était la dernière fois qu'il faisait ce genre de choses. Tout ça lui demandait bien trop d'efforts, et pour quoi ? Pour impressionner une personne qui lui avait déjà dit qu'elle ne voulait pas être avec lui ?

Dingue. Il était vraiment dingue.

La porte s'ouvrit un instant plus tard et sa gorge s'asécha brusquement en l'apercevant. Elle portait une splendide robe de soirée blanche qui lui tombait juste au-dessus des chevilles et épousait ses formes à la perfection. Il brûlait d'envie de la prendre dans ses bras à nouveau, et il se sentit soudain soulagé d'avoir fait des efforts quant à sa tenue. Il aurait supporté cent fois l'épreuve de l'essayage de costume, si cela lui permettait de l'enlacer même quelques minutes. Il grogna en réponse au souvenir de leurs corps parfaitement emboîtés l'un dans l'autre. Il ignorait s'il allait pouvoir survivre à cette soirée sans tenter quelque chose d'insensé.

La respiration de Sam s'affola en voyant le regard affamé de Luke sur son corps alors qu'il admirait sa tenue. Il l'observait comme si elle était un dessert. Un dessert qu'il aurait adoré dévorer. Si elle avait espéré qu'il aimerait sa robe, elle n'avait cependant pas anticipé une telle réaction, et elle se sentit soulagée d'avoir choisi ce modèle. Luke cligna des yeux, et le désir qui assombrissait son regard se dissipa pour laisser place à une vague calme et impassible.

– Tu es prête ? demanda-t-il.

Elle soupira. Qu'avait-elle espéré ? Qu'il la regarderait, la prendrait dans ses bras, et l'embrasserait comme il l'avait fait près de deux mois plus tôt ? Qu'il aurait été incapable de lui résister, et l'attirerait dans la chambre la plus proche ? Elle aurait sans doute été tentée de rire si elle n'avait pas trouvé son attitude aussi ridicule. La seule et unique raison pour laquelle il l'avait invitée à ce gala était de faire taire une rumeur de travail, pas de passer du temps avec elle. Et elle ferait bien de ne pas l'oublier.

– Ouais, murmura-t-elle en tentant de ravaler sa peine. Elle ignorait pourquoi elle se sentait soudain si déçue. Elle n'était pas prête pour une relation quelconque, de toute façon. Elle avait été ridicule d'acheter une nouvelle robe pour l'impressionner alors qu'elle en possédait déjà suffi-samment pour toute une vie.

– Je prends ma pochette, dit-elle en lâchant la porte pour aller chercher son sac. Bon et… as-tu un plan d'attaque pour ce soir ? demanda-t-elle alors qu'elle revenait vers lui en tentant d'ignorer combien son costume de soirée lui allait bien. Elle avait toujours adoré voir un homme dans un beau costume, et Luke était particulièrement charmant dans le sien. Sa veste épousait ses épaules larges et elle ne put que se rappeler la façon dont ses muscles s'étaient tendus sous ses doigts alors qu'elle les avait doucement effleurés.

Il haussa les sourcils.

– Un plan d'attaque ?

Elle se sentit rougir sous la désagréable impression qu'il pouvait lire dans ses pensées et elle se força à arracher son regard de ses épaules tentatrices pour retrouver le sien.

– Je ne sais pas, tu veux parler à quelqu'un en particulier ?

Elle haussa les épaules.

– Est-ce qu'il y a des gens que tu voudrais éviter ?

– Pas vraiment. Je sais juste que Hank m'a dit de me rendre plus accessible.

Elle n'avait aucun mal à imaginer comment cette conversation avait dû se dérouler. Avant la mort de Jason, Luke avait toujours fait de son mieux pour éviter de rencontrer leurs clients. Il avait refusé de perdre de précieuses minutes qu'il aurait pu passer à travailler avec ce qu'il considérait être du baby-sitting.

– Non pas que ça ait la moindre importance, reprit-il alors qu'ils se dirigeaient vers la porte. Les gens n'ont jamais de mal à me trouver pour discuter des derniers potins. Et toi ? Est-ce qu'il y a quelqu'un que tu voudrais voir en particulier ? Un prestigieux PDG, peut-être ?

Elle sourit, touchée qu'il se souvienne qu'elle s'était mise à investir de son côté.

– Non, je n'y vais que pour des raisons strictement personnelles. Les parents de Jason s'attendent à ce que je sois là.

Mais elle ferait fi des conventions sociales une fois cette année terminée. Le simple fait qu'elle ne veuille pas leur parler de l'infidélité de Jason ne voulait pas dire qu'elle avait l'intention de jouer à la veuve endeuillée pour toujours. Elle avait besoin de prendre ses distances avec tout ça, pour se retrouver entre autres.

– Tu as discuté avec eux ces derniers temps ? demanda Luke alors qu'elle verrouillait la porte de son appartement.

– Jessica appelle une fois par semaine environ, ce qui était bien mieux que ses visites quotidiennes. Sam adorait sa belle-mère, mais elle n'avait aucune envie d'entendre plus d'anecdotes au sujet de son fils bien-aimé.

Luke soupira.

– Je sais qu'il faudrait que j'aille les voir, mais je suis tellement occupé…

Sam sourit.

– Je suis sûre qu'ils comprennent. Et puis, tu les verras ce soir. Je suis certaine qu'ils te remercieront quand ils apprendront pour la nouvelle aile de l'hôpital qui portera le nom de Jason.

– Je me suis juste contenté de finir ce que Jason avait commencé, dit-il, et Sam ne put retenir un sourire.

Elle savait qu'il avait donné bien plus que ce que Jason avait l'habitude de faire, sinon ils ne donneraient pas son nom à une aile de l'hôpital. Mais comme toujours, Luke faisait preuve de modestie.

– En tout cas, n'hésite pas à me le dire si tu commences à en avoir marre. Je pourrais toujours dire que j'ai une urgence au travail et que tu as proposé de me donner un coup de main.

Elle rit.

– Je me souviens vaguement t'avoir entendu utiliser cette même excuse pour partir en avance l'année dernière, et même l'année d'avant.

Il disparaissait souvent dès les salutations passées.

Luke haussa les épaules.

– C'est la preuve que ça marche. Alors, surtout n'hésite pas si tu veux partir, d'accord ?

Le fait que Luke soit prêt à la laisser mener la danse apaisa son inquiétude quant aux personnes qu'elle croiserait ce soir. Elle trouvait rassurant de savoir qu'elle pourrait partir quand bon lui semblait.

– D'accord, merci.

Sam se figea aussitôt entrée dans la salle de bal étincelante où une myriade de femmes magnifiques papillonnaient çà et là.

Combien d'entre elles ont couché avec Jason, au juste ?

Elle se sentit soudain nauséeuse en se rappelant tous les noms et toutes les photos qu'elle avait vus sur son téléphone. Elle n'était pas prête pour tout ça. Elle était sur le point de faire demi-tour lorsque Luke passa un bras rassurant autour d'elle avant de lui murmurer à l'oreille :

– Tu veux quelque chose à boire ?

Son souffle chaud taquina sa peau, lui arrachant un frisson, et elle se sentit soulagée de pouvoir se concentrer sur autre chose que sur ses pensées agitées.

– Pourquoi pas, soupira-t-elle.

Une soirée. Il lui suffirait de survivre à cette soirée et elle n'aurait alors plus jamais à se forcer à assister à ce genre d'événement à nouveau.

Sans relâcher sa prise, Luke la guida vers le bar installé

au fond de la pièce. En dépit du fait qu'elle savait que cette soirée n'était qu'un coup de pub, Sam ne put retenir un sourire en réalisant qu'il n'avait aucune intention de la délaisser comme Jason avait eu l'habitude de le faire lors de ce genre d'événement. Son époux lui avait souvent dit qu'il allait leur chercher à boire avant d'être pris dans une conversation et d'oublier sa présence jusqu'à ce qu'il soit temps de dîner.

Certaines personnes vinrent les saluer, Luke et elle. On lui lança quelques regards désolés, mais pas autant qu'elle ne s'y était attendue. La plupart des invités semblaient plutôt vouloir cuisiner Luke au sujet de Harkin, ou lui demander son opinion sur une industrie ou une entreprise bien particulière. Il ne fallut pas longtemps à Sam pour remarquer la façon dont son bras se resserrait autour d'elle chaque fois qu'une nouvelle personne les approchait. Presque comme s'il puisait sa force en elle. Ou peut-être essayait-il seulement de se rappeler la raison de sa présence au cas où il ressentirait le besoin de les envoyer paître.

Elle devinait que sa patience s'épuisait déjà. Elle l'avait plus souvent vu en réunion avec des clients lors de ses dernières semaines chez Harkin que durant toutes les années qu'elle avait passées dans l'entreprise. Et comme si cela ne suffisait pas, il devait à présent assister à ces événements et faire la conversation ?

Elle n'avait pas l'habitude de le voir sous ce nouveau jour, et elle ne put s'empêcher de l'admirer pour tous les efforts qu'il fournissait afin de sauver Harkin. Si d'autres gestionnaires s'étaient contentés de faire quelques coupes budgétaires sans s'inquiéter de tous les gens qui se retrouveraient alors sans emploi, Luke travaillait sans doute déjà à perte. Elle doutait que leurs frais de gestion puissent suffire à couvrir les salaires de chacun cette année, et il n'avait pourtant pas renvoyé la moindre personne. Elle savait qu'il faisait de son mieux pour compenser la perte de leurs clients, et espérait qu'il y parviendrait. Il le méritait plus que quiconque.

Ils venaient à peine de prendre un verre lorsqu'une femme dans une robe noire moulante bouscula Luke. Les mains de la blonde effleurèrent son torse, et Sam ne manqua pas de remarquer la serviette qu'elle glissa dans sa poche alors qu'elle le touchait.

– Pardon, murmura-t-elle en lançant un regard aguicheur à Luke, ses mains s'attardant sur son costume. Elle lança un bref coup d'œil à Sam, son air désintéressé lui laissant à penser qu'elle ne la voyait pas le moins du monde comme une menace, avant de se tourner vers Luke et de lui lancer un clin d'œil. « Appelle-moi », lui murmura-t-elle avant de s'éloigner, ses hanches s'agitant en rythme avec sa démarche langoureuse.

Une vague de jalousie serra le cœur de Sam. Elle ignorait si Luke appellerait cette femme, mais elle savait que plus d'une avait des vues sur lui, beaucoup se trouvant dans cette pièce, d'ailleurs. Elle n'avait pas manqué de remarquer les regards qu'elles lui avaient lancés ce soir.

Elles n'avaient même pas pris la peine de dissimuler leur intérêt, et elle ne put s'empêcher d'avoir l'impression d'être avec Jason à nouveau. Sauf qu'elle était cette fois bien consciente de ce qui était en train de se passer, au lieu d'avoir une confiance aveugle en son mari, en étant convaincue qu'il ne lui serait jamais infidèle.

– Pardon, dit Luke.

Sam secoua la tête.

– Ce n'est rien.

Elle se félicita en silence d'avoir refusé ses avances, sans quoi sa jalousie n'en aurait été que pire encore. Si ses sentiments pour Luke avaient changé depuis la nuit qu'ils avaient partagée, elle n'avait cependant aucun droit sur lui.

Il lui avait donné une chance d'entamer une relation avec lui, et elle avait refusé. Elle ne devrait donc pas être jalouse s'il décidait d'aller retrouver la femme qui l'avait bousculé, plus tard dans la soirée. Elle maudit sa propre naïveté. Mais que croyait-elle ?. Elle avait vu cette femme. La question n'était pas de savoir s'il l'appellerait, mais quand.

– Tu veux aller voir ce qu'ils vont vendre aux enchères ? lui demanda Luke.

– T'es pas forcé de me baby-sitter.

Elle ne doutait pas qu'il avait de meilleures choses à faire que de passer la soirée à ses côtés. Il voulait probablement la protéger de Carla, mais elle ne voulait pas qu'il reste par pitié, non, surtout pas lui.

– La presse a pris bien assez de photos de nous dehors, continua-t-elle.

Plus personne ne les penserait en conflit à présent.

– Tu regrettes déjà ?

– Qu'est-ce que tu veux que je regrette ?

– D'être ma cavalière.

Sa question, tellement inattendue, la fit rire. Il semblait

penser que d'être avec elle était un privilège, alors que c'était le contraire. Elle réalisa alors ce qu'elle avait abandonné en couchant avec lui. Elle aurait eu bien besoin d'un ami tel que lui. Il était gentil et attentionné, sans être mielleux pour autant. Et il faisait toujours preuve d'honnêteté, même lorsque la vérité pouvait être difficile à entendre.

Quel dommage qu'elle ne puisse faire taire les images lubriques qui lui venaient à l'esprit chaque fois qu'elle le regardait.

– Bon, dit-elle en acquiesçant. D'accord. Allons voir ce qu'ils vendent aux enchères.

Avec un peu de chances, Madeline aurait convaincu José Patron de mettre en vente la leçon de cuisine privée qu'elle convoitait depuis un moment déjà. Elle ferait un parfait cadeau d'anniversaire pour Cindy. Sa sœur adorait son émission.

Bien déterminée à oublier Luke et sa possible conquête, Sam se jura de remporter la leçon de cuisine.

* * *

– Samantha.

Sam se tendit en entendant cette voix qu'elle connaissait bien. Elle appartenait à Tom Williams, le mari de Carla. Sachant qu'elle ne pouvait l'ignorer, elle s'excusa auprès des parents de Jason. Elle tourna les talons et fut immédiatement précipitée dans une embrassade sincère. Son eau de Cologne entêtante lui donna envie d'éternuer et elle recula rapidement avant de le faire.

– Salut, Tom.

– Je suis vraiment content de te voir, Sam, dit-il en souriant. Carla et moi craignions que tu ne viennes pas cette année.

Sam ravala un grognement.

Elle avait été si inquiète à l'idée de croiser Carla qu'elle ne s'était même pas demandé si elle devait parler de sa liaison avec Jason à Tom. Sachant combien il semblait dévoué à son épouse, elle doutait qu'il soit au courant de ses infidélités. Mais elle ne voulait pas compliquer les choses pour Carla non plus. Si elle n'avait été que l'une des multiples femmes avec lesquelles Jason avait eu une aventure, il était cependant possible que cette dernière ait eu des sentiments pour lui. Sam ne ferait donc que lui rendre les choses plus difficiles en avouant ses fautes à Tom alors qu'elle pleurait peut-être déjà la perte de son amant.

Mais il était aussi possible qu'elle soit une infidèle en série, comme Jason l'avait été. Ou peut-être Tom et Carla avaient-ils une relation libre, après tout.

Elle ignorait pourquoi elle s'inquiétait tant du sort de Carla alors que cette dernière ne s'était jamais donné la même peine à son égard, et elle aurait soudain préféré être restée chez elle au lieu de s'acharner à vouloir se prouver qu'elle ne fuyait pas. Elle n'avait même jamais aimé ce genre d'événement, mais elle avait été incapable de laisser Jason la priver de plus qu'il ne l'avait déjà fait.

– Je me sens déjà bien assez coupable de ne pas en faire autant que Jason, dit-elle, et elle se sentit soudain infiniment reconnaissante que Luke ait eu le courage de lui avouer que Jason la trompait. Elle et Luke n'avaient pas été les meilleurs amis du monde à l'époque, et il avait pourtant pris le risque de provoquer la colère de son meilleur ami en lui révélant la vérité.

Si seulement elle l'avait écouté.

— Oh, ce n'est rien, lui dit Tom. On organise ce gala depuis si longtemps qu'on a l'habitude maintenant.

Une étincelle de compassion traversa le regard de Tom, et Sam sut alors qu'il était sur le point de lui parler de Jason. Espérant changer de sujet avant qu'il n'ait l'occasion de lui chanter les louanges de son défunt mari, elle demanda à Jason des nouvelles de ses enfants, son sujet de discussion préféré.

Il allait finir en enfer.

Luke grogna en se forçant à détourner le regard des fesses tentatrices de Samantha alors qu'elle discutait avec l'un des directeurs de l'association. Il s'était déjà senti bien assez coupable d'avoir presque bavé sur elle lorsqu'il était allé la chercher, et voilà qu'il ne parvenait pas à s'empêcher de l'admirer. Ces superbes yeux en amande, et ces courbes… Il ne rêvait de rien d'autre que de lui pétrir le cul et de s'enfoncer en elle, profondément. *Merde*. Il n'allait pas simplement finir en enfer. Il y aurait une place réservée, c'était certain.

— Je serais ravie de passer vous voir pour que nous puissions discuter davantage de notre projet.

Luke cligna des yeux en tentant de se concentrer sur la jeune rousse qui se tenait devant lui. Il se maudit en silence en réalisant qu'il n'avait pas écouté un traître mot de ce qu'elle avait pu lui dire depuis qu'elle l'avait abordé. Tout ce qu'il savait était qu'elle était membre de l'association et devait sans doute vouloir un don.

– Je suis terriblement occupé par le travail en ce moment, admit-il. Ça vous dérangerait d'envoyer votre prospectus à mon assistante ? Sheila savait quelles étaient les œuvres caritatives qui l'intéressaient et avait l'habitude de gérer tout ça pour lui.

– Je… Bien sûr. Merci de m'avoir écoutée.

Elle se leva avant de s'éloigner et Adam Campbell prit son siège vide presque immédiatement.

– J'arrive pas à croire que tu sois là. Tu n'as pas d' « urgence » professionnelle dont il faut absolument que tu ailles t'occuper ?

Luke sourit à son ami. Il ne l'avait plus vu depuis longtemps. Ils s'étaient rencontrés par le biais de Jason et pour être franc, Adam était le seul des amis de Jason que Luke appréciait vraiment. En dépit du fait qu'il soit né dans l'une des familles les plus riches du pays, Adam n'utilisait pas ses origines comme une excuse pour se laisser vivre. Il travaillait dur et avait, au fil des années, développé un véritable petit empire de biens immobiliers dans tout le sud du pays. Luke n'aurait pas été surpris que les profits de sa société finissent un jour par dépasser ceux de l'entreprise de produits de beauté qu'avait fondée son arrière-grand-père.

Avec Jason, tous trois avaient eu l'habitude de sortir souvent pour aller dîner ou boire un verre, mais Luke avait été si occupé ces derniers mois qu'il n'avait pas eu la moindre minute à accorder à son ami. Entre la mort de Jason, le fiasco Cervco, la démission de Peter et le départ de

Sam, Luke avait l'impression de mener bataille après bataille.

— Pas cette année, dit Luke en hochant la tête en direction de Sam. Je suis venu avec Sam.

Il doutait qu'elle serait déçue de partir aussi tôt, mais il ne voulait pas la forcer à manquer les enchères pour le cours de cuisine qu'elle voulait tant pour sa sœur. Sans parler du fait que pour la première fois depuis le début de sa carrière, Luke n'avait aucune envie de couper court aux festivités. Puisqu'il ignorait quand il aurait la chance de voir Sam à nouveau, il comptait bien faire durer le plaisir aussi longtemps que possible.

— T'es venu avec quelqu'un ? Adam haussa ses sourcils, un sourire malicieux au coin des lèvres avant de se tourner et de voir Sam. Oh, wow. C'est gentil de ta part. Comment elle va ?

— Aussi bien qu'on pourrait s'y attendre, répondit Luke en fronçant les sourcils.

Les gens pensaient-ils qu'il avait fait une bonne action en l'accompagnant au gala ?

— Je suis soulagé de la voir sortir un peu. Elle et Jason étaient si proches.

Adam secoua la tête en se tournant vers lui.

— Et puis, c'est bien pensé. Tu as une cavalière superbe qui ne se fera pas d'idées sur tes intentions. Si j'avais été plus malin, je l'aurais invitée à venir avec moi avant que tu le fasses.

Luke serra les poings en imaginant Adam tenir Sam comme il avait pu le faire depuis le début de la soirée. Il ne voulait la voir dans les bras de personne d'autre que les *siens.* S'il savait être quelque peu possessif envers elle, en dépit du fait qu'elle ait refusé d'entretenir toute relation avec lui, il ne pouvait cependant pas s'en empêcher. Dans son esprit, c'était à *lui* qu'elle appartenait.

– Je pense pas qu'elle apprécie franchement ce genre d'événements, dit-il sans pourtant en être certain. Tout ce qu'il savait était qu'il ne voulait pas qu'Adam l'invite à sortir.

– Elle est uniquement venue pour l'hommage, continua-t-il, pas le moins coupable du monde de se servir de Jason comme d'une excuse pour éloigner Adam.

– Ah, c'est vrai. J'avais oublié, soupira Adam. On dirait qu'il va falloir que je me trouve une autre cavalière, dans ce cas.

Comme si cela était un problème. Avec son argent et sa belle gueule, Adam n'avait même pas à lever le petit doigt pour trouver une femme avec qui sortir. Désireux de changer de sujet, Luke lui demanda :

– Tu en es où de ton projet au Texas ?

Quand bien même Sam l'avait repoussé, il n'était pas certain qu'elle en ferait autant avec Adam. Ce dernier était après tout aussi charmant et agréable que Jason, et Luke ne voulait pas prendre le moindre risque. Il avait déjà supporté de la voir avec Jason toutes ces années. Savoir qu'elle fréquentait Adam le tuerait.

– Tout va bien. Le permis de construire a enfin été approuvé.

Luke se fit violence pour ne pas secouer la tête alors qu'Adam se lançait dans une explication interminable des appartements qu'il avait l'intention de faire construire. Il avait du mal à croire qu'il avait pu être jaloux à l'idée qu'Adam puisse inviter Sam à sortir, alors qu'il savait que son ami était un parfait gentleman.

Si passer la soirée avec elle lui avait mis du baume au cœur, Luke savait cependant qu'il ne pouvait se permettre de l'inviter à sortir à nouveau. Elle semait le chaos dans son esprit, au point qu'il en avait même du mal à réfléchir. Pire encore était le fait que plus il passait du temps avec elle, et plus il risquait de faire une bêtise, comme de la plaquer contre un mur pour l'embrasser comme il en avait eu envie au moins une centaine de fois déjà depuis le début de la soirée. Ainsi et puisqu'il était incapable de se contrôler lorsqu'il était avec elle, il allait devoir prendre ses distances, et cela, qu'importe combien il en souffrirait.

CHAPITRE QUATORZE

– Merci de m'avoir accompagnée au gala, dit Sam alors qu'ils pénétraient dans son appartement plus tard, ce soir-là. Je me suis amusée.

Ses mots tombèrent dans l'oreille d'un sourd. Tout ce à quoi Luke pouvait penser était combien elle était belle dans cette robe, et combien il avait été tenté de frapper tous ceux qui avaient osé la reluquer ce soir. Il aurait aimé qu'elle lui appartienne, mais elle ne le désirait pas de cette façon. Elle avait été plus que claire la dernière fois.

Mais même cela ne l'empêchait pas de la désirer de tout son être. Une vague de désespoir le traversa en sachant qu'il était possible qu'ils ne se revoient pas avant un moment. Combien de temps devrait-il attendre ? Des mois ? Des années, peut-être ?

Ce doute le rendit fou, et fit voler en éclats les derniers vestiges de sa détermination. Il l'embrassa. Elle haleta à son contact, et il en profita pour approfondir leur baiser en la prenant dans ses bras. Il n'osa pas la lâcher, de peur qu'elle ne s'éloigne. Si c'était le dernier baiser qu'elle lui donnait, il voulait qu'il dure aussi longtemps que possible.

Il tenta de faire passer la moindre de ses émotions dans ce baiser, presque comme si cela pouvait suffire à la convaincre de lui rendre ses sentiments. Il y mit toute la frustration de ces innombrables semaines passées loin d'elle, l'intensité avec laquelle elle lui avait manqué, et tous ces mots qu'il ne pouvait se résoudre à lui dire…

Une vague de triomphe le traversa lorsqu'elle fondit contre lui et lui rendit son baiser. Il grogna. Bon sang, ce que ça lui avait manqué.

Son goût, son odeur… Et cette simple pensée lui rappela combien les dernières semaines avaient été difficiles, la torture d'être privé de ses attentions presque insupportable. Lui qui avait si longtemps fantasmé en s'imaginant avec elle, était à présent incapable d'oublier son goût délectable et le délicieux son de ses gémissements alors qu'il lui mordillait le cou. Elle le hantait. Et il ne pourrait le supporter plus longtemps. Il ne pouvait se résigner à ne connaître l'extase que le temps d'une nuit avant qu'on ne la lui arrache à nouveau une fois le matin venu.

Se maudissant en silence, il mit un terme à leur baiser et pressa son front contre le sien. Le goût de ses lèvres lui manquait déjà.

– Je suis désolé, Sam, dit-il en reculant. Je peux pas. Je crois que j'aurais du mal à supporter que tu me repousses encore.

Il n'aurait sans doute pas dû l'embrasser, mais il avait été incapable de s'en empêcher. Il la désirait depuis si longtemps maintenant que c'en était presque une deuxième nature à présent.

– Et si je ne te repousse pas ? murmura-t-elle après un bref silence tandis que ses mains effleuraient le torse de Luke, lui arrachant des décharges de plaisir.

– Qu'est-ce que tu veux dire ? En dépit du fait que sa tête lui hurlait de ne pas tirer de conclusions hâtives, il se sentit embrasé par un espoir semblable à un feu de forêt.

Elle haussa les épaules en le caressant davantage.

– On pourrait se voir jusqu'à ce que cette attirance qu'il y a entre nous se dissipe.

Ce qui voulait donc dire que cette liaison prendrait fin à l'instant même où elle se serait lassée. Parce qu'il ne pouvait imaginer une réalité dans laquelle il ne voudrait pas être avec elle.

S'il ne pouvait nier détester l'idée que ce doux rêve puisse prendre fin du jour au lendemain, il savait aussi qu'il ne pouvait en demander davantage pour l'instant. Il l'avait attendue des années, mais tout ça était encore nouveau pour elle. Après tout, elle avait longtemps aimé un autre homme.

– Une liaison secrète, reprit-elle en plongeant ses grands yeux sombres dans ceux de Luke. Je sais qu'on ne fait rien de mal, mais je ne veux pas non plus que les gens me voient autrement.

Il se fichait bien de ce que les gens pouvaient penser d'eux, mais il acquiesça malgré tout, sachant que cela importait à ses yeux. Il serait avec elle, c'était tout ce qui comptait.

– Donc t'es d'accord ? demanda-t-elle, un sourire traversant ses lèvres. Des lèvres qu'il pourrait embrasser chaque fois qu'il le désirait en acceptant sa proposition.

Cette pensée lui fit tourner la tête. Il savait qu'il aurait dû refuser. Sam n'était pas du genre à avoir une liaison, et il y avait de grandes chances pour qu'elle finisse par lui briser le cœur à nouveau. Mais il le regretterait à tout jamais s'il lui disait non. Après tout, même s'il devait pour l'instant se contenter d'une liaison, peut-être parviendrait-il à la charmer au fil du temps ? Il ne le saurait jamais à moins d'essayer.

Il acquiesça en prenant son visage en coupe.

– Oui, dit-il avant de l'embrasser pour sceller leur accord.

La langue de Sam vint trouver la sienne alors qu'elle l'enlaçait. Un grognement sur les lèvres, il arpenta ses courbes du bout des doigts, mémorisant le moindre centimètre carré de son corps tandis qu'il déposait une volée de baisers le long de son cou. Elle gémit, faisant tressauter sa queue.

Il la prit dans ses bras.

– La chambre ?

Elle pointa du doigt une porte dans son dos et il s'y rendit rapidement. Il alluma la lumière avant de la poser sur le lit tout en déposant des baisers ardents sur sa gorge. Il défit la fermeture éclair de cette robe qu'il avait admirée toute la soirée et sentit sa bouche s'assécher en découvrant le soutien-gorge en dentelle qui dissimulait ses seins fermes et sa culotte noire transparente. Qu'importe combien il avait pu chérir le souvenir de leur première nuit ensemble, la voir nue en chair et en os était une tout autre chose.

Elle profita de sa fascination pour s'attaquer à son costume. Désireux de la déshabiller à son tour, il glissa une main dans son dos pour dégrafer son soutien-gorge. Le tissu tomba, et la tête lui tourna lorsque ses seins nus lui furent enfin offerts. Il en saisit un, effleurant son téton à l'aide de son pouce et les paupières de Sam papillonnèrent alors qu'il le prenait en bouche. Elle haleta tandis qu'il la torturait, enfouissant une main dans les cheveux de Luke qu'elle tira. Dans un sourire, il continua à la lécher et à la sucer avant de passer à son autre sein, adorant la façon dont elle se cambrait sous lui, la respiration affolée.

La main de Luke effleura son ventre avant de descendre davantage, déposant des baisers affamés le long de son ventre jusqu'à sa culotte. Elle haleta lorsqu'il l'embrassa à travers le tissu. Il sourit et fit glisser sa culotte le long de ses jambes, incapable de retenir un grognement lorsqu'il la trouva trempée pour lui.

Il retira sa chemise et son pantalon rapidement avant de retourner entre ses bras tendus. Il l'embrassa, adorant la façon dont elle caressait son dos avec avidité, comme si elle ne pouvait se repaître de lui. Il sut alors qu'il l'aimait. Il ne voyait rien d'autre pour expliquer ce qu'il ressentait, et pourquoi elle l'obsédait autant. Il s'éloigna soudain, bien déterminé à lui faire part de cette révélation sur-le-champ.

– Samantha, je…

– Je prends la pilule, l'interrompit-elle, et il se maudit aussitôt. Ils s'étaient mis d'accord pour avoir une aventure, pas une histoire d'amour. Qu'importe ce qu'il ressentait pour elle, il ne devait pas oublier que ses sentiments n'étaient pas réciproques. Pas encore, tout du moins.

Il la remercia en silence de l'avoir arrêté avant qu'il ne la fasse fuir avec sa déclaration. Il ne se le pardonnerait jamais s'il gâchait tout.

– Je suis *clean*, dit-il alors, touché qu'elle lui fasse confiance. Il ne s'était jamais passé de préservatif auparavant. Il n'avait jamais assez fait confiance à aucune femme pour prendre de tels risques. Mais au fond, il doutait que le fait qu'elle tombe enceinte puisse le déranger. L'idée d'être lié à Sam à tout jamais était ensorcelante. Il n'aurait alors plus à s'inquiéter de la prochaine fois où il aurait la chance de la revoir, puisqu'ils seraient une famille. Son cœur se serra en imaginant une petite fille ressemblant à Sam, ou un petit garçon qui aurait ses yeux. Il avait envie de faire sa vie avec Sam, réalisa-t-il alors. La maison, les enfants… tout.

Elle acquiesça.

– Moi aussi.

Adorant qu'elle lui fasse confiance, il grogna en l'embrassant. Leurs langues entamèrent une danse endiablée alors qu'il la pénétrait, la sentir autour de lui éveillant des sensations délectables en lui. Bon sang. Ce que ça lui avait manqué. Ce qu'*elle* lui avait manqué. Fasciné, il lui imposa un doux mouvement de va-et-vient.

Sam s'agrippa à ses fesses pour lui intimer d'accélérer. Pas besoin de lui dire deux fois. Il remonta l'une de ses jambes sur sa hanche et bougea plus vite. Un gémissement sur les lèvres, elle enroula son autre jambe autour de lui pour lui permettre de s'enfouir en elle plus profondément encore. Cette sensation lui arracha un grognement. Il n'allait pas pouvoir tenir longtemps. Il attendait depuis trop longtemps, et il la désirait bien trop.

Mais il voulait qu'elle prenne autant de plaisir que lui, si bien qu'il se mit à songer aux revenus d'une société florissante à laquelle il s'était intéressé plus tôt dans la journée, en espérant que cela lui permettrait de tenir. Il fut cependant incapable de repousser son extase plus longtemps lorsque la féminité de Sam se mit à pulser autour de sa queue. Sachant qu'elle jouirait bientôt, il glissa une main entre eux pour aller caresser son clitoris. Elle gémit et se mit à trembler sous lui, avec ce son terriblement sexy. Il s'enfonça en elle en grognant alors qu'il jouissait. Éreinté, il enfouit le visage dans ses cheveux, inspirant leur douce odeur vanillée. Il n'avait jamais connu un orgasme aussi dévastateur auparavant. Il était tout bonnement exténué. Un sourire aux lèvres, il s'écroula à côté d'elle.

– C'était… époustouflant, dit Sam un instant plus tard en se tournant vers lui.

Il se sentit traversé par une fierté virile en la regardant. Elle ressemblait à une femme comblée. Ses joues étaient rouges, ses lèvres enflées. Et le fait que ce soit lui qui lui ait donné cet air ne fit que prolonger son extase.

– Tant mieux, parce que je suis presque certain que tu viens de me tuer.

Elle rit, ce son semblable à un baume rassurant à ses oreilles. Il la prit dans ses bras et sentit son cœur se serrer en réalisant combien il était bien avec elle. Il aurait tout donné pour avoir la chance de se blottir contre elle ainsi chaque soir. Et même s'il ignorait encore comment, il était bien déterminé à faire de ce rêve une réalité.

CHAPITRE QUINZE

Luke regarda Sam dormir sans doute plus longtemps qu'il ne l'aurait vraiment dû ce lundi matin-là. Craignant que quiconque ne découvre ce qu'il ressentait pour elle, il avait toujours fait attention à ce qu'on ne le surprenne jamais en train de l'observer. Mais à présent qu'il pouvait la regarder comme bon lui semblait, il trouvait difficile de se détourner d'elle. Elle était si belle.

Mais il fallait vraiment qu'il y aille.

Son absence avait sans doute déjà dû être remarquée au bureau, et il avait encore du travail en retard à rattraper. Dans un soupir, il déposa un baiser sur le front de Sam et extirpa doucement son bras qu'il avait glissé sous son corps. Ses jambes lui semblèrent être faites de coton lorsqu'il se leva. Il n'avait aucune envie de partir. Il aurait voulu pouvoir la réveiller d'un baiser torride et lui faire l'amour à nouveau, mais il avait des responsabilités, et une société à gérer.

– Luke ?

Il se tourna et vit qu'il l'avait réveillée, mais elle était encore à moitié plongée dans le sommeil. Son regard fatigué, elle semblait pouvoir se rendormir à tout instant. Sachant qu'il ne pourrait le faire à nouveau avant ce soir, il se pencha au-dessus d'elle pour lui voler un baiser. Ses lèvres tentatrices cédèrent sous les taquineries de sa langue et son goût délectable s'infiltra dans sa bouche. Il mordilla sa lèvre inférieure et se sentit durcir en réponse à son doux gémissement. Il se redressa dans un grognement. S'il ne partait pas tout de suite, il ne partirait jamais.

– Il faut que j'aille travailler, dit-il alors qu'elle lui manquait déjà. Il n'avait jamais passé la nuit chez une femme auparavant. Il n'en avait jamais eu envie. Mais tout était différent avec Sam, et il aurait passé la moindre minute avec elle s'il l'avait pu. Une nuit se serait transformée en trois facilement, et il n'avait aucun mal à imaginer que cela pouvait devenir une habitude. Ce week-end aurait dû contribuer à alléger le besoin qu'il ressentait d'être avec elle, mais au final, il l'avait empiré.

– Oh.

Elle jeta un coup d'œil au réveil, les yeux écarquillés.

– Bien sûr, dit-elle en se redressant, et il trembla.

Il lui suffirait de se redresser encore un peu pour que le drap révèle ses seins tentateurs, et il serait alors encore plus en retard.

– Wow. Tu y es déjà à cette heure normalement, dit-elle en éloignant les mèches de cheveux qui lui tombaient devant les yeux.

– Ouais, mais je suis rarement réveillé par une nymphomane au beau milieu de la nuit.

Les joues de Sam prirent une teinte cramoisie, et il sourit. Il ignorait comment il était possible d'être aussi sexy et adorable à la fois.

– Déjeune avec moi aujourd'hui, lui proposa-t-il sous le coup d'une impulsion.

Il ne pouvait se résoudre à rester loin d'elle une journée entière.

Elle fronça les sourcils.

– Tu veux déjeuner avec moi ?

Il acquiesça, et elle secoua la tête.

– Pardon, Luke, mais j'ai déjà des projets avec ma sœur. On s'était mis d'accord pour rester discrets, de toute façon.

Son estomac se serra en réponse au douloureux rappel que leur relation n'était rien d'autre qu'une simple liaison temporaire. Il s'était un instant convaincu au cours du week-end que ce qui les liait était plus que du sexe, que c'était réel.

– Je sais. Je n'ai pas réfléchi.

Il n'avait de cesse de songer à la prochaine fois où il aurait la chance de la voir. Mais peut-être avait-elle eu raison de refuser. Après tout, il n'avait franchement pas le temps de sortir avec elle. Il avait déjà pris beaucoup de retard dans son travail ce week-end. L'emmener déjeuner ne ferait qu'empirer les choses davantage.

– Amuse-toi bien avec Cindy aujourd'hui. On se voit plus tard ?

Une vague de soulagement le traversa lorsqu'elle acquiesça. Elle n'avait au moins pas changé d'avis.

– Je pourrais demander à Maria de faire un ragoût.

– J'adore le ragoût, mais Maria…

– Elle part aux environs de trois heures la plupart du temps, lui dit-il en espérant apaiser ses inquiétudes. Il prit sa chemise abandonnée par terre. Et je lui donnerai sa matinée de demain.

Et n'importe quelle autre matinée, si cela lui permettait de garder Sam dans son lit. Une vague de chaleur le traversa en revoyant les cheveux d'ébène de sa belle éparpillés sur son oreiller, ses lèvres entrouvertes alors qu'il s'enfouissait en elle. Il se sentit durcir à nouveau, et il se hâta de songer à toutes les tâches qui l'attendaient au bureau. Une fois son calme retrouvé, il ajouta :

– Je pense qu'on devrait arriver à se préparer le petit-déjeuner tous seuls.

– Je pourrais faire des œufs, suggéra Sam.

Son cœur fondit en sachant combien elle détestait cuisiner. Elle ne l'aimait peut-être pas, mais elle était malgré tout prête à faire des efforts pour se trouver avec lui.

– J'aime ta façon de voir les choses, murmura-t-il. Il mit sa chemise et récupéra son pantalon avant de se tourner vers Sam en résistant à l'envie d'aller la rejoindre. Il devait encore aller se changer chez lui.

Il mit son pantalon rapidement et lui dit :

– À ce soir.

* * *

Luke reposa le rapport qu'il était en train de lire avant de se frotter les yeux. Il venait de passer les vingt dernières minutes à relire la même phrase sans pourtant parvenir à la comprendre. Les souvenirs du week-end ne cessaient de le hanter, l'empêchant de se concentrer tant il était obsédé par le plaisir qu'il avait ressenti à déjeuner chez Sam hier, par son air sexy quand elle avait joui, par son regard tendre et accueillant lorsqu'il l'avait quittée ce matin-là…

Il secoua la tête en se replongeant dans son rapport. Plus vite il cesserait de rêvasser, et plus tôt il rentrerait.

L'image d'une Sam nue l'accueillant au lit lui traversa l'esprit et il sourit. Il aurait adoré que cela devienne sa routine. Il songeait encore à toutes les choses qu'ils pourraient faire ensemble lorsque son téléphone sonna, la voix de Sheila emplissant l'air.

– Le bureau de Mark Lang vient d'appeler. Il peut te retrouver au restaurant à dix-neuf heures.

Luke se passa une main sur le visage en ravalant un juron. Il n'avait eu de cesse d'essayer de joindre le PDG de Jellmeck depuis deux mois afin de discuter de leurs projets d'extension, en vain. Ce dernier avait enfin accepté de discuter avec lui pour la première fois aujourd'hui, et Luke doutait qu'il ait une nouvelle occasion telle que celle-ci s'il déclinait son invitation.

– Confirme le dîner, dit-il à son assistante. Il détestait devoir annuler sa soirée avec Sam, mais il n'avait pas le choix. Jellmeck était en train de devenir l'un des avoirs les plus importants du fonds, mais leurs projets d'extension dans le Midwest l'inquiétaient encore. Une marque de peinture concurrente, originaire du Wisconsin, s'était déjà installée dans l'Illinois et il doutait sérieusement que toutes deux puissent survivre là-bas.

– Ça marche, patron.

Ses épaules se voûtèrent alors que Sheila raccrochait. Il

avait eu tellement hâte de passer du temps avec Sam, mais il devait faire des affaires sa priorité. Il sortit son téléphone en se demandant si sa belle l'autoriserait à la rejoindre chez elle une fois son dîner terminé.

Il pourrait probablement y être vers onze heures. *Mais, et si son rendez-vous s'éternisait ?* Il était tout à fait possible que le dîner ne prenne fin qu'aux alentours d'une heure du matin.

Et il ne pouvait décemment pas demander à Sam de l'attendre. Son ventre se serra en songeant qu'il ne pourrait la voir ce soir.

Dans un soupir, il referma son téléphone. Demain, se jura-t-il à lui-même.

Demain, il la verrait.

Elle était en train de faire une erreur monumentale.

Samantha s'agrippa au panier de muffins qu'elle avait demandé à son cuisinier de préparer. Elle s'était promis que sa relation avec Luke ne serait rien de plus qu'une liaison, et voilà qu'elle planait littéralement à l'idée de le revoir. Il lui avait manqué bien plus que de raison après qu'il l'ait appelée pour annuler hier, et elle s'était presque surprise à compter les heures jusqu'à ce qu'ils se retrouvent aujourd'-hui. Ce n'était pas normal, si ? Elle ne souvenait pas avoir jamais ressenti ce genre de choses, ou agi de cette façon, que ce soit avec Jason, ou avec Ben, le petit ami qu'elle avait fréquenté avant de se marier.

Une myriade de papillons prit son envolée dans son ventre alors qu'elle regardait les chiffres de l'ascenseur défiler à toute vitesse. Elle avait été surprise d'apprendre que Luke n'avait jamais révoqué son accès de sécurité à son ascenseur privé qu'il lui avait fait faire des années plus tôt, mais elle s'en trouvait à présent reconnaissante. Cela lui évitait la gêne d'avoir à croiser le portier chaque fois qu'elle venait lui rendre visite.

Elle quitta l'ascenseur pour pénétrer dans le salon de Luke. Elle rencontra son regard à l'autre bout de la pièce, et son cœur manqua un battement. Il était terriblement charmant avec ses manches retroussées et son col de chemise ouvert.

Ses joues rougirent tandis que le regard de son amant arpentait la moindre de ses courbes avec une tendresse et une envie infinies. Presque comme s'il la touchait avec ses yeux. Il se redressa et posa le rapport qu'il était en train de lire avant d'aller la rejoindre. Elle fut attirée vers lui tel un aimant et ils s'embrassèrent bientôt d'une telle façon qu'elle aurait aimé pouvoir se fondre en lui. Elle aurait pu l'embrasser toute une journée sans jamais s'en lasser.

Il s'écarta un instant plus tard avant de sourire.

– J'ai attendu ça toute la journée, murmura-t-il en prenant son visage en coupe et en effleurant ses lèvres de son pouce. Elle se détendit aussitôt, soulagée de ne pas avoir été la seule à nourrir ces sentiments.

Elle sourit en posant le panier.

– Ça a été, au travail ?

Il grogna en pressant son front contre le sien.

– J'ai passé la journée à penser à toi et maintenant que tu

es enfin là, tu voudrais parler travail ? Il va falloir que je fasse plus d'efforts.

Il la prit dans ses bras sans crier gare. Un éclat de rire sur les lèvres, elle enroula les bras autour de son cou et l'embrassa tendrement tandis qu'il la portait à la chambre.

CHAPITRE SEIZE

– J'arrive pas à croire que tu me forces à regarder ce truc à l'eau de rose, dit Luke alors que tous deux se laissaient tomber dans le canapé de son appartement un mois plus tard.

– Arrête de te plaindre, dit Sam en lui donnant une tape sur l'épaule. Tu vas adorer, tu verras. Il faudrait vraiment être sans cœur pour ne pas aimer un film qui raconte les aventures de deux meilleurs amis amoureux l'un de l'autre.

Il la prit dans ses bras, et le cœur de Sam fondit. Elle adorait être contre lui, et elle adorait encore davantage le fait que ce canapé permettait une telle étreinte. Le salon de Luke ne ressemblait en rien au cinéma privé de Jason avec ses gigantesques fauteuils inclinables et leurs larges accoudoirs dans lesquels étaient encastrés des porte-gobelets et les télécommandes.

Sur le canapé de Luke, elle pouvait poser la tête sur son épaule ou s'allonger sur ses genoux. Et ce n'était pas que ce canapé qu'elle appréciait. Elle se sentait plus chez elle dans l'appartement de Luke qu'elle ne l'avait jamais été dans cette grande maison froide, quand bien même elle savait cette impression surtout liée aux hommes qui habitaient chacun de ces endroits. Luke était unique, différent. Il y avait quelque chose chez lui qui lui donnait l'impression d'être à sa place.

– Ou c'est le sexe pendant le film que j'aime vraiment, suggéra Luke, son regard assombri par le désir alors qu'il se tournait vers elle.

Les joues de Sam rougirent violemment en se rappelant la façon dont elle l'avait chevauché sur ce même canapé la dernière fois qu'ils avaient tenté de regarder un film ensemble. Il avait d'abord caressé son épaule et son poignet, et ce simple toucher avait suffi à semer le chaos dans tout son corps. Avant même qu'elle ne puisse s'en rendre compte, elle s'était assise à califourchon sur lui et il la caressait avec une passion presque enivrante.

Puis il l'avait guidée vers sa virilité et… Elle frissonna, au souvenir de la plénitude qu'elle avait ressentie quand il avait pénétré en elle.

Une étincelle malicieuse dansait dans ses yeux alors qu'il lui souriait, et elle devina qu'il devait avoir suivi le fil de ses pensées. Comment pouvait-il encore avoir un tel effet sur elle ? Ils se voyaient depuis près d'un mois à présent, et il lui semblait pourtant qu'elle devenait *plus* accro encore à chaque jour qui passait.

Elle savait qu'elle agissait comme une adolescente qui venait tout juste de découvrir les joies du sexe, mais Luke éveillait des sensations nouvelles en elle. Peut-être était-ce parce qu'ils s'étaient connus avant de coucher ensemble.

Ou peut-être était-ce parce qu'il était l'une des rares personnes à connaître les terribles secrets de son mariage et à la soutenir malgré tout. Quelle qu'en soit la raison, c'était si facile d'être avec lui. Il l'avait acceptée telle qu'elle était, sans rien demander de plus.

Sachant qu'elle se laisserait ensorceler à l'instant même où il poserait les mains sur elle, elle s'éloigna.

– Oh, pas question. On regarde le film jusqu'au bout cette fois.

Même si elle l'avait déjà vu une centaine de fois au moins, elle ne l'avait cependant jamais regardé avec lui.

– Bien sûr, dit-il en l'attirant sur ses genoux pour lui voler un baiser. Elle se sentit traversée par une vague de chaleur tandis que leurs langues menaient une danse endiablée. Il passa les mains sous son haut avant d'aller effleurer son ventre et lorsqu'il remonta pour taquiner son téton déjà tendu d'envie, elle oublia tout de ce film qu'elle avait tant voulu regarder.

Luke enfouit le nez dans les cheveux de Samantha alors que tous deux étaient étendus dans son lit près d'une heure plus tard. Il inspira sa douce odeur de vanille, un soupir de satisfaction sur les lèvres. Sa vie n'aurait pu être plus belle. Incapable de se retenir, il déposa une volée de baisers sur son épaule et son cou. Dans un gémissement, elle pencha la tête pour faciliter son entreprise et il sourit. Il adorait l'harmonie qui régnait entre eux.

Il venait d'atteindre sa nuque lorsque le téléphone se mit

à sonner. Luke l'ignora et continua à descendre le long de son dos en l'embrassant doucement. Avec un peu de chance, la personne qui tentait de le joindre comprendrait le message et rappellerait le lendemain. Malheureusement pour lui, le téléphone continua à sonner, et Sam se tourna bientôt vers lui.

– Tu réponds pas ?

Sachant qu'il était possible que ce soit important, il se passa une main dans les cheveux en soupirant.

– Si, bien sûr.

Il s'arracha à elle et ressentit immédiatement le manque d'elle en se levant. La prochaine fois qu'elle viendrait chez lui, il débrancherait le téléphone et couperait son portable. Il ne voulait pas que quiconque vienne interrompre ces instants passés ensemble.

– Ouais ? dit-il en décrochant. Il se tourna vers le lit, trouvant le regard de Sam et il regretta aussitôt de s'être levé. *Pourquoi faut-il qu'elle soit toujours aussi responsable ?* Il n'aurait rien voulu d'autre que de passer la nuit au lit avec Sam, au diable le travail.

– Pillar veut emprunter dix millions, lui dit George pour toute salutation. Ils ont besoin d'une réponse ce soir sans quoi ils s'en remettront à McFadden.

Luke grogna, ce retour à la réalité étant plus que difficile. Il devait faire passer le travail avant tout. S'ils cessaient d'accorder des emprunts sous prétexte qu'on les leur demandait en dehors des horaires de bureau, plus personne ne les appellerait lorsqu'il aurait besoin d'un coup de main.

– Appelle l'équipe, on se retrouve au bureau dans une heure, ordonna-t-il à son manager.

Il raccrocha et se tourna vers Sam, une grimace sur le visage.

– Il faut que j'y aille.

– Je comprends, dit-elle en se redressant. Le regard de Luke se posa immédiatement sur ses seins pleins et sa bouche s'assécha. Je peux aider ?

Sa question le tira de ses pensées, et une vague de déception le traversa lorsqu'il songea au fait qu'elle ne lui avait jamais reproché de devoir la quitter pour aller au travail. Il se maudit en silence. Pourquoi était-il déçu qu'elle soit aussi compréhensive ? N'aurait-il pas été tout à fait désagréable qu'elle pleurniche en le suppliant de revenir se mettre au lit ?

Bon. Peut-être cela ne l'aurait-il pas autant dérangé qu'il aimerait le penser. Mais il aurait voulu qu'elle s'agace au moins un peu, suffisamment pour savoir que son besoin d'être avec elle était réciproque. Sachant que cela était impossible, il fit taire cette pensée et se força à sourire.

– Non, mais c'est gentil de me le proposer.

En quittant l'appartement, il se rappela que l'avoir dans sa vie était supposé lui suffire. Ce rappel en tête, il se mit à songer à ce qui l'attendait au bureau.

* * *

Luke regardait sans les voir les analystes se prendre le bec au sujet des termes de leur offre près de deux heures plus tard. Il avait encore du mal à accepter le fait que Sam ne se plaigne jamais de ses horaires de travail ni n'ait l'air déçue lorsqu'il devait la quitter plus tôt que prévu. Cela la dérangeait si peu qu'elle était même allée jusqu'à lui proposer son aide !

Il devinait que son mariage avec Jason avait dû l'habituer aux rendez-vous annulés et aux fêtes d'anniversaire en retard, mais il n'avait aucune envie que leur relation prenne cette tournure. Elle méritait bien mieux que ça. Il s'était toujours promis qu'il ne la tiendrait jamais pour acquise comme Jason avait pu le faire, et voilà qu'il faisait justement tout le contraire.

Luke remarqua le silence assourdissant qui était tombé sur la pièce, et il vit alors que tous le fixaient dans l'attente d'une réponse.

– Pardon, quoi ?

Clark se pencha vers lui.

– Tu veux acheter combien de sièges au conseil ?

Il se creusa les méninges en tentant de se rappeler ce qui avait été dit avant que ses pensées ne retournent auprès de Sam, et il répondit :

– Trois. Leur affaire est solide, c'est vrai, et leurs ventes sont prometteuses, mais il faut qu'on fasse attention. Surtout qu'on ne sait pas encore si leur nouvelle puce sera meilleure que celles des concurrents.

Concurrents qu'il aurait été incapable de nommer à cet instant. Son esprit était d'ailleurs tellement embrumé qu'il aurait sans doute été plus sage qu'il ne vienne pas ce soir. Même encore maintenant, tout ce à quoi il pouvait songer était qu'il avait été stupide de répondre au téléphone et qu'il aurait aimé que Sam soit restée chez lui. L'homme des cavernes qui sommeillait en lui aimait l'idée que Sam dorme dans son lit, même en son absence. Mais il aurait été injuste de lui demander de rester alors qu'il ignorait lui-même s'il serait de retour avant la fin de la nuit.

– Je le répète, entendit-il Mike dire en tapant du poing sur la table. Ce serait du suicide pour eux de ne pas accepter notre offre.

Luke soupira en silence à l'idée qu'il serait encore blotti auprès de Sam s'il n'était pas venu au bureau. Ils n'avaient pas besoin de lui après tout, si ? Ses collègues étaient de vrais requins. Il jouait plus à l'arbitre qu'autre chose. George, ou l'un des autres managers, aurait tout aussi bien pu le remplacer. Il ne leur en laissait simplement jamais la chance, voilà tout.

Mais les choses allaient changer, décida-t-il soudain. Peut-être était-il temps qu'il cesse d'assister à ces réunions tardives à présent qu'il avait aussi assumé les responsabilités de Jason. Bien sûr, il s'y joindrait si on le lui demandait, mais ce ne serait pas automatique. Sans parler du fait qu'il vérifiait toujours les accords les plus conséquents avant de les approuver.

Une partie du poids qui pesait sur ses épaules depuis la mort de Jason se dissipa avec cette décision. Il faisait confiance à ses employés, alors pourquoi diable avait-il été incapable de leur déléguer une partie de son travail ? Cette question le tracassa un instant, et il finit par réaliser que cela faisait partie de son caractère, tout simplement. Il allait devoir faire des efforts pour s'habituer à partager ses responsabilités avec d'autres que Jason et faire quelques concessions s'il voulait pouvoir passer plus de temps avec Sam. Et il voulait passer plus de temps avec elle.

CHAPITRE DIX-SEPT

– Tu as changé, dit Adam en reposant son verre une semaine plus tard alors qu'il observait Luke.

Se sentant coupable de ne pas avoir fait le moindre effort pour voir son ami depuis qu'il s'était mis à fréquenter Sam, Luke avait enfin accepté de déjeuner avec lui. Il avait pris l'habitude de manger au bureau, mais il n'avait pas voulu reporter à ce soir, de peur que cela ne le force à retrouver Sam plus tard qu'à l'habitude. Il ne la voyait qu'en soirée et pendant les week-ends, et il était absolument hors de question qu'il gâche l'un de ces soirs avec Adam, peu importe combien son ami pouvait compter à ses yeux.

– Ah, je sais, dit Adam en claquant des doigts. Tu souris. C'est une fille, c'est ça ?

Luke fronça les sourcils. Il avait remarqué les regards curieux de ses employés au bureau. Était-ce parce qu'il souriait ? Il ne lui semblait pourtant pas avoir changé, mais peut-être Adam avait-il raison. Cela faisait bien longtemps maintenant qu'il ne s'était plus senti aussi heureux. Sam le comblait, et il était soulagé de constater qu'apparemment, il la comblait en retour.

Il aurait aimé pouvoir parler de Sam à Adam. Le fait de cacher quelque chose qui lui importait tant à l'un de ses amis les plus proches le dérangeait, sans parler du fait qu'il était si heureux qu'il aurait voulu pouvoir aller le crier sur les toits. Mais puisque Sam ne voulait pas que l'on découvre leur relation, il se contenta de hausser les épaules en prenant son verre.

— Qui sait, j'ai peut-être fait signer un gros client, dit-il avant de prendre une gorgée.

Son ami rit.

— Non, ça peut pas être ça puisque j'ai discuté avec Hank l'autre jour et qu'il n'a pas arrêté de se plaindre de vos remboursements en retard.

Luke se figea, surpris. Il ignorait qu'Adam et Hank étaient amis.

— Donc c'est une femme, hein ? C'est pour ça que t'es pratiquement injoignable en ce moment ?

— Désolé d'avoir été si absent, mentit Luke. Il préférait passer la nuit avec Sam qu'avec l'un de ses amis, mais il doutait que son ami apprécie de se l'entendre dire.

— C'est ça. Alors, quand est-ce que tu me présentes cette femme qui t'a littéralement ensorcelé ?

Luke fronça les sourcils en réalisant la façon dont ils seraient jugés une fois que Sam et lui auraient rendu leur relation publique. Il doutait même qu'Adam, qui savait pourtant tout des liaisons de Jason, puisse l'accepter. Il penserait sans doute que Luke trahissait un code d'amitié, voire pire, qu'il avait profité de Sam alors qu'elle était vulnérable. Et peut-être n'aurait-il pas tout à fait tort.

En dépit du fait qu'il s'était souvent répété qu'il se contentait de l'aider à oublier Jason depuis sa première visite ce soir-là, il savait aussi qu'il se serait trouvé n'importe quelle excuse pour être avec elle. Et ce n'était pas comme s'il aurait pu cesser de la voir. Être séparé d'elle, même le temps d'une journée, le mettait déjà dans tous ses états. La situation était telle qu'il craignait de ne pas pouvoir s'en remettre si elle rompait avec lui.

Mais qu'il lui ait fallu si longtemps pour réaliser l'impression qu'ils pouvaient donner de l'extérieur prouvait l'effet que Sam avait sur lui. Elle hantait la moindre de ses pensées, de jour comme de nuit.

– Allez, insista Adam. Dis-moi au moins comment elle s'appelle. Si c'est vraiment sérieux entre vous, je la rencontrerai vite de toute façon.

Son estomac se serra à l'idée qu'il ne puisse peut-être jamais présenter Sam comme sa petite-amie, et il se surprit à souhaiter que les choses soient différentes. En dépit du fait qu'il savait que de nombreux hommes auraient pu se satisfaire de coucher avec une femme aussi charmante sans s'attacher, il en était incapable. Tout du moins pas avec Sam. Il voulait bien plus que ça. Il aurait même voulu passer le restant de ses jours avec elle si cela avait été possible.

– Il n'y a personne, dit-il, et ces mots furent comme de la poussière dans sa bouche.

Il détestait mentir à son ami, mais il avait fait une

promesse à Sam. Il se demanda si elle serait un jour prête à rendre leur relation publique avant de faire taire cette pensée. Elle craignait tant ce que les gens pourraient penser d'eux et de leur relation qu'elle devait donner sa soirée à sa cuisinière chaque fois qu'il venait dormir chez elle. Elle ne voulait même pas que son employée de maison découvre qu'elle fréquentait quelqu'un. Il fallait vraiment qu'il soit naïf pour croire qu'elle accepterait un jour de s'afficher avec lui en public.

– Alors les affaires reprennent ? demanda Adam.

– On pourrait dire ça, rétorqua Luke, soulagé que son ami soit passé à autre chose. La situation se stabilise enfin, et on a réussi à récupérer un quart des clients qu'on avait perdus. Comme il s'y était attendu, la majorité d'entre eux étaient des individus richissimes, mais ils étaient aussi parvenus à charmer un fonds de retraite.

– Tant mieux. Au fait, avant que j'oublie, tu pourrais me donner le numéro de Sam ? Celui que j'ai n'est plus en service.

Luke se figea. *Adam avait-il l'intention de courtiser Sam ? Était-il possible qu'il soit lui aussi tombé sous son charme au fil des années ?*

– Pour quoi faire ?

– T'es son garde du corps ou quoi ? rit Adam en prenant une nouvelle gorgée à son verre. J'ai besoin d'une cavalière pour le mariage de Larry Thomas. Tu sais comment sont les femmes quand il s'agit d'un mariage. Elles se mettent des idées en tête et te forcent presque à les demander en fiançailles même si vous vous êtes rencontrés la veille. Je préférerais y aller avec une femme agréable qui ne se méprendra pas pour une fois.

– Bien sûr, je t'enverrai son numéro par SMS.

Quand les poules auront des dents. Quand bien même les intentions d'Adam étaient des plus innocentes, Luke détestait l'idée de savoir Sam avec un autre homme. Son cœur se serra en réponse au souvenir de son corps blotti contre le sien la nuit précédente. Il ne voulait pas que quiconque la touche, d'une quelconque façon que ce soit, hormis *lui*. Le fait que Sam ait toujours été ravie de voir Adam chaque fois qu'il passait au bureau ne fit que confirmer la décision de Luke. Il ne lui donnerait pas son numéro.

– Tu l'as pas dans ton portable ? insista Adam. J'espérais lui demander aujourd'hui. Le mariage est samedi prochain.

La mâchoire de Luke se contracta. Il était entré dans le restaurant avec le téléphone à l'oreille, et il ne pouvait donc pas prétendre l'avoir laissé au bureau avant de faire semblant d'oublier d'appeler Adam. Il était dos au mur, à moins de lui révéler sa relation avec Sam.

Il était sur le point de dire à Adam que Sam était déjà prise avant de se souvenir de la vulnérabilité qu'il avait vue dans son regard lorsqu'elle lui avait demandé de garder leur liaison secrète.

Sachant qu'il ne pouvait pas la trahir, il sortit son téléphone de la poche de son manteau. Ses doigts étaient tendus alors qu'il déverrouillait l'écran pour aller chercher son numéro, et il dut presque forcer les chiffres à quitter ses lèvres lorsqu'il les donna à son ami. Se faisant, Luke fut tenté de modifier un chiffre, mais il se ravisa, de peur d'attiser les doutes d'Adam.

– Merci vieux, dit son ami en lui donnant une tape dans

le dos, et Luke se demanda s'il devait essayer de prévenir Sam avant qu'Adam ne la contacte.

Mais, et si elle voulait sortir avec lui ?

Cette pensée lui retourna l'estomac. Ses espoirs ne changeaient rien au fait que leur relation n'était rien d'autre qu'une liaison passagère. Tôt ou tard, Sam y mettrait un terme, et il ne lui resterait alors plus que des souvenirs et ses yeux pour pleurer.

Il ne put s'empêcher de penser qu'il n'aurait sans doute pas eu à s'inquiéter de la sorte si elle avait été n'importe qui d'autre. Son compte en banque suffisait à faire de lui « une affaire ». Mais Sam avait plus d'argent qu'elle ne savait quoi en faire, sans parler du fait qu'elle se fichait bien d'être riche, sauf lorsqu'il s'agissait d'aider les autres. La seule et unique raison pour laquelle elle le fréquentait étant sans doute parce qu'il était familier et rassurant, sans parler du fait qu'elle avait tendance à le penser bien meilleur qu'il ne l'était réellement. Elle réaliserait son erreur tôt ou tard et romprait alors avec lui, mais avec un peu de chance, cela se produirait plutôt tard que tôt, étant donné qu'il était encore loin d'être repu d'elle.

Sam sourit en regardant toutes les photos que Cindy avait prises lors du cours de cuisine privé qu'elle avait remporté aux enchères. Sa sœur s'était vraisemblablement beaucoup amusée.

Elle leva les yeux au ciel en lisant le message de Cindy, joint aux photos, qui lui disait que José Patron était plus charmant encore en personne, sa sœur n'ayant eu de cesse de le lui rabâcher depuis leur rencontre. Sam était sur le point de répondre à Cindy lorsque son téléphone se mit à sonner. Son ventre se serra à l'idée que ce devait être Luke qui l'appelait pour annuler leur soirée. S'ils passaient la plupart de leurs nuits ensemble, il était cependant parfois contraint d'annuler après avoir été retenu au travail.

Sachant qu'ignorer son appel ne changerait rien au fait qu'il ne pourrait être là, elle prit son téléphone et répondit sans même un regard à son écran.

– Salut, dit-elle en espérant ne pas avoir l'air trop déçue. Si elle ne pouvait nier qu'elle aurait aimé le voir, elle ne voulait pas qu'il se sente coupable pour autant.

– Salut, Samantha, une vague de surprise et de soulagement la traversa lorsque la voix d'Adam lui répondit. *Luke n'avait pas appelé pour annuler.*

– Salut Adam. Ça va ?

– Ça va, même si je dois avouer être un peu blessé que tu aies changé de numéro sans me le dire. J'ai dû demander celui-ci à Luke.

Sam rit.

– Désolée. J'étais harcelée par les journalistes, j'ai pas tellement eu le choix.

Elle s'était doutée qu'on finirait par la laisser tranquille à la longue, mais elle n'avait pas voulu attendre.

– Je sais, je rigolais. Alors, comment ça va en ce moment ?

– Plutôt bien. Je me suis lancée dans les investissements.

– Ça doit être… intéressant.

Un sourire traversa ses lèvres. Elle n'avait aucun mal à

imaginer pourquoi certains trouveraient ennuyeux de passer leurs journées à lire des rapports financiers, mais elle trouvait cela amusant, pour sa part. C'était presque comme trouver une aiguille dans une botte de foin, à l'exception du fait qu'il lui arrivait parfois de dénicher une mine d'or.

– Tu devrais essayer un jour, lui suggéra-t-elle. Elle ne s'était jamais imaginé investir avant que Luke ne lui en parle et elle avait rapidement découvert combien elle aimait ça. Elle n'avait plus à convaincre un gestionnaire de fonds d'acheter ou de vendre des actions, puisque c'était elle qui décidait de tout à présent.

– Tu sais aussi bien que moi que Luke est plus doué pour les finances. Je préfère m'en tenir à la construction et lui laisser l'investissement. En fait, je t'appelle parce que je voulais savoir si tu accepterais de venir au mariage de Larry Thomas avec moi samedi prochain.

Sam se figea. Ne lui avait-il pas dit qu'il avait eu son numéro grâce à Luke ?

Luke savait-il qu'Adam avait l'intention de l'inviter à sortir ? Probablement. Adam ne lui aurait pas demandé son numéro sans lui fournir d'explication. Son cœur se serra. Luke se fichait-il donc qu'elle sorte avec Adam ? Si sa proposition était probablement innocente, elle ne pouvait cependant s'empêcher de se sentir vexée que Luke se moque qu'elle y aille ou non. Parce qu'il était évident qu'*elle* aurait été furieuse que Luke accompagne une autre femme à un mariage.

Le fait que l'idée de le voir avec un autre homme ne le dérange pas était la preuve même qu'il n'était pas sérieux avec elle. S'ils ne s'étaient pas engagés l'un envers l'autre, elle était cependant blessée. Certes, leur liaison était temporaire, mais il aurait pourtant dû vouloir qu'elle soit uniquement avec lui, non ? Il n'aurait certainement pas dû donner son numéro à d'autres hommes !

Maudissant son indulgence, elle répondit :

— J'ai déjà des projets. Elle avait été stupide de croire que Luke s'était mis à avoir des sentiments pour elle. Mais merci d'avoir pensé à moi.

Adam grogna.

— T'imagines pas combien c'est difficile de trouver une cavalière saine d'esprit pour aller à un mariage.

— Je ne doute pas que tu me trouveras une remplaçante facilement. Adam était non seulement très charmant, mais il était aussi riche et avait un superbe sens de l'humour.

Adam soupira.

— Je sais pas. Je vais peut-être y aller seul. J'ai de plus en plus de mal à trouver des femmes avec lesquelles sortir depuis que Luke et moi avons été inclus à cette liste bizarre de célibataires en vogue.

— Tu ne t'attends quand même pas à ce que j'aie pitié de toi ? Jason avait dû être vert de jalousie qu'Adam ait lui aussi été inscrit sur cette liste, songea-t-elle soudain.

À l'époque, Jason n'avait eu de cesse de se plaindre que Luke y ait été inscrit, et elle avait alors songé qu'il ne voulait que se moquer gentiment de son ami. Luke avait toujours détesté l'attention que lui accordaient les médias, et Jason s'était donc souvent servi de cette faiblesse pour le mettre dans l'embarras. Mais elle réalisait à présent qu'elle avait eu à ce moment un indice sur le fait que Jason n'était pas heureux dans leur mariage. Sans elle, il aurait lui-même été l'un de ces « célibataires en vogue », après tout.

Peut-être Jason, Luke et Adam se ressemblaient-ils plus qu'elle ne l'avait imaginé. Qu'importe ce qu'Adam pouvait dire, elle savait qu'il aimait être le centre de l'attention, et elle ne doutait pas qu'il en allait de même pour Luke. Le fait que Jason l'ait épousée était-il une aberration en soi ?

Il s'était rapidement lassé d'elle, après tout. Sa relation avec Luke prendrait-elle la même direction ? La fin était-elle déjà proche ? Peut-être s'était-il fichu qu'Adam ait son numéro. Quelque part dans un coin de sa tête, elle réalisa alors que c'était justement pour ça qu'elle n'avait pas voulu avoir de relation suivie avec lui. Elle n'aurait pas à s'inquiéter qu'il voie d'autres femmes si ce qui les liait n'était que temporaire.

Elle n'avait simplement pas imaginé qu'elle finirait par tomber amoureuse de lui. À un point terrifiant. Si elle ne l'avait pas été, elle n'aurait pas été aussi blessée par le fait qu'il se fiche de donner son numéro à un autre homme.

Adam rit.

– Non, j'imagine que non. Mais ça valait le coup d'essayer. N'hésite pas à m'appeler si tu changes d'avis.

Une vague de déception la traversa alors qu'elle raccrochait quelques minutes plus tard. Elle avait fini par vraiment s'attacher à Luke, et avait pensé que ses sentiments étaient réciproques. Mais il paraissait à présent évident qu'elle s'était fourvoyée. Encore.

* * *

L'esprit de Luke était agité alors qu'il approchait de la porte de l'appartement de Sam ce soir-là. Il était en avance, mais il avait été tout à fait incapable de se concentrer au travail, trop obsédé par l'idée de revoir Sam.

Il avait été tenté de l'appeler dès qu'il avait quitté le restaurant, mais il n'aurait pas su quoi lui dire. *Adam va t'appeler pour t'inviter à sortir. Tu vas dire non, j'espère ?*

Luke n'avait même pas voulu imaginer une réalité dans laquelle elle aurait dit oui. Il aurait aimé avoir le droit de lui interdire de sortir avec Adam, mais leur relation ne le lui permettait pas. Elle penserait qu'il exagérait, et elle n'aurait pas franchement tort. Le simple fait qu'il se soit convaincu qu'il y avait quelque chose de plus entre eux qu'une simple liaison ne faisait pas de ce rêve une réalité.

Sa poitrine se serra lorsqu'il ouvrit la porte et vit Sam assise sur le canapé, son regard braqué sur lui au-dessus de sa liseuse. Combien de fois aurait-il la chance d'aller la retrouver après une longue journée de travail avant qu'elle ne décide qu'elle méritait mieux ?

Inquiet que ce moment arrive trop vite, il se força à ignorer cette pensée et la rejoignit pour l'embrasser. Était-ce une impression, ou ne lui rendait-elle pas son baiser ? Rejetant cette idée, il sourit en s'asseyant près d'elle et posa les jambes de sa belle sur ses genoux.

– Tu lis quoi ? s'enquit-il. Avec elle, il ne savait jamais à quoi s'attendre. Elle aurait tout aussi bien pu être en train de lire la biographie d'un président qu'un roman à l'eau de rose.

Elle posa sa liseuse et plaça une mèche de cheveux derrière son oreille en se redressant.

– Adam m'a appelée pour me demander si je voulais l'accompagner à un mariage.

Son cœur se brisa. Était-ce ainsi qu'elle comptait lui annoncer qu'ils ne pourraient se voir le week-end suivant ? Au-delà du fait qu'il détestait l'idée de la savoir avec un autre homme, il haïssait encore plus le fait que le temps passé ensemble diminuerait d'autant. Ils ne pouvaient vraiment se voir que le week-end, et voilà qu'elle allait en passer un aux côtés d'un autre ?

Il serra les dents.

– Et qu'est-ce que tu lui as répondu ?

Qu'importe combien il aurait aimé le nier, il savait qu'il n'avait pas le droit de parole dans cette situation. Il risquait de la perdre s'il tentait de lui dire quoi faire, et il était hors de question qu'il prenne un tel risque.

– J'ai dit non.

Un sentiment de soulagement le traversa. *Dieu merci*. Il sourit en s'appuyant contre le dossier du canapé, ayant soudain l'impression qu'un poids terrible avait quitté ses épaules.

– Je sais que c'est mal, mais je suis content que tu n'y ailles pas, dit-il en se mettant à lui masser les pieds.

Elle écarquilla les yeux.

– Ah ouais ?

Il lui lança un sourire contrit.

– Ouais. Je sais que ça fait un peu homme des cavernes, mais je n'aime pas l'idée de te savoir avec un autre homme.

Elle s'assit en tailleur, mettant un terme à ses délicieuses caresses.

– Alors pourquoi as-tu donné mon numéro à Adam ?

– Qu'est-ce que tu voulais que je fasse ? Je te rappelle que tu veux que notre relation reste secrète. Je n'avais aucune excuse pour ne pas lui donner ton numéro quand il me l'a demandé.

Il haussa les épaules.

– Et puis, je ne savais pas si tu avais envie d'aller au mariage, ou de voir Adam.

– Oh.

Il fronça les sourcils en comprenant enfin ce qui était en train de se passer.

– Attends. Tu as cru que je *voulais* que tu sortes avec Adam ?

– Je sais pas… Après tout ce qui s'est passé avec Jason… elle soupira. Sache en tout cas que si tu veux qu'on arrête, tu peux me le dire. Je ne t'en voudrai pas.

Comment pouvait-elle évoquer leur rupture avec autant de calme ? Leur relation ne signifiait-elle rien à ses yeux ? Ne ressentait-elle donc *rien* à son égard ? L'idée que leur rupture ne la perturberait pas le moins du monde était étrange. Perdait-il son temps à essayer de la charmer ? Non. Elle devait ressentir quelque chose pour lui. Un lien aussi fort que le leur ne pouvait pas être à sens unique, si ?

– D'accord, murmura-t-il, sans pour autant lui faire la même proposition.

Il savait que leur rupture le briserait. Mais puisque ce moment n'était pas encore tout à fait venu, il choisit de faire taire cette pensée.

Il ne put retenir un soupir en songeant à tout ce qu'elle avait traversé. Détestant l'idée même qu'elle ait été autant blessée, et soulagé que leur séparation ne soit pas imminente, il l'embrassa. Les lèvres de Sam fondirent contre les siennes, et il grogna. Elles étaient si douces. Il passa un bras autour d'elle et l'attira sur ses genoux. S'il était indéniable qu'ils avaient du mal à s'entendre d'un point de vue relationnel, leur entente était cependant indéniable entre les draps.

Luke passa les mains sous son t-shirt et explora la peau de porcelaine qui se cachait par-delà le tissu. Il déposa une volée de baisers le long de sa gorge avant d'aller taquiner cet endroit si sensible qui la faisait toujours défaillir du bout de la langue. Elle gémit, faisant tressauter sa queue.

Affamé, il lui retira son t-shirt, la tête lui tournant presque à la vue de ses seins nus. Il adorait qu'elle ne porte pas de soutien-gorge. Il prit ses seins en coupe, un dans chaque main, et effleura ses tétons à l'aide de ses pouces. Il se sentit incroyablement puissant lorsqu'il vit ses yeux papillonner tandis qu'elle fondait contre lui. C'était lui, qui lui faisait ça. Lui, qui lui donnait du plaisir. Pas Jason, ni Adam, lui. Enivré de cette pensée, il prit l'un des tétons de Sam dans sa bouche.

Son amante fit courir ses mains sur tout son corps, comme si elle ne pouvait se rassasier de lui, et Luke la serra davantage contre lui. Il *adorait* qu'elle le touche, et détestait l'idée que ses mains aient pu caresser quelqu'un d'autre.

Elle haleta lorsqu'il mordilla son téton. Il sourit avant de le suçoter pour l'apaiser, et il le mordilla à nouveau. Les ongles de Sam s'enfouirent dans la chair de son dos alors qu'il allait torturer son autre téton, lui faisant subir le même traitement. Ses gémissements emplirent l'air et lui tendirent la queue. Il ne pouvait plus attendre. Il avait besoin d'elle maintenant, et il passa les jambes de Sam autour de sa taille avant de se lever. Elle déboutonna sa chemise tandis qu'il capturait ses lèvres dans un baiser passionné.

Elle la lui retira alors même qu'ils se laissaient tomber sur son lit quelques secondes plus tard, et elle lui caressa la peau, ivre de désir. Sachant qu'il ne pourrait résister à ses attentions très longtemps, il s'agenouilla pour déposer une volée de baisers le long de son ventre sexy tandis qu'il lui retirait son pantalon et sa culotte. Il sourit pour lui-même en la trouvant déjà trempée. Il ne pouvait plus attendre. Il se débarrassa rapidement de son pantalon et de son boxer avant de la rejoindre au lit.

Il la pénétra, et il crut perdre pied en la sentant s'agripper à lui. *C'était si bon. Putain, elle était époustouflante.* Il lui imposa un doux va-et-vient et se perdit rapidement dans les sensations qu'elle faisait naître en lui. Elle grogna, le son le plus beau que Luke avait jamais pu entendre.

Ses cheveux étaient éparpillés sur l'oreiller, ses paupières mi-closes et ses joues délicieusement rosies. L'idée qu'un autre homme la voie ainsi, par le passé comme à l'avenir, le rendit soudain furieux.

– Dis mon nom, lui ordonna-t-il entre deux coups de boutoir. Elle ferma les yeux en gémissant. Dis mon nom, Sam, répéta-t-il.

– Luke, murmura-t-elle dans un halètement.

Un sentiment de satisfaction primitif le traversa. Il adorait entendre son nom sur les lèvres de sa belle.

– Encore, demanda-t-il après un coup de reins brutal.

– Luke ! gémit-elle.

Il remonta l'une de ses jambes sur son épaule et s'enfonça en elle à nouveau. Être si profondément enfoui en elle lui fit tourner la tête, et elle dut ressentir la même chose puisqu'elle le griffa profondément en haletant :

– Luke !

Il accéléra, comme s'il était investi d'une mission. Il sentit bientôt les muscles de Sam se resserrer autour de lui, et ses doux gémissements emplirent l'air alors que tout son corps tremblait.

– Luke, Luke !

Il enfouit le visage dans son épaule et la suivit bientôt dans un grognement.

* * *

– Et si on sortait ce week-end ? demanda Luke alors qu'ils se câlinaient un peu plus tard. On pourrait prendre le jet en engageant un autre pilote pour la journée, histoire d'éviter les rumeurs.

Sam était sur le point d'accepter lorsqu'elle fronça les sourcils. Il lui semblait si naturel d'être avec Luke qu'elle savait que, si les choses continuaient ainsi, elle finirait bientôt par tomber amoureuse. C'était d'ailleurs précisément pour ça que l'appel d'Adam l'avait tant remuée. Elle était convaincue qu'elle et Luke étaient bien l'un avec l'autre, et avait été incapable de s'imaginer loin de lui.

– J'ai prévu d'accompagner ma sœur à une sortie scolaire, décida-t-elle soudain. Sa sœur lui avait envoyé un e-mail aujourd'hui pour se plaindre du fait que peu de parents s'étaient inscrits pour surveiller la sortie scolaire prévue ce week-end. Sam avait été tentée de lui répondre qu'elle lui donnerait un coup de main avant de se raviser pour passer autant de temps que possible avec Luke.

Mais peut-être le fait d'être loin de Luke lui ferait justement du bien. Il fallait qu'elle remette de l'ordre dans ses pensées, qu'elle se rappelle que sa vie entière ne tournait pas autour de Luke, et que leur liaison était temporaire, une aventure, rien de plus. Peut-être pourrait-elle aussi en profiter pour se rappeler de ne plus s'abandonner à un homme au point de négliger ses amis et sa famille.

– J'avais l'intention de te le dire il y a un moment et puis j'ai oublié.

– C'est pas grave, dit-il malgré la déception évidente dans sa voix.

Elle se sentit coupable, mais elle fit taire ce sentiment sans autre forme de procès. Il fallait qu'elle se protège.

Elle sourit à Luke en se tournant vers lui.

– Ce sera pour la prochaine fois.

Elle adorait l'idée d'aller quelque part avec lui, peut-être même un peu trop.

– Qu'est-ce que tu avais en tête ?

Il la serra un peu plus fort.

– Notre propre cottage privé, des promenades sur la plage, et du sexe. Beaucoup de sexe.

– Et pas de palourdes ?

– Je t'en achèterai des seaux entiers.

– C'est tentant.

La parfaite escapade. Elle aurait aimé pouvoir faire fi de la raison et accepter, mais elle ne pouvait se le permettre. Elle était tombée sous le charme de Luke, et elle avait bien trop peur de se perdre en lui.

Elle se voyait déjà abandonner la moindre de ses envies et passions, et tourner le dos à tous ses proches pour être avec lui, comme elle l'avait fait avec Jason. Mais ses amis et sa famille méritaient mieux que ça, et elle ne pourrait passer à la vitesse supérieure avec Luke tant qu'elle n'apprendrait pas à mieux gérer ses priorités.

— Je connais autre chose de tentant.

Il lui lança un sourire coquin en se glissant au-dessus d'elle, et la moindre de ses pensées disparut bientôt.

CHAPITRE DIX-HUIT

– J'ai cueilli cette fleur pour toi. Elle est jaune, comme ta robe.

Le cœur de Sam fondit en se penchant pour récupérer le tournesol que la petite fille lui tendait. Elle était absolument adorable, avec ses grands yeux et ses petites couettes.

– Merci, elle est très belle.

L'enfant lui répondit d'un timide sourire avant de tourner les talons pour aller rejoindre ses amies. La poitrine de Sam se serra alors qu'elle se redressait et regardait les enfants faire le tour d'un arbre, puis d'un autre, à la recherche d'indices pour leur chasse au trésor. En aurait-elle un jour ?

Elle avait toujours espéré que ce serait le cas, mais elle n'était à présent plus sûre de rien. Puisqu'elle ne voulait pas que son enfant grandisse sans ses deux parents, il faudrait d'abord qu'elle se marie et elle n'était pas franchement certaine de vouloir repasser par tout *ça*.

Luke ferait un bon papa.

Elle se maudit en silence en réalisant la direction que prenaient ses pensées. Il n'y avait rien, entre eux. Rien d'autre qu'une simple aventure. Et elle finirait par avoir le cœur brisé si elle se laissait aller à penser amour et mariage. S'il était évident que Luke l'appréciait, elle doutait cependant qu'il soit amoureux d'elle ou le devienne un jour. En plus, il n'avait jamais parlé d'avoir une relation plus permanente avec elle.

– Encore merci pour le coup de main, dit Cindy en la rejoignant. Je suis presque sûre que deux des papas et un des profs qui se sont inscrits sont venus uniquement pour toi.

– Pour moi ? demanda Sam, surprise.

Cindy sourit.

– T'as pas remarqué tous ces types qui se sont précipités pour t'aider à monter ta tente et porter tes sacs ?

Sam grogna.

– Je pensais juste qu'ils voulaient m'intégrer au groupe, c'est tout. Comme je ne suis ni un parent ni un prof.

Elle se sentait si stupide à présent.

– Désolée, Sam. Je leur aurais bien dit que t'es pas intéressée, mais j'avais vraiment besoin de monde. On aurait dû annuler la sortie si je n'avais pas réussi à trouver assez d'adultes pour surveiller les gosses, et je n'avais franchement pas envie de les décevoir. Mais tu connais les hommes… Tous des sauvages. Dire qu'ils te draguent quelques mois à peine après la mort de ton époux. J'arrive pas à croire que…

– J'ai commencé à sortir avec quelqu'un, admit Sam avant que Cindy n'aille trop loin. Ce n'était sans doute pas le meilleur moyen de lui annoncer la nouvelle, mais elle ne voulait pas que sa sœur se fasse des idées.

– Tu… Attends, tu quoi ?

– Je vois quelqu'un. C'était pas prévu ou quoi, mais…

Elle haussa les épaules, ignorant comment terminer sa phrase.

– C'est sérieux ? demanda Cindy après un instant.

– Je crois que je suis en train de tomber amoureuse, admit Sam. Elle avait pensé pouvoir rester maîtresse de ses émotions, mais avait rapidement découvert qu'elle en était tout à fait incapable.

– Et le mec en question ? Il ressent la même chose ?

Elle était sur le point de lui répondre par la négative lorsqu'elle se souvint de la façon dont Luke avait aménagé ses horaires de travail depuis qu'ils se voyaient. Harkin avait toujours été sa principale priorité, et il était pourtant prêt à prendre du repos pour être avec elle.

Sans parler du fait qu'elle était probablement sa plus longue relation en date.

– Je sais qu'il ressent quelque chose pour moi, répondit enfin Sam. Mais je sais pas quoi exactement.

– Oh mon Dieu… C'est Luke, c'est ça ? demanda Cindy en lui prenant le poignet. C'est pour ça que tu n'arrêtais pas de parler de lui quand on est allées voir cette comédie musicale ensemble !

Surprise que Cindy soit parvenue à deviner l'identité de son amant secret, Sam acquiesça et sa sœur reprit :

– Je n'arrive pas à y croire. Tu n'es pourtant pas du genre à passer d'un type à un autre. Comment vous avez fini ensemble ? Et ça dure depuis combien de temps, cette histoire ?

Sam était sur le point de lui avouer que Jason lui avait été infidèle, mais elle se ravisa. Qu'est-ce que Cindy penserait d'elle ? Leurs parents leur avaient appris que les apparences étaient trompeuses, et que ce qui comptait le plus était à l'intérieur, et pourtant, Sam s'était laissée enivrer par les paillettes et le glamour de l'univers de Jason. Le fait qu'elle était convaincue que sa sœur ne la jugerait pas ne changeait rien au fait qu'elle avait honte, d'autant qu'elle ignorait si elle aurait fini par réaliser combien sa vie avait été vide et superficielle sans les messages qu'elle avait trouvés sur le téléphone de Jason. Elle aimait à penser qu'elle aurait fini par faire preuve de lucidité, mais elle n'en était pas totalement convaincue.

– Quelques mois.

– Ça doit vraiment être sérieux dans ce cas. Luke ne dépasse jamais les deux rendez-vous avec la même femme. Et toi, dit-elle en pointant un doigt accusateur sur elle, tu ne t'engagerais pas si ce n'était pas sérieux. Ta plus courte relation était avec Ben, et elle a quand même duré deux ans.

Sam fronça les sourcils en réalisant que sa sœur avait raison. S'était-elle voilé la face en se convainquant qu'elle pourrait avoir une aventure ? Ou avait-elle seulement voulu se donner une excuse pour fréquenter Luke ?

– Non pas que ce soit mal, ajouta Cindy rapidement. Je veux juste dire que t'es comme ça.

– Qu'est-ce que tu penses de Luke ? lui demanda Sam d'un ton hésitant, soulagée enfin de pouvoir parler de lui à quelqu'un. Elle faisait toujours confiance à son instinct lorsqu'il s'agissait d'investir, mais elle avait alors des informations concrètes sur lesquelles s'appuyer. Elle n'avait pas ce luxe en amour. La moindre décision était risquée, et elle s'était malheureusement fourvoyée à plusieurs reprises.

– Il est hors de question que je réponde à cette question.

– S'il te plaît, je te promets que je ne me vexerai pas. Et je n'irai pas non plus en parler à Luke.

Après tout, leur relation aurait dû être secrète.

– Bon d'accord, soupira sa sœur en croisant les bras. Je sais que tu n'arrêtais pas de t'en plaindre, mais il a toujours été très gentil avec moi. Et il a aussi toujours été très respectueux envers Maman et Papa.

Était-ce une critique voilée de Jason ? Lui, qui n'avait jamais été franchement agréable ni respectueux envers ceux qui lui semblaient « inférieurs » ?

– Il a l'air… vrai. C'est un peu difficile à expliquer, mais il ne donne jamais l'impression de se cacher derrière un masque. Cela dit, je dois avouer que j'ai commencé à me poser des questions à la longue, parce que tu n'arrêtais pas de le critiquer et qu'il me semblait toujours cordial.

– Je l'ai mal jugé, admit Sam. Elle avait encore honte de l'avoir traité de menteur alors qu'il avait en fait été un ami attentionné.

– Ouais, enfin, j'arrive toujours pas à croire que…

– Madame Johnson, madame Johnson ! l'un des enfants les interrompit. On a trouvé tous les trésors, on a gagné !

Sam releva la tête pour voir un groupe d'enfants courir vers eux, la petite fille qui lui avait fait cadeau de la fleur en tête.

– On a gagné !

Cindy lança un regard accusateur à sa sœur.

— Cette discussion n'est pas terminée, dit-elle avant de se tourner vers les enfants. Bravo ! Et si on allait vérifier une dernière fois ?

Si Sam ne pouvait nier qu'elle redoutait les questions de Cindy, elle était néanmoins profondément soulagée d'avoir enfin parlé de sa relation avec Luke à quelqu'un. Sans compter que sa sœur avait une bonne opinion de lui. C'était déjà ça.

* * *

— T'as regardé l'interview du PDG de Ham diffusée aujourd'hui ? demanda Sam en changeant son téléphone d'oreille, alors qu'elle se laissait tomber dans un fauteuil, une semaine plus tard. Le pauvre ne pouvait même pas regarder le journaliste en face.

Luke rit.

— J'en aurais été incapable aussi, à sa place. Il a falsifié les données financières de son entreprise dès l'instant où il est devenu PDG.

— Je suis encore choquée qu'il s'en soit tiré pendant aussi longtemps, deux de leurs analystes avaient tiré la sonnette d'alarme il y a quelques années, mais il a fallu qu'un client se rende compte que son argent avait disparu pour que les choses bougent enfin.

— C'est ce qui se passe quand tout le monde se moque de faire ce qui est juste. Les managers empochaient leur salaire faramineux et on graissait la patte des actionnaires et comptables pour qu'ils se taisent.

– Je sais que je devrais être immunisée après toutes ces années, mais la cupidité de ces gens me choque vraiment parfois, admit Sam.

Après tout, le PDG n'était pas le seul coupable dans cette affaire. Les comptables et auditeurs avaient été parfaitement au courant de ses malversations. Et en tant qu'ancienne comptable, l'aisance avec laquelle certains s'étaient laissés acheter la dérangeait vraiment.

– Je vois ce que tu veux dire. Ces cabinets comptables seraient prêts à tout pour se faire un peu d'argent. On dirait que le scandale Rixel ne leur a rien appris. Désolée, Sam. Sheila me demande. On se voit ce soir.

Sam sourit en raccrochant avant d'allumer son ordinateur. Avec un peu de chance, elle parviendrait à terminer son étude de la société pétrolière qu'elle avait commencée ce matin-là avant l'arrivée de Luke. Elle espérait pouvoir passer la journée du lendemain à faire des recherches sur une grande chaîne de magasins de bricolage implantée dans le nord-est.

Elle venait d'envoyer un e-mail au responsable des relations avec les investisseurs de ladite société pétrolière une heure plus tard lorsque sa sonnette retentit.

– C'est moi, appela la voix de Nina.

Surprise, Sam se leva pour aller à la porte. Nina était normalement au travail en journée. Elle jeta un bref coup d'œil à l'écran de contrôle dans l'entrée et vit son amie faire les cents pas sur le paillasson, un sourire aux lèvres. Intriguée, Sam se hâta d'aller lui ouvrir.

– Je suis fiancée ! dit Nina dès qu'elle vit Sam.

Son amie était resplendissante, et elle tendit la main pour lui montrer sa bague ornée d'un gigantesque diamant.

– Andrew m'a demandée en mariage hier soir.

– Oh wow, félicitations ! s'exclama Sam en enlaçant son amie.

– Merci, dit Nina en s'éloignant après un instant. J'arrive toujours pas à y croire. Il avait l'air stressé quand il m'a appelée, du coup j'ai cru qu'il voulait rompre et... Elle lui adressa un sourire resplendissant en lui montrant sa bague à nouveau. Elle entra en poursuivant.

– C'était si romantique... On est allés dans sa chambre d'hôtel et il y avait des fleurs, des bougies, de la musique...

Nina se laissa tomber sur le canapé en cuir, l'air rêveur.

– Je suis vraiment heureuse pour toi, dit Sam en rejoignant son amie.

Et elle ne mentait pas. Nina méritait d'être heureuse, plus que quiconque. Son amie avait enchaîné les relations difficiles, et elle était soulagée qu'elle ait enfin trouvé le bon. Sam aurait juste aimé pouvoir le rencontrer avant qu'il ne la demande en mariage. Le fait qu'elle ne savait presque rien de lui ne fit que lui prouver combien elle s'était laissée obnubiler par Jason. Son époux était encore en vie lorsque Nina avait commencé à fréquenter Andrew. Et elle l'aurait déjà rencontré depuis longtemps si elle n'avait pas abandonné leurs soirées hebdomadaires pour passer plus de temps avec Jason.

– On doit aller fêter ça, dit-elle en espérant pouvoir se rattraper au plus tôt.

– Je ne peux pas, désolée. Il faut que j'aille faire mes

bagages. Mais j'étais tellement excitée que je voulais t'annoncer la nouvelle en personne.

– Faire tes bagages ? Tu vas où ?

Il n'était pas rare que son amie doive quitter la ville pour aller rencontrer un client ou se rendre au tribunal. Elle était si demandée qu'il s'avérait parfois plus pratique de prendre une chambre à l'hôtel que de devoir enchaîner les aller et retour depuis son appartement.

– Oh non, c'est pas pour les affaires. Je vais à Washington rencontrer ses parents ce week-end, ensuite je reviens pour donner mon préavis et je pars pour de bon.

– Tu déménages à Washington ? s'enquit Sam, surprise. Si ce n'était pas l'État de Washington, Washington D.C. restait relativement éloignée. Elle ne pourrait voir son amie aussi souvent qu'elle l'espérait.

– Ouais. C'est pas comme s'il pouvait s'installer ici, répondit Nina, et Sam acquiesça. Andrew possédait une petite fabrique métallique à D.C., et il aurait été illogique qu'il déménage à New York. Malgré tout, Sam ne put s'empêcher de se rappeler combien Nina avait été heureuse lorsqu'on l'avait promue. Et voilà qu'elle abandonnait tout ça pour un homme ?

Elle devina sa méfiance liée à ce que Jason lui avait fait subir, et elle se força donc à faire taire ses pensées négatives. Le simple fait qu'*elle* se soit perdue dans son mariage ne voulait pas dire qu'il en serait de même pour Nina.

– Tu vas me manquer, dit Sam en serrant la main de son amie.

Elle pourrait au moins lui rendre visite de temps à autre.

Elle en aurait le temps, maintenant qu'elle ne travaillait plus chez Harkin.

– Toi aussi, murmura Nina en l'enlaçant. C'est nul, on vient à peine de se retrouver qu'on se sépare encore.

– Je te rendrai visite, promis.

– Merci. Et je viendrai te voir aussi souvent que je le pourrai.

Nina jeta un coup d'œil à sa montre avant de se lever.

– Il faut vraiment que j'y aille. Andrew passe me chercher à trois heures. Je t'appelle quand je rentre.

Une vague de doute désagréable traversa Sam alors qu'elle fermait la porte. Même si elle était heureuse pour son amie, elle ne pouvait s'empêcher de se demander si elle connaîtrait un jour le même bonheur que Nina. Elle fut presque surprise de ne pas maudire l'idée de se remarier comme elle avait pu le faire quelques mois plus tôt, et elle devina que ce revirement d'humeur était lié à Luke.

Il lui avait fait tourner la tête, et elle commençait à penser que de se remarier ne serait pas si terrible après tout, tant qu'elle le faisait avec Luke.

CHAPITRE DIX-NEUF

Luke grogna tandis que Sam lui mordillait le cou. Il aperçut son sourire aguicheur alors qu'elle s'éloignait pour déposer une volée de baisers le long de son torse, électrisant sa peau.

La tête lui tourna en sachant ce qu'elle lui réservait. Il adorait qu'elle le prenne dans sa bouche. Les mains de sa belle vinrent effleurer ses muscles, empressées, et Luke ne put retenir un sourire en songeant qu'elle aimait son corps autant que lui le sien. Il voulait que son désir pour elle soit réciproque, qu'elle soit attirée par lui comme il était attiré par elle.

Elle effleura sa virilité tendue avant de le prendre dans sa main et de le caresser doucement. Le regard de Sam trouva le sien, et la lueur espiègle qu'il y trouva le fit sourire. Sachant ce qu'elle attendait, il dit :

– S'il te…

– Luke !

Les mots de Luke moururent sur ses lèvres, son cœur

ratant un battement lorsque la voix de sa mère lui parvint aux oreilles. Sam se figea, les yeux écarquillés. Sa mère aurait-elle pu choisir pire moment ? Il se leva d'un bond pour aller fermer sa porte en s'assurant de la verrouiller. Il retourna ensuite auprès de Sam, incapable pourtant de trouver quoi dire.

— Comment ça s'allume, ce machin ? entendit-il son père demander, et Luke devina qu'il devait vouloir allumer la télévision.

— Laisse-moi faire, la voix de son frère emplit l'air et le son d'une chaîne d'affaires lui répondit, avant d'être rapidement changée pour une chaîne sportive. Bien sûr. Le match de foot du dimanche. Certaines choses ne changeaient jamais.

— C'est mes parents, mon frère et peut-être même ma sœur, murmura-t-il à Sam.

Elle se rhabilla rapidement et il en fit de même.

— Je leur ai donné accès à l'ascenseur.

— Ils passent comme ça, sans prévenir ? demanda-t-elle en se redressant pour le regarder. Et si t'es avec quelqu'un ?

— C'est pas comme si j'avais l'habitude d'amener des femmes ici, dit-il en se passant une main dans les cheveux.

Il n'en avait pas le temps, sans parler du fait qu'il se sentait toujours profondément sali après un coup d'un soir. En dépit du fait qu'il ne se serait jamais imaginé devenir le refuge de Sam un jour, et être autre chose que l'ami de son défunt mari à ses yeux, il avait toujours eu la mauvaise habitude de comparer ces femmes à Sam, et aucune ne lui était même jamais arrivée à la cheville.

— Et puis mes parents appellent toujours avant de passer

normalement, continua-t-il. Il grogna en réalisant qu'ils l'avaient probablement fait, mais qu'il avait dû manquer leurs appels ayant éteint son portable et débranché son téléphone fixe la veille avant que Sam arrive.

– Viens, murmura-t-il en remettant son pantalon.

Plus vite ils sortiraient de là, et plus vite lui et Sam pourraient reprendre les choses là où ils les avaient arrêtées.

– Quoi ? Je peux pas venir avec toi.

Cette idée semblait l'horrifier.

Les sourcils froncés, Luke se redressa.

– Pourquoi ? Tu… oh.

Son estomac se serra lorsqu'il comprit qu'elle ne voulait pas voir ses parents. Ils la connaissaient déjà bien sûr, mais comme étant l'épouse de Jason, pas la femme qu'il aimait, et il fut surpris de découvrir combien il aurait voulu pouvoir partager cette partie de sa vie avec sa famille. Sa mère n'avait de cesse de lui rabattre les oreilles qu'il était temps qu'il rencontre la « bonne », et il savait que son père aurait lui aussi aimé le voir s'installer. Il aurait voulu pouvoir leur dire que c'était fait.

Mais aurait-ce été la vérité ?

Il savait qu'il voulait passer le restant de ses jours aux côtés de Sam, mais elle insistait encore pour garder leur relation secrète, même après tout ce qu'ils avaient traversé ensemble. Son cœur se serra à l'idée qu'il ne comptait pas à ses yeux, mais il se hâta de faire taire cette pensée. Il allait s'*assurer* que les choses marchent entre eux.

– Je suis désolée, dit Sam en secouant la tête. Mais tu sais ce qu'ils penseraient.

Il comprenait ce qu'elle ressentait, mais il s'en moquait

éperdument. Ils ne faisaient rien de mal, après tout. Tous deux étaient des adultes consentants qui profitaient de la compagnie de l'autre.

On tenta d'ouvrir la porte et la panique envahit le regard de Sam.

– Je m'habille ! cria-t-il.

– Bon, bon, entendit-il sa mère répondre.

Il soupira en se passant une main dans les cheveux.

– Je vais aller voir ce qu'ils veulent, je reviens.

– Non, je…

Il partit avant même qu'elle ne puisse terminer sa phrase et trouva son frère, sa sœur ainsi que son père captivés par le match de foot diffusé à la télévision tandis que sa mère admirait la vue, postée à l'une des baies vitrées du salon.

– Luke ! Sa sœur se leva pour aller l'enlacer.

Il sourit en prenant Anna dans ses bras.

– Coucou. Qu'est-ce que vous faites ici ?

Sa mère lui lança un regard agacé alors qu'elle l'enlaçait pour le saluer.

– On a essayé d'appeler, mais tu ne répondais pas.

Elle lança un rapide coup d'œil à la chambre derrière lui, et il devina alors qu'elle savait. Il aurait voulu pouvoir lui dire que ce n'était pas ce qu'elle pensait, mais essayer de lui expliquer la situation n'aurait fait que mener à une myriade de questions auxquelles il n'aurait pu répondre, si bien qu'il se contenta de se taire.

Anna intervint alors :

– Papa et Brian m'ont aidée à déménager le vieux canapé dans mon dortoir.

Luke fronça les sourcils.

– Pourquoi vous avez pas engagé un déménageur ?

Son frère rit.

– Pour un canapé ?

– Ouais, pour un canapé, un de ces jours, il devrait rappeler à Brian que leur père n'était plus tout jeune.

– Il vient ou pas ? demanda son père depuis le canapé, le regard encore braqué sur la télévision. Luke soupira. Il fallait que sa mère soit maso pour le forcer à sortir alors qu'un match devait être diffusé.

– Où ça ? s'enquit Luke en se tournant vers sa mère.

Anna sourit.

– Maman et papa nous emmènent au restau à midi.

Il ravala une grimace coupable. Ses parents venaient rarement en ville, et pourtant il n'était même pas au courant de leur venue aujourd'hui. Mais il ne pouvait pas accepter leur invitation. Il fallait qu'il parle à Sam.

– Désolé, je peux pas venir. La prochaine fois, peut-être ?

– Bien sûr mon chéri, dit sa mère en posant une main sur son épaule. Et n'oublie pas le dîner à la maison la semaine prochaine.

– S'il arrive à se tirer du lit, ricana son frère, et Luke fut tenté de le baffer.

– Très drôle, dit-il en les raccompagnant à l'ascenseur.

– Ils ont plutôt intérêt à avoir une télévision au restaurant, dit son père. J'ai été content de te voir, mon fils.

Une fois les portes de l'ascenseur refermées sur sa famille, Luke retourna dans sa chambre où il trouva Sam complètement habillée en train de prendre quelque chose dans son sac. Une vague de déception le traversa en remarquant qu'il s'agissait de ses clés de voiture. Elle partait.

– Tu n'étais pas obligé de rester pour moi, murmura-t-elle en se tournant vers lui.

– Bien sûr que si.

Il soupira en se passant une main sur le visage. Il savait qu'il allait le regretter, mais il ne pouvait s'en empêcher.

– Je ne veux plus qu'on se cache.

Il en avait assez d'avoir l'impression d'être un ado qui cachait sa première copine à ses parents. Il avait trente-quatre ans, bon sang. Pourquoi diable devait-il cacher la femme qu'il aimait à ses proches ?

Il vit la gorge de Sam se serrer. Il savait qu'il était en train de briser les termes de leur accord, mais il ne pouvait nier la vérité plus longtemps. Il l'aimait, et il voulait passer le restant de ses jours avec elle, sans mensonge ni faux-semblant.

– On avait un accord, dit-elle enfin, brisant le silence assourdissant qui s'était installé entre eux d'un coup de poignard.

Même après tout ce temps, il ne comptait pas assez à ses yeux, ni lui, ni leur relation, pour s'exposer à la vue de tous. Luke savait que Sam ressentait *quelque chose* pour lui, mais il commençait à douter que cela dépasse un jour une simple affection.

– Je sais, et je suis désolé, mais j'en ai assez de me cacher, dit-il en la prenant dans ses bras.

Il espérait juste ne pas être en train de faire une erreur monumentale. Il n'avait aucune envie de rompre. Après tout, il n'avait jamais été aussi heureux qu'avec elle, et il savait qu'il serait dévasté si elle se lassait et décidait de mettre un terme à leur relation.

— Et je veux que ma famille rencontre la femme qui signifie tant à mes yeux.

— Mais je les ai déjà rencontrés.

— Tu étais encore l'épouse de Jason à l'époque. Je veux qu'ils sachent combien tu es importante pour moi.

Elle resta silencieuse un instant avant de murmurer :

— J'y réfléchirai.

Ce n'était pas beaucoup, mais il était au moins soulagé qu'elle ne rejette pas immédiatement cette idée.

Il sourit en lui prenant ses clés des mains.

— Tu vas quand même pas partir, si ? Je nous ai prévu un week-end d'enfer.

Un sourire traversa ses lèvres.

— Ah oui ?

— Oui, et laisse-moi te dire que tu es bien trop habillée pour ce que j'avais en tête.

Peut-être ne l'aimait-elle pas, mais il était au moins certain d'une chose : leur compatibilité sexuelle était indéniable. Ce n'était pas grand-chose, mais puisqu'il ne pouvait lui en demander plus pour l'instant, il s'en contenterait.

* * *

Samantha regarda Luke retourner un pancake d'une main experte le lendemain. Il portait encore le t-shirt blanc qu'il avait porté la veille, et elle ne put s'empêcher de se demander s'il accepterait de continuer à la voir encore longtemps si elle insistait pour garder leur relation secrète. Il avait fait tant d'efforts pour s'assurer que personne ne découvre leur liaison, contraint de laisser ses affaires dans sa voiture pour s'assurer que la femme de ménage de Sam ne remarque pas qu'elle voyait quelqu'un, et de se conduire lui-même au bureau chaque jour afin que son chauffeur ne sache pas qu'ils se fréquentaient. Il l'aidait même à laver et essuyer toute la vaisselle qu'ils utilisaient chaque fois qu'ils cuisinaient afin que la cuisinière de Sam ne remarque pas qu'elle avait été utilisée.

Pourquoi se pliait-il à toutes ces contraintes ?

Il aurait pu avoir n'importe quelle femme, et il avait pourtant choisi de faire tous ces efforts pour elle. Une vague de culpabilité la traversa en songeant qu'il méritait bien mieux qu'elle. Peut-être n'aurait-elle pas dû réagir de la sorte lorsque sa famille était passée la veille, mais elle avait paniqué. Les rencontrer en tant que petite-amie de Luke aurait rendu leur relation bien trop réelle, et cette idée l'avait terrifiée. Elle la terrifiait même encore.

Elle n'avait aucun mal à s'imaginer succomber à Luke et entretenir une relation suivie avec lui. Mais en dépit du fait qu'elle ne l'avait jamais vu fréquenter aucune autre femme aussi longtemps, elle ne pouvait s'empêcher de penser que cela était dû au fait qu'ils se connaissaient depuis des années plutôt qu'à de véritables sentiments qu'il nourrirait à son égard. Il se voilait peut-être la face maintenant (sinon pourquoi passerait-il autant de temps avec elle en la poussant à rendre leur relation publique ?), mais elle ne doutait pas que l'excitation de la nouveauté finirait par se dissiper, et qu'adviendrait-il d'elle alors, une fois qu'il se serait lassé ?

Mais elle ne voulait pas non plus laisser sa peur de ce que l'on pourrait penser d'elle lui enlever Luke. Elle adorait être avec lui, et elle ne voulait pas mettre fin à leur relation.

– J'aimerais beaucoup revoir ta famille, dit-elle avant de perdre courage. Si ça te dit toujours, bien sûr, ajouta-t-elle rapidement.

Ne s'était-elle pas sentie soulagée de parler de sa relation à Cindy ? Luke devait vouloir la même chose, voilà tout.

Il se tourna vers elle brusquement, les sourcils froncés, avant d'éteindre le gaz qu'il avait un instant oublié.

– Bien sûr que ça me dit toujours. Mes parents font un repas de famille chez eux samedi prochain. Tu es dispo ?

– Ouais.

– Super, je préviendrai ma mère. Merci, Sam. Ça signifie vraiment beaucoup pour moi.

Elle était heureuse de pouvoir faire quelque chose pour Luke, lui qui était toujours aux petits soins pour elle. Sam avait enfin l'opportunité de lui rendre la pareille, et quand bien même elle était inquiète de ce que sa famille pourrait penser d'elle, l'idée qu'elle compte assez aux yeux de Luke pour qu'il veuille la leur présenter la rendait heureuse, d'autant qu'elle savait combien sa famille était importante pour lui. Cela devait même prouver qu'elle n'était pas qu'une simple aventure à ses yeux, non ?

Elle l'espérait, en tout cas.

* * *

Une vague d'excitation traversa Luke alors qu'il composait le numéro de sa mère en retournant à sa voiture une heure plus tard.

– Luke ? Est-ce que tout va bien ?

Ce n'est qu'alors qu'il réalisa l'heure matinale. Pas étonnant que sa mère soit inquiète. Il n'était même pas encore sept heures. Mais il avait été si excité à l'idée de parler de Sam à ses parents qu'il n'avait pu attendre plus longtemps.

– Oui, désolé maman. Je voulais juste te dire que je serai accompagné samedi prochain.

– Ah ?

– C'est Sam, ajouta-t-il rapidement, vexé par la méfiance qu'il percevait dans la voix de sa mère. Elle avait dû le penser occupé avec une femme trouvée à une fête lorsqu'ils étaient passés chez lui la veille. Mais il n'était pas comme ça.

– *Ah.*

Il n'eut aucun mal à deviner ce que sa mère devait penser. Sam était encore la veuve de Jason aux yeux de sa famille, comme aux yeux de tous ceux qu'ils connaissaient. Ils penseraient sans doute qu'elle avait tourné la page trop rapidement, voire même peut-être qu'il profitait d'une veuve au cœur brisé.

Mais ce n'était pas comme s'ils avaient su que Jason avait commencé à tromper Sam dès les débuts de leur relation.

Sa mère resta silencieuse, et Luka ajouta donc :

– Ce n'est pas quelque chose qu'elle ou moi avions prévu. C'est arrivé, voilà tout.

Peut-être Sam avait-elle eu raison de vouloir garder leur

relation secrète après tout. Mais il en avait assez de se cacher. Il l'avait désirée si longtemps et maintenant qu'elle était à lui, il aurait voulu pouvoir crier son bonheur sur tous les toits.

– Je m'en doute, mon cœur. Tu n'as aucune explication à nous donner. On sait tous combien vous avez été dévastés par la mort de Jason, tous les deux. C'est logique que vous ayez trouvé du réconfort dans la présence de l'autre.

– Ce n'est pas…, commença-t-il, avant de se raviser.

Il aurait voulu pouvoir nier l'idée que lui et Sam aient été rassemblés par leur deuil commun, mais qu'aurait-il pu dire ? Qu'il avait voulu qu'elle quitte Jason pendant des années avant sa mort ? Il doutait que sa mère apprécie un tel aveu.

– Écoute, je sais que ça ne me regarde pas, mais je ne veux pas que vous souffriez, tous les deux. Sam a déjà traversé tellement d'épreuves.

– Je ne la ferai pas souffrir, maman, dit-il enfin.

– Je sais que tu n'en as pas l'intention. Sa mère se tut un instant avant de soupirer. J'espère juste que vous savez ce que vous faites, tous les deux.

Ils continuèrent à discuter un moment. Luke raccrocha, les sourcils froncés, quelques instants plus tard. Sa mère n'avait de cesse d'insister pour qu'il s'installe, et lorsqu'il trouvait enfin une femme qui comptait assez à ses yeux pour qu'il veuille la ramener à la maison, elle tentait de l'en dissuader ?

Super. Vraiment super.

* * *

George était en train de faire une erreur *monumentale* avec Clayton.

Luke fronça les sourcils en lisant le rapport de son manager plus tard ce jour-là. George voulait investir dans une petite société hypothécaire du Nevada qui les avait contactés pour leur vendre des parts au rabais. La firme avait besoin d'une nouvelle marge de crédit après avoir été incapable de payer ses échéances à de multiples reprises.

Si la société en question semblait plutôt bien se porter, il doutait cependant que d'y investir vingt millions de dollars était une bonne idée. Harkin ne pouvait simplement pas se permettre de prendre un tel risque en ce moment. Luke tendit la main pour prendre son téléphone avant de se figer, hésitant. Lui et George étaient rarement d'accord quant à la façon dont Harkin devait diversifier son portefeuille. Si Luke préférait investir dans une foule de petites sociétés diverses, George se contentait quant à lui de quelques gros investissements dans des firmes de confiance.

Son collègue avait toujours eu peur de manquer une opportunité en or, si bien que lorsqu'il en trouvait une, il la saisissait sans hésiter. Luke était cependant plus prudent, convaincu que peu importe combien ses analystes étaient doués et soigneux dans leur travail, une erreur était toujours possible.

Chaque approche était valable, bien entendu. Au bout du compte, c'était une question de préférences personnelles avant tout. Luke n'aurait pas dû s'attendre à ce que George change de stratégie sous prétexte qu'il avait choisi de lui confier le fonds de secours. D'autant que c'était en partie pour ses instincts, qu'il avait donné ces responsabilités à George, et non Peter.

Luke ne remettrait pas son jugement en question, tout du moins pas encore. Il l'avait déjà fait trop souvent depuis qu'ils travaillaient ensemble. George ne lui aurait pas fait une telle proposition s'il n'était pas sûr de lui. Sachant combien son collègue l'avait aidé lors des négociations avec *Oakbridge* l'année précédente, Luke savait qu'il n'avait aucune raison de se faire du souci. George avait même remarqué certains éléments ayant échappé à d'autres, même à lui. Luke prit un instant pour terminer sa lecture du rapport et était sur le point de passer un coup de fil à George lorsque son portable sonna.

Il le prit et ne fut pas surpris de voir le nom de son frère s'afficher à l'écran. Sa mère devait l'avoir appelé dès qu'elle avait raccroché avec lui.

– Maman t'a dit, soupira-t-il pour toute salutation. Il espérait que sa famille ne lui ferait pas regretter sa décision de leur présenter Sam.

– Ouais. Elle voulait savoir si j'étais au courant. Ça dure depuis longtemps ?

– Presque trois mois.

Il y eut un silence, puis Brian répondit :

– Alors c'est ça. C'est à cause d'elle que tu n'as jamais eu de relation sérieuse avec quiconque. Elle t'obsédait trop pour que tu puisses t'intéresser à une autre.

– C'est pas comme si je l'avais attendue non plus.

Outre ce bref éclair de folie durant lequel il avait pensé pouvoir la pousser à rompre avec Jason, Luke avait toujours su que Sam ne le quitterait jamais pour lui. Il avait d'ailleurs souvent essayé de l'oublier en fréquentant d'autres femmes ou en se plongeant dans le travail, et était même allé jusqu'à essayer de l'éviter, en vain. Rien n'avait su guérir son amour pour elle. Le simple fait de la croiser dans les couloirs de la société le réjouissait plus que de sortir avec une autre.

— Hé, je comprends. On ne décide pas de qui on tombe amoureux. Enfin, maintenant au moins je sais pourquoi tu m'as lancé ce regard noir à la fête de Noël.

Luke grimaça en se rappelant sa réaction lorsqu'il avait vu Sam rire et danser au bras de son frère lors de la fête de Noël organisée par la compagnie l'année précédente. Il savait qu'elle ne l'aurait pas repoussé s'il l'avait invitée à danser (elle ne l'aurait jamais embarrassé en public, quand bien même elle le détestait alors), mais malgré cela, il s'était ravisé, terrifié à l'idée qu'il puisse perdre le contrôle. Il avait craint qu'une fois sa belle entre les bras, il ne puisse plus se résigner à la lâcher. Ainsi, il s'était contenté de l'admirer de loin, la regardant danser avec Jason ainsi que plusieurs autres invités, fusillant chacun du regard tant il aurait aimé être à leur place.

— C'était si évident que ça ?

Brian rit.

— Je me demandais ce qui t'était arrivé. Au début t'étais content de me voir et la minute d'après, tu avais l'air de vouloir me castrer.

Luke grimaça, sachant combien son frère avait raison.

— Bon, et il faut que je prépare mon discours de témoin de mariage ou quoi ?

Le cœur de Luke se serra. Il ne rêvait de rien d'autre que

d'épouser Sam, mais il doutait qu'elle ressente la même chose. Si elle avait accepté qu'il la présente à ses parents comme sa petite-amie, un dîner n'avait cependant rien à voir avec un possible mariage.

Luke n'avait aucune envie de laisser cette pensée gâcher son bonheur, et il blagua donc :

– Qu'est-ce qui te fait croire que je te choisirais ?

– Pourquoi tu le ferais pas ? Tu vas quand même pas demander à Adam. Je suis ton frère.

– Peut-être, mais il ne me mettrait pas la honte avec mes photos d'enfance, lui, au moins, le taquina Luke. Il n'oublierait jamais combien Anna avait rougi lorsque Brian avait sorti ses photos de bébé pour les monter au premier petit-copain qu'elle avait jamais ramené à la maison.

– Et si on se mettait d'accord pour que j'en choisisse qu'une seule ?

Luke rit. Il avait du mal à croire que son frère veuille négocier.

La voix de Brian s'apaisa.

– Tu vas l'épouser, non ? lui demanda-t-il d'un ton sérieux.

– C'est un peu trop tôt pour y penser, admit Luke. Sam ne veut même pas rendre notre relation publique.

– Je vois pas ce qu'il y a de mal à vouloir préserver sa vie privée. La nouvelle de votre relation ferait la une des journaux si vous l'annonciez maintenant, surtout si tôt après la mort de Jason. Et puis elle t'a quand même autorisé à nous en parler, non ?

– Ouais.

Après qu'il l'y ait presque forcée. Et à en juger par la

réaction de sa mère, il commençait à se demander s'il n'avait pas eu tort. Il n'aurait aucune chance de convaincre Sam si les premières personnes à le voir en couple désapprouvaient leur relation. Elle ne voudrait sans doute pas risquer un scandale.

Merde. Il espérait juste ne pas avoir tout gâché en la poussant à rencontrer ses parents.

Il aurait dû être patient avec elle et se contenter de ce qu'elle était prête à lui donner, mais il avait été incapable de se contrôler. Il l'aimait depuis si longtemps qu'il la voulait tout entière à présent qu'il avait su la charmer.

Son estomac se serra à l'idée qu'il avait peut-être gâché la meilleure chose qui lui était jamais arrivée, et il n'eut soudain plus du tout envie d'en parler.

– Pardon, Brian. Je peux te rappeler ?

CHAPITRE VINGT

– Alors… c'est la maison dans laquelle tu as grandi ? demanda Sam alors qu'ils s'engageaient sur l'autoroute le samedi suivant.

Luke lui lança un coup d'œil avant de reporter son regard sur la route.

– Non. J'ai convaincu mes parents de déménager il y a quelque temps.

– Tu as de la chance. J'ai dû me battre avec les miens rien que pour qu'ils me laissent installer un système de sécurité chez eux.

Elle avait souvent essayé de donner à ses parents l'argent pour déménager, mais ils avaient toujours refusé.

Elle savait qu'il leur avait fallu trente ans pour rembourser le crédit qu'ils avaient pris pour s'offrir cette maison, qui était aujourd'hui la prunelle de leurs yeux, mais elle aurait aimé pouvoir en faire plus pour eux. Ils avaient même refusé sa proposition d'y faire faire quelques réparations, comme de remplacer les marches abîmées du porche, et le canapé usé que son père aimait tant.

— Quartier malfamé ?

Elle hésita avant de répondre.

— Non ça va, dit-elle enfin. La situation aurait pu être meilleure, bien sûr, mais elle aurait aussi pu être pire. Ils ont des voisins sympas et d'autres un peu bizarres. C'est pas l'enfer en soi, mais j'aimerais pouvoir leur offrir mieux, dit-elle en haussant les épaules.

Comme une maison dont les escaliers ne grinçaient pas, par exemple, dans un quartier où elle n'aurait pas à craindre un cambriolage.

— Je vois ce que tu veux dire, répondit Luke. Je voulais acheter une maison dans un quartier sécurisé pour mes parents, mais ils ont refusé. Ils ne voulaient pas mettre de la distance entre eux et leurs amis en acceptant mon argent.

— Ouais, mes parents n'ont jamais été franchement à l'aise avec le style de vie de Jason non plus. Le simple fait d'aller au restaurant était une corvée pour eux.

Luke rit.

— J'imagine. Jason ne fréquentait que des restaurants en vogue hors de prix. Un jour il m'a emmené dans un restaurant où tous les plats étaient crus, et je te parle pas de sushis.

— C'est plus riche en nutriments apparemment, dit Sam en riant.

— Peut-être, mais je ne mangerai jamais de bœuf cru.

Sam sourit en se tournant vers lui.

— Tu sais déjà ce que je pense de ces endroits. J'ai bien dû prendre dix kilos depuis que je me suis remise à manger tous ces plats dont je m'étais privée depuis des années.

– Mm… Rappelle-moi de chercher ces dix kilos ce soir. Il ne me semble pas les avoir vus, mais je n'ai peut-être pas assez bien regardé.

Il lui lança un sourire aguicheur et Sam sentit ses joues rougir à l'idée qu'il l'inspecte. Elle était presque certaine qu'il connaissait le moindre centimètre carré de son corps, mais quel mal y avait-il à vérifier ?

* * *

– C'est gentil de leur avoir acheté une nouvelle maison, dit Sam en sortant du coffre la boîte de chocolats qu'elle avait achetée, vingt minutes plus tard.

Le cœur de Luke se gonfla en se rappelant comment elle lui avait demandé si ses parents aimaient le chocolat. Cela prouvait bien qu'elle voulait leur faire bonne impression, et il espérait que cela voulait aussi dire qu'elle commençait à éprouver des sentiments pour lui.

– Tu en aurais fait autant à ma place, dit-il en récupérant la glace avant de fermer le coffre.

– Besoin d'aide ? leur demanda Anna depuis le porche. Elle passait les vacances de printemps chez leurs parents.

– Non, ça va, merci.

– Salut, Sam ! Anna lui lança un sourire resplendissant en l'enlaçant.

– Salut, Anna. Ça fait longtemps.

– Je sais ! Je n'ai pas eu le temps de venir vous rendre visite au bureau avec l'école de médecine.

Luke était surpris d'apprendre qu'Anna allait saluer Sam lorsqu'elle lui rendait visite au bureau, bien que cela était logique. Sam était amie avec *tout le monde*. Anna sourit en l'enlaçant.

— Bonjour, Diana, dit Sam en donnant une accolade à la mère de Luke. Je vous ai apporté des chocolats.

— Oh, merci ma belle. Il ne fallait pas !

— Ce n'est rien. Est-ce que vous avez besoin d'aide en cuisine ?

Sachant combien Sam détestait cuisiner, Luke fondit à l'idée qu'elle veuille donner un coup de main à sa mère, et crut défaillir lorsque cette dernière accepta sa proposition. Sa mère ne laissait jamais quiconque la rejoindre en cuisine, sauf les personnes qu'elle appréciait.

— Je vais aller mettre la glace au froid, dit-il, et sa mère secoua la tête.

— Je m'en occupe, dit-elle en lui prenant la glace. Il me semble que ton frère veut te parler, murmura-t-elle.

Curieux, il acquiesça et regarda les trois femmes les plus importantes de sa vie retourner à la maison en riant. Les doutes qui l'avaient assailli après sa discussion avec sa mère se dissipèrent bientôt alors qu'il les suivait à l'intérieur.

Son frère le rejoignit peu après.

— Elle a l'air heureuse, dit-il. Toi aussi, d'ailleurs.

— Je le suis.

Il espérait juste que Sam l'était autant que lui.

Brian sourit.

— Tu veux voir un truc cool ?

— Bien sûr.

Son frère désigna d'un signe de tête quelque chose derrière lui. Luke se tourna et remarqua les nouveaux stores en bois pendus aux fenêtres. Il alla les regarder de plus près, surpris.

– C'est papa qui les a faits, continua Brian derrière lui.

– Papa a *fait* ça ? répéta Luke en ouvrant et en fermant les stores pour admirer l'œuvre de son père. Ils avaient l'air tout droit sortis d'un catalogue.

– Ouais. Il a dit qu'il s'ennuyait à la retraite.

Luke ouvrit les stores et les ferma à nouveau. Il ignorait que son père était aussi doué pour le bricolage. Bien qu'il l'ait souvent vu effectuer des réparations dans la maison, Luke avait toujours cru qu'il s'en chargeait faute d'argent pour engager un homme à tout faire. Mais était-il possible que son père aime bricoler ?

– Tu veux voir ce qu'il compte faire avec les chutes de bois ?

– Il va quand même pas refaire le parquet, si ?

Papa n'est quand même pas aussi doué que ça.

S'il était heureux que son père se soit trouvé une nouvelle passion pour occuper son temps libre, Luke ne voulait cependant pas qu'il s'épuise à la tâche. Il avait bien mérité de se reposer.

– Non, sourit Brian. Viens voir.

– Bon, je te suis. Ils prirent la direction du sous-sol. Alors, comment ça va ?

– Bof, Brian soupira en secouant la tête. Je crois que je suis en train de faire un burnout. Tu sais, je pensais pas rester aussi longtemps à la banque.

La famille n'avait jamais été du genre à courir après les

promotions. Leurs parents avaient travaillé leur vie entière au même endroit. Si leur emploi n'avait pas été des plus gratifiant, Luke devinait cependant que tous deux s'étaient estimés heureux de pouvoir payer les factures, et il semblait que la fratrie entière avait hérité de cette attitude. Lui-même serait resté à *Brown and Hale* sans Jason pour le convaincre de lancer sa propre affaire. Il se serait contenté d'avoir la chance de pouvoir être à l'abri, et n'aurait sans doute jamais réalisé que le monde entier lui tendait les bras.

– Mon offre de te faire un prêt tient toujours, si tu décides de faire autre chose un jour.

Brian avait toujours été l'artiste de la famille. Enfant, il n'avait de cesse de rendre leur mère folle en dérobant des objets dans la maison pour ses inventions.

Luke avait toujours cru que son frère deviendrait ingénieur ou inventeur un jour, si bien qu'il avait été surpris lorsque Brian avait posé sa candidature à la banque du coin après avoir obtenu son diplôme.

– Merci. J'y réfléchirai. Parfois je suis un peu jaloux quand je vois papa s'éclater à bricoler.

Brian ouvrit la porte du sous-sol, une forte odeur de bois s'infiltrant aussitôt dans les narines de Luke.

– C'est déjà l'heure du dîner ? demanda son père en posant son marteau, surpris.

– Presque, répondit Brian alors que tous deux descendaient les marches. Maman n'a encore rien dit.

Luke jeta un œil au croquis posé sur la table. Son père n'était pas aussi doué pour le dessin qu'il l'était pour le bricolage, mais il semblait travailler sur ce qui deviendrait un magnifique nichoir.

– Je vais l'offrir à ta mère pour notre anniversaire de mariage, dit son père.

– Elle va l'adorer, répondit Luke dans un sourire.

Sa mère avait toujours aimé les animaux. Il était heureux que son père se soit trouvé une nouvelle passion, pourtant il détestait néanmoins l'idée qu'il ait dû attendre d'être à la retraite pour enfin s'y consacrer. Il n'était même jamais parti en vacances avant l'année précédente, lorsque les enfants s'étaient cotisés pour lui offrir, ainsi qu'à leur mère, une croisière en Europe. Ils s'étaient tant amusés qu'ils avaient réservé une deuxième croisière une semaine seulement après qu'ils soient rentrés.

Il trouvait étrange l'idée que ses parents n'aient jamais eu de quoi se faire plaisir lorsqu'il était plus jeune, ayant à peine assez d'argent pour faire les courses et payer les factures alors que Luke était aujourd'hui riche, suffisamment pour faire tout ce qu'il voulait, sans pourtant en avoir le temps. Cela devrait changer s'il voulait fonder une famille avec Sam. Et il en avait envie. Il voulait bâtir sa vie à ses côtés, acheter une maison, avoir des enfants… Mais il ne voulait pas vivre comme son père l'avait fait, et rentrer chez lui trop fatigué pour jouer ou aider avec les devoirs.

En dépit du fait qu'il savait que son père avait toujours fait de son mieux selon les circonstances, il était aussi bien conscient du fait que sa position était différente. Il *pourrait* diminuer ses heures de travail sans manquer d'argent pour autant, et il le ferait une fois que lui et Sam auraient des enfants, décida-t-il soudain. Il ne voulait pas finir comme son père, qui ne pouvait profiter de sa vie qu'à présent qu'il avait pris sa retraite, surtout qu'il avait la chance d'avoir le choix.

* * *

– Merci encore de m'avoir accompagné ce soir, dit Luke alors que les portes de l'ascenseur privé menant à son appartement s'ouvraient.

– Je crois que c'est la quatrième fois que tu me remercies.

Luke sourit en la prenant dans ses bras.

– Je suis heureux, c'est tout.

Une vague de contentement la traversa en réponse à la simple idée que le fait de l'accompagner à un dîner de famille lui ait fait autant plaisir.

La mère de Luke lui avait confié que Sam était la première femme qu'il leur avait jamais présentée. Cette nouvelle l'avait ravie, elle ne pouvait le nier. Elle adorait être avec Luke, et était heureuse qu'il ressente quelque chose pour elle qu'il n'avait jamais connu avec aucune autre. Mais une partie d'elle, plus rationnelle, était aussi inquiète que les choses aillent trop vite entre eux. Elle avait presque sauté dans le lit de Luke après avoir découvert les coucheries de son défunt mari, et voilà qu'elle l'accompagnait à des repas de famille ?

Les bras de Luke se refermèrent autour d'elle.

– Tu danses ?

Elle rit en l'enlaçant.

– Il n'y a pas de musique.

– Mais si, là, dit-il en sortant son portable.

Son regard braqué sur elle, il demanda à son téléphone

de jouer une musique douce avant de le jeter sur le canapé. La mélodie ensorcelante d'un saxophone emplit bientôt l'air. Il sourit en se pressant contre elle.

– On en était où ?

– Hmmm… Tu étais en train de me dire que tu allais me préparer tes célèbres gaufres aux noix de pécan au petit déjeuner, pour me remercier d'être allée chez tes parents ce soir.

– Ah oui ?

Elle lui malaxa les fesses et sentit sa virilité tendue effleurer son ventre.

– Entre autres choses.

– Oh tu vas les avoir tes gaufres, murmura-t-il en baissant la tête pour faire courir sa langue sur le lobe de Sam, lui arrachant un violent frisson. Entre autres choses, soupira-t-il avant de l'embrasser.

CHAPITRE VINGT ET UN

Il fallait qu'il soit fou. Il ne voyait aucune autre explication.

Un dîner avec Sam et voilà qu'il lui achetait déjà une bague ? Elle n'était même pas encore prête à rendre leur relation publique !

Cette idée ne suffit cependant pas à arrêter Luke alors qu'il inscrivait ses informations bancaires sur le site où il avait passé les deux dernières heures à concevoir une bague pour Sam. Sans qu'il ne sache trop comment, il était passé de la lecture d'un rapport au sujet d'une société minière aux recherches d'une bague de fiançailles. N'ayant rien trouvé qui soit digne d'elle chez les bijoutiers les plus renommés du pays, il avait fini par se tourner vers le site d'un joaillier qui lui avait proposé de créer sa propre bague selon ses envies.

Il avait joué avec divers paramètres et pierres avant de choisir une bague en platine simple avec un superbe diamant de forme princesse au centre. Il n'était pas aussi gros qu'il l'aurait voulu, mais il savait que Sam préférerait quelque chose de discret. Il ne voulait pas que sa belle soit mal à l'aise en la portant. D'ailleurs, il voulait qu'elle la porte partout où elle irait.

Une vague de satisfaction le traversa en l'imaginant porter sa bague avant qu'il ne soit rattrapé par la réalité. Bien sûr, le fait qu'elle ait accepté de rencontrer sa famille avait été encourageant, mais ils étaient encore loin, très loin du mariage. Il était même incapable de la convaincre de sortir avec lui en public dans des lieux où ils risquaient de croiser des connaissances. Comment pourrait-il seulement demander à Sam de passer le restant de ses jours à ses côtés ?

Il se passa une main dans les cheveux, frustré. Il savait que Jason l'avait beaucoup fait souffrir, et trouvait compréhensible qu'elle ait voulu contrôler l'évolution de leur relation, mais il *détestait* devoir se contenter de passer ses nuits et matins avec elle. Il en voulait tellement plus. Il aurait voulu pouvoir sortir avec elle et la voir en journée. Il aurait voulu pouvoir l'appeler quand bon lui semblait sans craindre que l'on sache à qui il parlait. Lui qui avait si longtemps eu l'habitude de travailler avec elle aurait aujourd'hui voulu pouvoir traverser les couloirs de Harkin et la voir assise à son bureau. Mais il voulait aussi vivre avec elle. Pouvoir la retrouver en rentrant chaque soir et être celui qu'elle retrouverait une fois sa journée terminée. Ce fut justement pour ça qu'il poursuivit son achat.

Il ne connaissait même pas sa taille.

Il aurait sans doute été tenté de rire si cette idée n'avait pas été si triste. Il aurait bien demandé son aide à Nina si elle avait su qu'ils se fréquentaient. Mais Sam n'avait même pas parlé de leur relation à sa meilleure amie. Et il n'allait certainement pas vérifier sa taille sur son ancienne alliance, en dépit du fait qu'il savait où elle la rangeait. Il ne voulait pas qu'un instant aussi spécial soit gâché par le souvenir de Jason.

Sans connaître l'origine de cette certitude, Luke était sûr qu'elle faisait une taille cinq. Il n'avait pas la moindre expérience en bagues, mais il le *sentait*. Sans parler du fait qu'il pourrait aller faire réajuster la bague si la taille ne convenait pas.

Il fit taire les doutes qui commençaient à l'assaillir. Qu'importe combien cet achat était impulsif, il était sûr de lui. Il ne s'imaginait passer le reste de sa vie avec personne d'autre. Et il ne s'inquiéterait de la réponse de Sam que lorsqu'il aurait enfin l'opportunité de lui demander de l'épouser.

* * *

– Il serait logique que l'industrie du jouet devienne plus compétitrice au fil des années, lui dit George. La part du marché de Toyco ne cesse de grandir et Playtime vient de décrocher un partenariat avec Juniper.

– C'est pas Juniper qui produit tous ces films de superhéros justement ? demanda Luke. Il lui semblait avoir vu leurs publicités.

– Ouais, ils ont sorti *The Menagerie* en novembre et la diffusion de leur prochain film, *Bearman*, devrait être un sacré succès.

Luke acquiesça en jetant un œil aux finances de Seidler.

Le fonds de secours possédait des parts de cette société depuis près de deux ans déjà et était parvenu à générer des profits convenables avec elle. Leur bilan prévisionnel était positif, meilleur encore que lorsque Harkin les avait achetés, mais les revers avaient été nombreux et la compagnie leur semblait à présent en difficulté. Bien sûr, une nouvelle gamme de jouets ou un renouveau de leurs gammes actuelles auraient pu les aider à relancer la machine, mais ils n'avaient rien prévu de ce genre à l'heure actuelle. La société ne projetait même pas de s'agrandir dans un futur proche.

Il continua son examen de leurs finances et fronça les sourcils en remarquant que Seidler s'était mise à racheter ses parts. Si cela permettait normalement à une société d'augmenter sa valeur, Luke n'appréciait néanmoins pas cette démarche. La compagnie aurait encore pu grandir, mais au lieu de se consacrer à son développement, ses dirigeants avaient choisi de stagner.

Henry, l'un de ses analystes, suggéra que le moment était venu pour eux de vendre leurs parts de la compagnie, et Luke ne put qu'acquiescer en silence.

L'air sembla soudain changer autour de lui, et il se tourna pour voir Samantha en train de parler à l'un de leurs avocats non loin de la machine à café. Comme si elle avait senti son regard sur lui, elle se tourna et lui sourit avant de retourner à sa conversation. Les battements de son cœur s'affolèrent tandis qu'il répondait à son collègue. *Que faisait-elle ici ?* Était-elle venue le voir ? Sachant que George et ses analystes avaient étudié leurs possibilités avec attention avant de lui proposer de vendre leurs parts, il se leva en acquiesçant.

– Vendez tout.

Le groupe se sépara rapidement, et Luke sortit retrouver Sam. Elle était en train de discuter avec Karen, et il ne put s'empêcher de songer combien il était bon de la revoir au bureau. *Sa place était ici.*

Karen rit alors que Sam lui disait quelque chose, et le cœur de Luke manqua un battement lorsque leurs regards se trouvèrent. Il perdait toujours ses moyens avec elle, même s'ils se fréquentaient depuis plusieurs mois déjà. Elle sourit, et il ne put s'empêcher de se sentir fier à l'idée que ce sourire soit pour lui seul. Quand bien même il savait cela déplacé, il était heureux que l'attention de Sam soit enfin tournée vers lui, et non vers Jason.

Karen suivit le regard de Sam et se tourna vers lui.

– Oh, dit-elle avant d'enlacer Sam brièvement. Il vaudrait mieux que je retourne à mon bureau avant que vous ne vous mettiez à vous battre. J'ai été contente de te voir.

Le premier instinct de Luke fut de prendre Sam dans ses bras et de lui voler un baiser passionné comme il le faisait chaque fois qu'ils se retrouvaient, mais les mots de Karen arrêtèrent son élan. Ils étaient en public, et Sam ne lui avait pas dit qu'elle voulait se montrer avec lui, si bien qu'il enfouit les mains dans ses poches.

– Salut, Sam.

– Salut, Luke, dit-elle en s'agrippant à son sac. Je voulais juste savoir si tu étais libre pour le déjeuner.

Elle voulait l'emmener au restaurant ?

Il ne prit même pas une seconde pour réfléchir.

– Bien sûr. Donne-moi juste une minute.

C'était presque trop beau pour être vrai. Il avait si long-temps espéré qu'elle accepte de s'afficher avec lui en public, et voilà qu'elle était venue le trouver au bureau.

Il passa voir Sheila pour s'assurer qu'aucune urgence ne requérait son attention avant de lui dire qu'il sortait. Sam discutait avec Cecilia lorsqu'il alla la retrouver.

La jeune femme le vit approcher et se hâta de fermer une fenêtre sur son ordinateur. Luke réprima un grogne-ment. Il savait très bien que sa comptable montrait des photos de ses neveux et de ses nièces à quiconque voulait bien les voir. Sa voix était si fort qu'il l'entendait même souvent parler d'eux à travers l'étage.

Mais Luke n'en fit pas le moindre commentaire puis-qu'elle semblait vouloir garder ses habitudes secrètes. Il se demanda soudain si Sam serait elle aussi du genre à montrer les photos de leurs enfants à tout son entourage. Son cœur se serra en réponse à cette pensée. Il n'avait jamais rêvé de devenir père de famille, mais il se surprenait à vouloir des enfants avec Sam. Même la banlieue commen-çait à lui faire envie ; n'importe où, tant que c'était avec Sam.

– Tu es prête ? demanda-t-il en la rejoignant.

Il était terriblement tenté de passer un bras autour de sa taille pour l'embrasser, mais il se ravisa. Il ne voulait pas qu'elle regrette de l'avoir invité à déjeuner.

Sam acquiesça avant de saluer Cecilia. Il ne manqua pas de remarquer le sourire resplendissant de sa comptable alors qu'elle retournait à son ordinateur. Sam avait cet effet sur les gens.

– Tu sais, la porte est toujours ouverte si tu veux revenir, dit-il tandis qu'ils se dirigeaient vers l'ascenseur.

Elle se figea, et il se hâta d'ajouter :

–Tu as continué à travailler, après tout. Autant le faire ici. Tu pourrais même demander aux autres analystes de se charger des sociétés dont tu ne veux pas. Ils l'ont peut-être déjà fait si ça se trouve. Après tout, ce serait logique que les compagnies qui t'intéressent aient aussi attiré l'attention de l'un des gars. On pourrait te confier une partie du fonds et...

– Je... C'est... elle secoua la tête. J'apprécie vraiment ton offre, mais je ne peux pas.

Son cœur se brisa. Ne voulait-elle pas passer tout son temps avec lui comme lui le voulait ? Il avait espéré que sa visite surprise au bureau était la preuve qu'il lui manquait même la journée, mais peut-être s'était-il trompé.

Doutait-elle que leur relation puisse durer ? Était-ce pour cela qu'elle refusait de rendre leur relation publique et avait rejeté sa proposition ? Craignait-elle que leur séparation ne complique leurs échanges ?

Après tout, il ne faisait que lui proposer un poste semblable au travail qu'elle effectuait déjà chez elle, auprès des personnes qu'elle connaissait et avec lesquelles elle aimait travailler. Et elle avait pourtant refusé. Désireux d'oublier la peine que lui inspirait son attitude, il se hâta de changer de sujet en se remettant à marcher. Elle était venue. C'était déjà ça.

– Elle est toujours complètement flippée avec moi, dit-il en hochant la tête en direction de Cecilia.

– Qui ? Cecilia ?

– Ouais. Au début je pensais que c'était parce que j'étais le patron, mais après j'ai vu qu'elle était complètement normale avec Jason.

Sam rit.

– C'est parce que Jason était inoffensif. Toi par contre, tu es carrément flippant parfois. Je ne sais pas si tu as remarqué, mais les gens ont tous été un peu méfiants avec toi à un moment ou à un autre ici.

– Même toi ? demanda-t-il, surpris.

– *Surtout* moi. Je dois dire que j'ai parfois pensé que je ne tiendrais pas le coup, surtout les premiers mois où j'ai travaillé ici. Tu avais tout le temps l'air tellement agacé par ma présence.,

Elle haussa les épaules en se tournant vers lui.

– Je sais que tu n'as jamais voulu que je travaille ici.

Il grimaça en se rappelant combien il avait pu être désagréable lorsqu'elle avait commencé à travailler avec eux. Il ne s'était même pas donné la peine de dissimuler combien il la pensait mal choisie pour ce poste, mais Jason avait insisté et Luke lui en était aujourd'hui reconnaissant. Il n'aurait pu partager ces derniers mois avec Sam si Jason ne l'avait pas convaincu de la laisser travailler chez Harkin.

– Je suis désolé, Sam. J'aurais dû te laisser une chance.

Qu'il était ironique de penser combien il avait détesté sa présence à l'époque, alors qu'il serait prêt à tout pour la faire revenir aujourd'hui.

– J'aurais sûrement pensé la même chose à ta place, dit-elle alors qu'ils pénétraient dans l'ascenseur privé. Je n'avais aucune expérience dans cette industrie, et mes études en comptabilité ne m'ont pas franchement été d'une grande utilité. C'est un monde complètement différent ici.

Mais elle avait vite appris, et lui avait prouvé combien il avait eu tort un millier de fois depuis. Les portes de l'ascenseur se fermèrent, et il effleura son bras.

– Je suis vraiment désolé de t'avoir fait souffrir.

– J'imagine qu'on est quittes maintenant.

Il rit, soudain traversé par un désir irrésistible de l'embrasser. Il était sur le point de l'attirer entre ses bras lorsqu'il se souvint des caméras de surveillance dont l'ascenseur était doté. Ce soir, se promit-il. Ce soir, il l'embrasserait et la caresserait autant qu'il le voudrait.

* * *

– Merci pour le déjeuner, dit Sam alors que l'ascenseur les ramenait au bureau près d'une heure et demie plus tard. Elle savait qu'elle aurait dû le quitter en bas du bâtiment, mais elle avait trop apprécié la présence de Luke pour s'y résigner.

Son amant sourit, réchauffant son cœur.

– On refait ça quand tu veux.

Elle allait lui demander si demain serait trop tôt lorsque les portes de l'ascenseur s'ouvrirent. Theresa bondit de son siège à l'instant même où elle les aperçut.

– Luke, George te cherche.

– Merci, murmura-t-il à sa réceptionniste en tenant la porte en verre menant aux bureaux ouverte pour Sam.

Elle entendit la voix de George les interpeller à l'instant même où ils eurent pénétré dans l'étage.

– Ah, quand même ! J'ai pas arrêté d'appeler ton portable.

George les rejoignit en courant, une pile de documents entre les mains.

– Il faut que tu me signes ça, dit-il en les tendant à Luke.

Voyant qu'il était occupé, Sam sourit avant de s'excuser :

– On se voit plus tard.

Une étincelle de reconnaissance traversa le regard de Luke.

– Merci, il se tourna vers George pour récupérer le stylo que lui tendait son manager.

– Des documents commerciaux ? demanda Luke alors qu'il les signait contre le mur.

Sachant combien Luke était occupé, Sam était touchée qu'il ait accepté de l'emmener déjeuner, et elle se souvint alors qu'il lui avait proposé la même chose le lundi suivant leur premier week-end ensemble. Ils avaient travaillé assez longtemps ensemble pour qu'elle sache qu'il sortait rarement déjeuner, et encore moins avec une femme. Il ne se laissait jamais distraire au travail, et il avait pourtant accepté de sortir avec elle. En dépit du fait qu'elle avait tenté de se convaincre que cela ne signifiait rien, elle ne put réprimer un sourire alors qu'elle sortait son portable pour demander à Charles de faire chauffer la voiture.

Elle était sur le point d'appeler sur le bouton d'appel de l'ascenseur lorsqu'elle remarqua une lampe allumée dans le bureau de Jason. Elle ne lui avait jamais vraiment fait ses adieux, et elle rangea donc son téléphone avant de s'y rendre. Janet n'était pas à son bureau. Luke lui avait expliqué que l'assistante de Jason avait été transférée au département des relations client quelques semaines plus tôt, et faisait un excellent travail à ce poste.

Sam alluma le reste des lumières en pénétrant dans cette pièce qu'elle ne connaissait que trop bien. Tout ce qui s'y trouvait, du mini-golf installé à droite aux photos de lui aux côtés de divers hommes politiques, était encore parfaitement intact. Le seul indice qui tendait à prouver qu'il n'était pas en voyage d'affaires était les boîtes blanches abandonnées par terre et sur son bureau. Elle devina que Janet avait dû y ranger ses dossiers, au cas où certains en auraient besoin.

Sam fronça les sourcils en allant s'asseoir sur le canapé en cuir disposé au fond de la pièce. *Rien.* Elle ne ressentait absolument rien. Elle s'était attendue à être submergée par une vague d'émotions en entrant. De la colère peut-être, ou de la frustration d'avoir gâché toutes ces années avec un mari infidèle, mais elle réalisa soudain qu'elle ne lui en voulait plus. Parce qu'elle n'aurait jamais rencontré Luke sans lui, et n'aurait jamais partagé ces mois époustouflants avec lui.

Luke.

Son cœur se serra en réalisant que c'était grâce à lui, qu'elle n'en voulait plus à Jason. Elle était si heureuse avec lui qu'elle n'en avait tout simplement pas la force. Cela n'excusait en rien les coucheries de Jason, bien entendu, mais elle le comprenait, d'une certaine façon. Parce que s'il avait ressenti les mêmes choses qu'elle ressentait avec Luke grâce à ses conquêtes, elle n'y aurait sans doute pas résisté non plus. Jason n'avait jamais éveillé de tels sentiments en elle.

Son souffle se coupa en réalisant qu'elle aimait Luke. Plus encore qu'elle n'avait jamais aimé Jason. Elle ignorait même si elle avait véritablement aimé Jason à présent. Ces émotions semblaient tellement banales en comparaison avec ce qu'elle ressentait pour Luke, et elle ne put s'empêcher de songer que sa relation avec Jason n'avait été qu'une amourette, tandis que Luke était l'amour de sa vie.

Elle l'avouerait à Luke ce soir, décida-t-elle rapidement.

S'il était possible que ses sentiments ne soient pas réciproques, elle désirait cependant qu'il sache combien elle l'aimait. Il méritait au moins ça après l'avoir tant aidée. Elle aurait probablement passé ces derniers mois aveuglée par sa colère et sa peine, prise au piège d'un cercle vicieux de haine s'il n'avait pas été là pour lui faire découvrir une tout autre réalité. Un poids sembla quitter ses épaules, son cœur libre et léger alors qu'elle se levait et éteignait les lumières.

Au revoir, Jason.

* * *

– Il faut que tu me signes ça, dit George en lui fourrant des documents entre les mains.

Luke fronça les sourcils.

– Des documents commerciaux ?

– On se voit plus tard, dit Sam.

Luke soupira en se tournant vers elle. Il avait espéré pouvoir passer un peu de temps seul avec elle, mais il allait visiblement devoir attendre ce soir.

– Merci.

Elle était toujours si compréhensive lorsqu'il s'agissait du travail. Il prit le stylo que George lui tendait et se mit à signer les demandes d'autorisation.

– *Olson's* a dû diviser ses dividendes par deux, car ils n'ont pas réussi à atteindre leurs profits estimés. Ils disent que c'est à cause de la tempête, grogna George.

Luke secoua la tête en lui rendant les documents signés. Tous savaient que la tempête n'avait rien à voir avec leur manque de performances. Après tout, les autres centres commerciaux de la région engrangeaient des ventes record depuis plusieurs années. *Olson's* avait déjà été en difficulté lorsqu'ils y avaient acheté des parts, mais ils avaient cru au projet de relance de la compagnie, ayant été convaincus qu'il avait un certain potentiel. Mais lorsque le public avait découvert que les magasins qu'ils avaient fait rénover n'avaient en fait rien de très novateur, la société avait été contrainte de se mettre à vendre ses parts. La réduction de leurs dividendes était la suite logique de leur dégringolade.

Luke sortit son téléphone pour faire des recherches dès que George fut parti. La valeur boursière de *Olson's* avait chuté de plus d'un quart depuis leur annonce. Il secoua la tête en se dirigeant vers son bureau pour jeter un œil à leur dernier rapport.

Il était en train de recalculer leur flux de trésorerie vingt minutes plus tard lorsque George entra.

– On a réussi à se débarrasser de tout avec une perte de vingt pour cent, il se tut un instant, avant d'ajouter. J'arrivais pas à te joindre.

Luke grimaça en réalisant qu'il n'avait pas rallumé son

téléphone depuis la veille.

– Pardon.

George était autorisé à effectuer les transactions moins importantes lui-même, mais tout accord de plus de dix millions de dollars requérait l'approbation de Luke.

Son premier instinct fut d'autoriser ses managers à gérer des sommes plus importantes sans être forcés de passer par lui, mais il se ravisa, dévoré par la culpabilité. Le problème ne venait pas des limites imposées à ses managers, mais de lui. Il était moins souvent au bureau pour passer du temps avec Sam, partant souvent en début de soirée pour arriver en fin de matinée. Sans parler du fait qu'il n'effectuait plus qu'un dixième du travail qu'il avait normalement l'habitude de faire chez lui. Il savait donc que de confier davantage de responsabilités à ses managers pour éviter de devoir rester à côté du téléphone n'était pas la solution. Les laisser gérer des accords pouvant atteindre dix millions de dollars était déjà bien assez. Il ne pouvait se permettre d'éteindre son téléphone, voilà tout.

Il avait de la chance que George n'ait pas eu besoin de lui pour quelque chose de plus important. Sa culpabilité ne fit que grandir en songeant au fait qu'il avait été beaucoup moins minutieux dans son travail ces derniers de temps, se reposant de plus en plus sur les rapports que lui rendaient ses analystes et managers.

Et quand bien même leur équipe était l'une des plus performantes de l'industrie, il leur arrivait de faire des erreurs. Il était donc essentiel qu'il vérifie le travail de chacun pour avoir un filet de sécurité. Son estomac se serra lorsqu'il réalisa combien ce contretemps aurait pu être désastreux si les enjeux avaient été plus importants. Il aurait même pu détruire Harkin, après tout ce qu'ils avaient traversé.

George soupira longuement en se laissant tomber dans un siège en face de lui, l'air vaincu.

– T'as l'intention de faire fermer la compagnie ?

– Quoi ? Non. Pourquoi tu dis ça ?

Son collègue secoua la tête.

– T'es dans le jus depuis un moment, tu sais. À partir tôt et à arriver tard…

Il se souvint alors de la façon dont il avait précipité la vente de leurs parts chez Seidler à l'instant même où il avait vu Sam. Il avait voulu aller la rejoindre aussi rapidement que possible.

Avait-il sérieusement risqué l'avenir de la société pour une femme qui ne voulait même pas qu'on sache qu'ils étaient ensemble ? Il grogna pour lui-même en songeant à ses projets de réduire sa charge de travail lorsqu'ils auraient des enfants afin de pouvoir passer plus de temps avec eux et Sam.

– Désolé, George. Je te promets que ça ne se reproduira plus.

Il fallait qu'il prenne ses responsabilités, pour son propre bien, mais aussi pour celui de ses employés et investisseurs. Sa négligence aurait très bien pu retarder le départ en retraite de centaines d'honnêtes citoyens comme cela avait été le cas pour son père, dont le fonds spéculatif avait gâché ses projets d'avenir. Cette simple pensée suffit à remettre de l'ordre dans les idées de Luke. Il ne pouvait plus laisser quiconque souffrir de ses manquements.

CHAPITRE VINGT-DEUX

Sam était survoltée alors qu'elle mettait la table. Comprendre qu'elle était amoureuse de Luke lui avait aussi permis de réaliser qu'elle ne voulait plus que quoi que ce soit ne les retienne.

Non, elle voulait tout partager avec lui. Amour, famille, mariage… Tous ces rêves qu'elle pensait brisés à tout jamais étaient revenus hanter son esprit avec une vivacité terrifiante, et elle espérait juste qu'il voudrait la même chose. Elle n'avait pas l'intention d'aborder le sujet du mariage et des enfants dans l'immédiat, mais elle lui dirait qu'elle l'aimait, et qu'elle ne voulait plus garder leur relation secrète.

Elle comprenait d'ailleurs combien son attitude avait été égoïste à présent ; comme si elle avait eu besoin d'une sortie de secours, de peur que leur relation ne donne rien. Mais un calme serein l'avait envahie lorsqu'elle avait décidé d'avouer ses sentiments à Luke, et elle avait cessé de craindre la fin de leur relation, sachant qu'il lui était fidèle, comme elle l'était avec lui.

Elle se redressa pour admirer son travail. La table était parfaite. Elle y avait posé un vase de roses pour la décorer ainsi que des bougies de la même couleur de chaque côté. Le vin était au frais, la salade et le gâteau au réfrigérateur, et le plat principal en train de réchauffer au four. Elle venait de passer la nouvelle robe noire qu'elle s'était achetée pour l'occasion lorsque son téléphone sonna. Elle le prit, son cœur accéléra lorsqu'elle vit le nom de Luke s'afficher à l'écran.

Désolé, je vais pas pouvoir venir ce soir.

Sam fronça les sourcils. Quelque chose ne tournait pas rond, elle le savait. Cela faisait longtemps déjà que Luke n'avait plus annulé l'un de leurs rendez-vous. Il venait toujours, même lorsqu'il était en retard. Sans parler du fait que les rares fois où il annulait, il le faisait toujours avec assez d'avance pour qu'elle ne l'attende pas. Se préparait-il à la quitter ?

Elle se souvint de sa bonne humeur et des sourires qu'il lui avait lancés lorsqu'elle avait quitté le bureau cet après-midi-là, et elle sut alors que ce ne devait pas être ça. Il lui avait semblé aussi heureux qu'elle.

Mais pourquoi avait-il annulé, dans ce cas ? Y avait-il une autre femme ? Elle se maudit immédiatement d'avoir une telle pensée. Luke n'était *pas* Jason. Il n'était pas du genre à tromper. Si tous deux semblaient similaires en apparence, leur caractère était cependant complètement différent. Elle le savait, à présent.

Jason avait toujours été soucieux des apparences, désireux de réussir tout ce qu'il entreprenait en s'assurant d'avoir l'approbation de tous, tandis que Luke se fichait bien de ce que les autres pouvaient penser. Tout ce qui comptait à ses yeux était Harkin.

Elle soupira en se rappelant combien il était dévoué envers son travail. Elle s'inquiétait pour rien. Luke avait toujours vécu pour Harkin, elle le savait. Il devait avoir eu une urgence, voilà tout. Sam secoua la tête en se traitant d'idiote avant de répondre à son message :

C'est pas grave. On se voit demain ?

Un bref silence, après lequel son téléphone sonna.

Ouais. Je passerai chez toi.

Elle fronça les sourcils alors qu'elle posait son portable et allait sortir son dîner du four. Qu'importe combien elle se répétait qu'elle se faisait des idées, elle ne pouvait faire taire cette désagréable impression que quelque chose ne tournait pas rond.

Le cœur de Luke s'affola alors qu'il hésitait devant l'appartement de Sam deux jours plus tard. Il n'avait aucune envie de rompre avec elle. Après tout, il ne lui semblait pas avoir jamais été aussi heureux que lorsqu'ils étaient ensemble.

Mais tout ça le dépassait. Il devait penser à ses employés ainsi qu'à sa compagnie, et tous méritaient mieux qu'un patron dont la tête était dans les nuages.

Il avait songé à se contenter de voir Sam uniquement le week-end, mais il savait déjà qu'un tel arrangement ne fonctionnerait jamais. Il doutait de pouvoir se priver d'elle en semaine, sans parler du fait que tant qu'ils seraient ensemble, il ne cesserait de penser à elle comme il l'avait fait ces deux derniers jours. Il ne l'avait pas vue, et il avait pourtant été incapable de la chasser de ses pensées. Il n'avait jamais eu de mal à se concentrer sur le travail avant de rencontrer Sam, mais elle l'obsédait littéralement à présent.

Et tout comme ses employés et investisseurs, elle méritait bien mieux qu'un homme qui n'avait pas de temps à lui consacrer. Ces derniers mois n'avaient fait que lui prouver qu'il ne pouvait pas concilier sa vie professionnelle avec sa relation avec Sam, et il valait donc mieux qu'il la laisse partir. Si imaginer un quotidien dans lequel elle n'aurait pas sa place lui semblait insupportable, il ne pouvait cependant pas faire preuve d'égoïsme en utilisant Sam comme Jason avait pu le faire.

Pire encore était le fait de savoir qu'il allait la blesser. Si elle n'était pas encore amoureuse de lui, il savait pourtant qu'elle était attachée. Elle aimait être avec lui au moins autant que lui aimait être avec elle, et le fait qu'elle ait accepté de l'accompagner à ce dîner avec ses parents lui prouvait qu'elle avait voulu faire en sorte que leur relation fonctionne. Bon sang. Elle lui avait même préparé son petit-déjeuner alors qu'elle détestait cuisiner. Autant de pas minuscules vers ce dont il avait toujours rêvé : une relation de couple au grand jour.

Mais il ne pouvait reculer. Il devait prendre ses responsabilités, et il ne doutait pas qu'elle retrouverait quelqu'un bien assez vite. Son estomac se serra en l'imaginant avec un autre homme, mais il fit taire cette émotion en sachant qu'il n'avait pas d'autre choix, pour son bien, comme celui de Sam.

Il ouvrit la porte et la trouva assise à la table de la salle à manger devant son ordinateur avec les informations business en fond. Elle releva la tête, un sourire aux lèvres. Son cœur se brisa en réalisant qu'il n'entrerait plus jamais dans son appartement pour la trouver en train de travailler, ne l'entendrait plus jamais chanter sous la douche, ni ne se réveillerait plus à ses côtés.

Elle se leva pour le rejoindre tandis qu'il se figeait sur place. Il aurait tant voulu pouvoir reculer.

Sam fronça les sourcils une fois à ses côtés.

– Qu'est-ce qui ne va pas ?

– Il faut qu'on rompe, dit-il avant d'en perdre le courage. Je suis désolé.

Il secoua la tête. Il aurait été si facile de faire fi de la raison et de profiter de ce qui les unissait, quoi que ce puisse être, mais il ne pouvait s'y résoudre. La compagnie méritait son entière attention, tout comme Sam méritait un homme qui la ferait passer avant tout.

Le cœur brisé, il poursuivit.

– On a beaucoup de travail au bureau et je n'ai pas de temps pour une relation en ce moment. Il faut que je me concentre sur Harkin.

* * *

– Oh, la gorge de Sam se serra. Je comprends, dit-elle, même si, réellement, ce n'était pas le cas.

Qu'est-ce qui ne tournait pas rond chez elle ?

Jason l'avait d'abord trompée parce qu'elle ne lui avait pas suffi, et voilà que Luke ne la trouvait pas assez bien pour lui non plus. Parce qu'elle savait qu'il se cherchait des excuses en lui disant avoir trop de travail. Après tout, il aurait tout à fait pu lui dire qu'il voulait faire une pause et la retrouver une fois qu'il serait moins occupé, mais il ne lui laissait même pas une telle option. Non, il voulait se débarrasser d'elle, et tentait simplement de la ménager en lui disant qu'il avait trop de travail. Elle le sentit à peine passer ses bras puissants autour d'elle pour l'enlacer, son odeur de propre l'enveloppant.

– Merci, murmura-t-il en s'éloignant. C'était fabuleux.

– Ne t'en fais pas, se força-t-elle à répondre.

Son cœur saignait, bien sûr, mais elle ne voulait pas être avec un homme qui ne la désirait pas. Leur relation aurait été vouée à l'échec, après tout.

– C'était rien qu'une aventure de toute façon.

Ces mots sonnèrent faux, quand bien même elle aurait voulu pouvoir nier combien leur relation avait été importante à ses yeux. Ils n'auraient pu faire disparaître le souvenir de toutes ces émotions puissantes qu'il avait su éveiller en elle.

– Amis ? demanda-t-elle en croisant son regard.

Elle se voilait la face, elle le savait. Sam était bien déterminée à quitter sa vie pour s'assurer de ne jamais avoir à le voir avec une autre femme.

– Amis.

Il hésita avant de lui tendre quelque chose.

Une clé. La clé de son appartement.

Son cœur vola en éclats. Il avait tout prévu, visiblement.

Luke ne voulait même pas lui laisser une chance de le faire changer d'avis. Elle ne l'avait heureusement pas supplié et avait réagi avec dignité.

— Merci, dit-elle, la voix vide de toute émotion.

— Ouais. Bon eh bien… à plus.

Sam cessa de retenir ses larmes à l'instant même où Luke fut parti. Elle ignorait pourquoi, mais d'une certaine façon, son rejet lui semblait plus douloureux encore que de découvrir que Jason l'avait trompée. Elle avait Luke dans la peau, lui qui avait su la charmer comme personne d'autre auparavant, et elle craignait qu'aucun autre homme ne parvienne à éveiller de tels sentiments en elle à nouveau.

Wow, ça c'est une trouvaille. Achète des parts avant que quelqu'un d'autre ne le fasse. Et envoie-moi un message quand ce sera fait, pour que j'en achète aussi quelques-unes !

Allongé sur son lit, Luke sourit doucement en relisant les vieux messages qu'il avait échangés avec Sam près de deux semaines plus tôt. Il pouvait presque entendre sa voix dans sa tête et, en bon masochiste qu'il était, il ne pouvait s'empêcher de les lire et de les relire. *Tous.*

Il chérirait les souvenirs qu'ils avaient partagés ces derniers mois pour le restant de ses jours, et détestait déjà l'idée qu'il ne la fréquenterait plus qu'en tant qu'ami à présent, et ce, même s'il doutait de la revoir un jour. Si tous deux s'étaient mis d'accord à ce sujet, aucun n'avait pourtant contacté l'autre depuis leur rupture, et il ne s'attendait pas à ce que les choses changent de sitôt. Il l'avait blessée, et il comprenait qu'elle veuille prendre ses distances avec lui pour l'instant. Ou peut-être pas. Après tout, pourquoi lui avait-elle demandé de rester ami avec elle si elle ne prévoyait pas d'honorer cet accord ?

Sur le moment, il avait songé que de se contenter d'une simple amitié serait un véritable enfer, mais après deux semaines sans la voir ni lui parler, il aurait tué rien que pour qu'elle l'appelle. Il lut un autre message, cette fois lui demandant s'il voulait passer pour le dîner, et il sut alors qu'il était temps de la laisser partir. Il avait eu raison de rompre avec elle, et il devait mettre ses émotions de côté.

Le cœur brisé, il supprima leurs conversations.

Une brève vague de panique le traversa alors que les messages disparaissaient sous ses yeux, mais il la fit taire rapidement. Il devait tourner la page, pas se morfondre. Il était inutile de s'accrocher au passé en se demandant si les choses auraient pu être différentes. Cela ne servirait à rien.

Sachant qu'il serait incapable de trouver le sommeil, il se leva, bien déterminé à se débarrasser de tout ce qui le rappellerait à elle. Il serait incapable de tourner la page autrement.

Il alla récupérer des paniers vides dans son dressing dans lesquels il mit toutes ses affaires : sa veste, ses chemisiers, tout ce qu'elle avait pu laisser chez lui, et même les cadeaux qu'elle et Jason avaient pu lui donner au fil des années.

Il venait de mettre le livre qu'elle lui avait offert pour Noël près de deux ans plus tôt dans un panier lorsqu'il se souvint de la bague nichée dans son écrin sur l'étagère de son dressing. Incapable d'y jeter le moindre regard, il l'avait rangée là dès qu'elle lui avait été livrée.

Il soupira en récupérant la bague. Il avait été si optimiste le jour où il l'avait commandée, convaincu que son amour suffirait à sauver leur relation. Quel idiot. Il songea un instant à donner la bague à Sam, mais se ravisa aussitôt en la mettant dans le panier. Il vaudrait mieux en faire don à une association. Lui donner n'aurait pour seul effet que de faire naître des questions auxquelles il n'avait aucune envie de répondre. Parce qu'au bout du compte, rien n'avait changé. Il ne pouvait toujours pas la faire sienne.

Il se redressa et sentit son cœur se serrer en voyant le lit, ce lit dans lequel lui et Sam s'étaient câlinés pendant des heures, et il réalisa alors que le souvenir de Sam hantait le moindre centimètre carré de son appartement, et ne disparaîtrait jamais vraiment.

Il devrait déménager s'il voulait vraiment s'en débarrasser.

Samantha Johnson.

Sam fronça les sourcils en jetant un œil à sa carte d'identité temporaire. Elle avait songé qu'elle serait heureuse, soulagée même de retrouver son nom de jeune fille, mais elle ne ressentait rien. Elle n'avait d'ailleurs plus rien ressenti depuis que Luke avait rompu avec elle. Partager son quotidien avec lui avait été comme une seconde nature pour elle, et elle se sentait perdue sans lui.

Son téléphona sonna et elle fourra sa carte dans son sac

avant d'en tirer son téléphone. Le nom de Nina s'afficha à l'écran.

— Coucou Nina, dit-elle en décrochant alors qu'elle sortait du tribunal des affaires familiales sous le soleil ardent d'été.

— Qu'est-ce qui ne va pas ma belle ?

Elle grimaça. Elle avait été si préoccupée qu'elle en avait oublié de prendre un ton enjoué. Encore.

— J'ai repris mon nom de jeune fille, mais je crois que je ne réalise pas encore vraiment. Ce sera peut-être différent quand je récupérerai mon permis.

— Ma belle, ce dont tu as besoin c'est d'un coup d'un soir pour oublier, pas d'un permis de conduire.

Une vague de culpabilité la traversa lorsqu'elle se souvint comment elle avait utilisé Luke. Son attitude avait été égoïste, mais elle en payait le prix fort à présent.

— C'est ce que j'ai fait, mais ça n'a pas marché.

Elle s'était convaincue que leur relation était en train de devenir sérieuse au fil du temps, mais elle n'avait en réalité rien été d'autre qu'une simple aventure.

— Tu… attends, quoi ? Avec qui ? Quand ? Comment ?

Sam hésita. Elle était soulagée que si peu de personnes aient su qu'elle fréquentait quelqu'un étant donné qu'elle avait fini par rompre avec Luke. D'une certaine façon, cela lui rendait les choses plus faciles puisqu'elle n'avait au moins pas eu à affronter les questions ou les regards curieux de ses proches. Mais Nina était comme une sœur pour elle, et elle lui avait toujours tout dit, si bien que Sam finit par murmurer :

— Avec Luke.

Il y eut un silence avant que son amie ne réponde.

– Tu ne fais jamais les choses à moitié, hein ? Je pensais plutôt à un prof ou à un médecin, tu sais.

– Je ne pense pas que je pourrais coucher avec un homme que je ne connais pas, confessa Sam.

– Je sais. Les histoires d'un soir ne sont pas pour tout le monde. Pourquoi ça n'a pas marché ? Ce n'était pas bien ?

– C'était super, admit Sam. Elle n'avait jamais été aussi épanouie entre les draps.

– Ah, je vois. Tu es tombée amoureuse de lui, c'est ça ?

– Ouais.

Ce mot lui fit l'effet d'une lame de rasoir sur les lèvres tandis que sa gorge se serrait. Après tout ce temps, elle avait songé qu'elle avait assez pleuré, mais elle s'était apparemment trompée.

– Oh, ma chérie, je suis désolée.

– C'est ma faute. Je savais à la base que ce ne serait rien d'autre qu'une aventure, mais je suis tombée amoureuse de lui tellement facilement. Elle soupira. Je sais que je suis déraisonnable. Après tout, j'ai enfin la vraie pause que je voulais il y a des mois. J'ai vendu la maison et les parts de Jason chez Harkin. Je me suis pris un appartement en ville, j'ai changé de nom, mais…

Avec tout ce qui s'était passé avec Luke, elle doutait qu'il la recontacte à nouveau. Elle allait donc vraiment pouvoir repartir à zéro. Le problème était que cette fois, elle n'en avait aucune envie. Qu'importe combien cela aurait pu lui être profitable, elle détestait l'idée qu'elle ne reverrait plus jamais Luke.

– Mais ce n'est pas ce que tu voulais, termina son amie, comme si elle pouvait lire dans ses pensées.

– Non.

– Et si tu venais ce week-end ? Tu pourrais rencontrer Andrew et m'aider à choisir ma robe de mariée. On pourrait regarder les trucs de demoiselle d'honneur au passage. Tu *seras* ma demoiselle d'honneur, hein ?

– J'adorerais, admit Sam. Mais tu ne penses pas que ce serait bizarre, sachant tout ce qui s'est passé ?

– Je sais que tu es une romantique, et je ne veux le proposer à personne d'autre.

Sam n'avait aucune envie de discuter mariage ces derniers temps, mais elle mettrait sa tristesse de côté, pour le bien de Nina.

– Dans ce cas, j'en serais ravie.

CHAPITRE VINGT-TROIS

On toqua doucement à la porte du bureau de Luke avant de l'ouvrir.

– Il est presque deux heures et tu n'as toujours rien mangé, dit Sheila. Tu veux que je te commande quelque chose ?

– Je n'ai pas vraiment faim, répondit Luke sans lever le nez du rapport qu'il était en train de lire. Il n'avait aucune envie de discuter avec quiconque.

– Très bien, dit son assistante. Elle se tourna pour partir, mais s'arrêta aussitôt. Non, ce n'est pas bien du tout. Je ne voulais pas m'en mêler, mais ça suffit. Qu'est-ce qui s'est passé ?

Surpris par la verve de son employée, Luke leva la tête pour voir Sheila, normalement parfaitement stoïque, le fusiller du regard.

– Rien du tout, dit-il enfin. Je n'ai pas faim, c'est tout.

Il n'avait pas tellement d'appétit.

– Quoi que tu aies pu dire à Sam, excuse-toi et tout rentrera dans l'ordre.

Son cœur manqua un battement en entendant le nom de Sam, avant qu'il ne réalise ce que son assistante venait de dire.

– Tu sais pour Sam ?

Sheila leva les yeux au ciel en croisant les bras.

– Pas besoin d'être un génie pour voir que tu étais contrarié quand Sam est partie et que tu resplendissais depuis le gala auquel elle t'a accompagné.

Il ne répondit pas, et elle reprit donc.

– Alors quoi que tu aies pu faire ou dire, excuse-toi, parce que tu commences vraiment à faire peur aux gens avec tes grognements et tes regards noirs.

Ses mots lui rappelèrent la conversation qu'il avait eue avec Sam lorsqu'elle était passée l'inviter à déjeuner. Il n'aurait jamais imaginé qu'il la voyait pour la dernière fois ce jour-là. Il fronça les sourcils alors qu'une pensée traversait son esprit.

– Et ça te dérange pas, que Sam et moi soyons ensemble ? demanda-t-il, surpris.

Jason avait toujours été très populaire auprès de leurs employés. Luke peinait à imaginer qu'ils puissent voir sa relation avec la veuve de leur patron adoré d'un très bon œil.

Sheila haussa les épaules.

– On est à Wall Street. Tout le monde est un peu fou. Et puis ce n'est pas comme si tu avais volé la copine de ton fils, comme ce Rick, dit-elle en référence à un autre patron de fonds spéculatif, qui avait quitté sa femme pour épouser la petite-amie de son fils.

– Je n'arrive toujours pas à croire que ce type ait pu faire ça, elle secoua la tête. Enfin, fais-le-moi savoir si tu changes d'avis au sujet du déjeuner.

Luke se passa une main dans les cheveux une fois son assistante sortie. Il savait que Sam n'approuverait pas son comportement des derniers jours, mais il se sentait mort de l'intérieur, et se contentait de se laisser porter par le courant en vivant au jour le jour.

Même le fait que Harkin soit enfin remis sur les rails n'était pas parvenu à lui mettre du baume au cœur. Il avait l'impression d'avoir un vide béant dans la poitrine, et il craignait que les choses ne reviennent jamais à la normale.

Il connaissait l'adage qui disait qu'il valait mieux avoir aimé et perdu ce qu'on aime que de ne jamais avoir connu l'amour, mais il doutait que quiconque avait pu dire ça ait un jour ressenti ce qu'il ressentait envers Sam. Parce qu'il ignorait comment il allait bien pouvoir continuer à vivre sans elle. Elle l'obsédait tellement qu'il était même incapable de trouver le sommeil. Elle hantait la moindre de ses pensées, et il trouvait son absence insupportable. Il grogna. S'il avait adoré tout le temps qu'il avait passé avec elle, il savait qu'il lui aurait été plus aisé de vivre dans le déni plutôt que de savoir ce qu'il manquait.

Cette sombre pensée en tête, il tenta de faire taire le chaos qui régnait dans son esprit pour se concentrer sur la seule et unique chose qu'il contrôlait encore dans sa vie : le travail.

* * *

Luke venait de sortir de la douche le lendemain lorsque son téléphone sonna.

Sam.

Une vague d'excitation le traversa alors qu'il se demandait pourquoi elle lui avait envoyé un message, et il dut s'y reprendre à trois reprises avant de parvenir enfin à déverrouiller son écran.

Je peux monter ?

Elle était dans le bâtiment ! Était-elle venue lui dire qu'il avait fait une erreur et que sa place était à ses côtés ? Ou était-elle seulement passée lui dire bonjour ? Peu lui importait. Il était heureux de la voir quoi qu'il en soit.

Bien sûr. Le code n'a pas changé et ton empreinte marche encore.

Il appuya sur le bouton d'envoi et s'habilla à la hâte. Les portes de l'ascenseur s'ouvrirent alors qu'il allait au salon. Son cœur bondit dans sa poitrine, et comme un homme assoiffé, il se délecta de sa vue – ses cheveux sombres, et ses yeux magnifiques. Bon sang. Il aurait pu contempler ses yeux toute la journée. Il était si heureux de la voir qu'il ne remarqua même pas la boîte qu'elle tenait jusqu'à ce qu'elle lui mette entre les bras.

– Je suis juste passée te rendre les affaires que tu avais laissées chez moi.

Son cœur se brisa alors qu'il regardait la boîte. Elle voulait se débarrasser des souvenirs qu'ils avaient partagés ensemble. Leur relation avait-elle signifié si peu à ses yeux ? Sa gorge se serra en réalisant qu'il n'avait vraiment été qu'une simple aventure pour elle. Et bien qu'il s'en était douté, le fait de voir cette vérité confirmée lui fit l'effet d'un coup de poing.

— Attends, je vais aller chercher les tiennes, rétorqua-t-il instinctivement. Il avait prévu de garder ses affaires, les ayant rangées jusqu'à ce qu'il ait enfin la force de les regarder à nouveau, mais puisqu'elle ne voulait plus rien avoir affaire avec lui, Luke ne voulait rien avoir affaire avec elle non plus.

Il alla chercher le panier dans lequel il avait rassemblé ses affaires la veille avant de retourner auprès d'elle rapidement. Elle n'avait pas bougé d'un millimètre et était encore plantée devant l'ascenseur. Il devina qu'elle n'avait aucune envie de rester plus longtemps qu'elle ne le devait vraiment. Agacé, il lui jeta presque le panier.

Une vague de regret le traversa aussitôt. Il avait supprimé tous leurs messages, et n'avait à présent plus rien pour le rappeler à elle. Il était sur le point de lui reprendre ses affaires, de lui dire que c'était une erreur lorsqu'elle murmura :

— Merci, un sourire triste traversa ses lèvres. Les grands esprits se rencontrent, hein ?

C'était trop tard.

— À plus, elle tourna les talons et se glissa dans l'ascenseur. Il pria pour qu'elle change d'avis et qu'elle fasse demi-tour. Mais les portes se refermèrent bientôt et elle partit à nouveau. Sans doute pour la dernière fois.

* * *

Comment pouvait-elle souffrir autant ?

La poitrine de Sam se serra alors qu'elle posait le panier que Luke lui avait donné sur le canapé. Ils s'étaient fréquentés pendant à peine trois mois.

Trois mois. Comment était-il possible que leur rupture l'affecte autant ? N'aurait-elle pas dû être blindée après Jason ? La destruction de son mariage n'aurait-elle pas dû être la pire épreuve qu'elle doive un jour traverser ? Ce n'était pourtant pas le cas.

Sam soupira en se passant une main dans les cheveux. Elle n'aurait sans doute pas dû s'attendre à autre chose de la part de Luke. Elle savait quel genre d'homme il était. Mais elle s'était perdue en lui, ensorcelée par tous les baisers et sourires qu'il lui avait donnés.

Qu'avait-elle fait de sa fierté ? De sa dignité ? S'il ne voulait pas d'elle, elle n'aurait pas dû vouloir de lui.

Et pourtant… Elle le désirait encore de tout son être, tellement même qu'il lui semblait presque injuste qu'elle aime autant Luke sans que ses sentiments ne soient réciproques. Dire qu'il lui avait presque jeté ce panier à la figure ! Il avait été parfaitement préparé. Sans doute y était-il habitué avec toutes les femmes qui défilaient dans son lit !

Contrairement à elle, qui avait seulement voulu éloigner tous ces souvenirs qui ne faisaient que lui rappeler leur bonheur passé. Elle ravala ses larmes en jetant un œil à l'intérieur du panier et en tira le pull rouge qu'elle avait laissé chez lui.

Une vague de colère la traversa soudain. Peut-être était-ce mieux comme ça, après tout. Le fait de savoir qu'elle n'avait pas la moindre importance à ses yeux lui permettrait de tourner la page plus rapidement. Déterminée à oublier Luke, elle prit le panier pour en vider son contenu sur le canapé.

Elle fronça les sourcils lorsqu'un écrin atterrit sur son pull. Elle ne se souvenait pas lui avoir donné quelque chose d'aussi petit. On aurait dit un écrin à bijou. Son ventre se serra alors qu'elle prenait la boîte. Abritait-elle ces boutons de manchette que Jason et elle lui avaient offerts des années plus tôt ? Elle était incapable de se souvenir de quoi que ce soit au sujet de ces boutons de manchette, si ce n'est leur design. Curieuse, elle ouvrit la boîte et eut immédiatement l'impression qu'on retirait le tapis sous ses pieds.

Une bague en diamant ?

Les rouages de son esprit se mirent à tourner à toute vitesse tandis qu'elle se demandait pourquoi diable Luke avait-il pu avoir une bague en diamant. Avait-il rencontré quelqu'un, ou la gardait-il pour un ami ? Sachant que ni Adam ni Brian n'avait de petite-amie sérieuse, elle comprit alors que Luke avait dû rencontrer quelqu'un. C'était pour *ça* qu'il avait rompu avec elle. Pas parce qu'il était trop occupé. Non, il avait rencontré une autre femme !

Son cœur se brisa à l'idée qu'il puisse épouser une autre avant qu'elle ne réalise que Luke n'avait jamais été du genre à précipiter les choses. Il n'aurait pas acheté une bague pour quelqu'un qu'il connaissait à peine. Il était bien trop méticuleux pour ça.

Sa colère s'intensifia en réalisant qu'il avait sans doute joué sur deux tableaux. Voilà qui expliquait pourquoi il avait accepté de garder leur relation secrète !

Furieuse, elle ferma l'écrin et se dirigea vers la porte. Si elle n'avait pas eu la chance de dire ses quatre vérités à Jason, elle ne s'en priverait pas avec Luke !

* * *

Le sac de frappe grinça en se balançant. Les muscles de Luke se tendirent en attendant qu'il revienne vers lui. Crochet du gauche, coup de poing. Il grinça à nouveau en s'éloignant et il le frappa plus fort encore lorsqu'il revint s'écraser contre lui, ses gestes guidés par sa frustration. Il *savait* qu'il n'aurait jamais rien dû commencer avec Sam. Il s'était tout simplement voilé la face en se convainquant que tous deux pourraient partager quelque chose de sincère et de vrai.

Il asséna deux nouveaux uppercuts à son sac. Qu'il aurait aimé pouvoir remonter le temps et empêcher ce désastre. Ses poings étaient endoloris, mais il continua pourtant à frapper. Cette douleur physique valait toujours mieux que cet engourdissement qu'il ressentait depuis leur rupture. Il entendit à peine l'ascenseur monter tant il était accaparé par son besoin de se défouler.

Luke grogna, sachant qu'il devait s'agir de sa mère qui voulait vérifier qu'il allait bien après qu'il ait ignoré ses appels plus tôt dans la journée. Il savait qu'il aurait dû y répondre, mais il n'avait eu aucune envie de prétendre qu'il allait bien alors que ce n'était pas le cas. Il ne lui avait pas encore fait part de sa rupture avec Sam. Il n'aurait pu supporter la pitié de sa mère, sans parler du fait que d'admettre leur rupture aux seules personnes qui avaient été au courant de leur relation n'aurait fait que rendre cette vérité plus réelle qu'elle l'était déjà, plus définitive. Dans un soupir, il retira ses gants et se dirigea vers le salon. Mais au lieu d'y trouver sa mère, il vit Sam se diriger vers lui, le pas furieux. Elle le fusilla du regard en lui jetant quelque chose au visage.

– Tu veux bien m'expliquer ce que c'est que ça ? demanda-t-elle.

Il baissa la tête et son cœur se serra en voyant sa bague.

– Ce n'est rien, répondit-il.

Sam n'avait pas besoin de savoir qu'il avait été assez stupide pour croire qu'ils pourraient passer le restant de leurs jours ensemble.

– Ce n'est rien ? répéta-t-elle. Comment tu as pu faire ça ? À moi, et à cette autre femme ? Je te pensais au-dessus de ça.

– Quoi ? demanda-t-il, troublé. *Quelle autre femme ?*

– Je n'arrive pas à croire que tu aies pu tromper ta copine avec moi.

Il détestait la déception qu'il lisait dans son regard, d'autant qu'il n'avait jamais été infidèle à quiconque. Il n'aurait pu tenir son amour pour acquis d'une telle façon. Au contraire, il se serait estimé heureux qu'elle puisse l'aimer, et aurait passé le restant de ses jours à s'assurer qu'elle ne regrette pas sa décision.

– Je n'ai jamais trompé quiconque de ma vie, lui dit-il, blessé qu'elle puisse avoir une telle opinion de lui. Je t'ai toujours été fidèle.

Le regard de Sam s'assombrit.

– Je n'arrive pas à y croire. Tu ne vas même pas avouer. Tiens, récupère ta bague.

– Garde la, répondit-il rapidement.

Il regrettait peut-être d'avoir effacé tous ces textos, et de lui avoir rendu toutes ses affaires, mais s'il gardait cette bague, cela le briserait. Cela ne ferait que lui rappeler tout ce qu'il avait perdu, et Luke craignait de finir par craquer.

– Il n'y aura pas de demande de toute façon.

– Eh bien, je suis ravie d'avoir pu t'aider à remettre de l'ordre dans tes idées, lui siffla-t-elle, narquoise.

Elle lui plaqua l'écrin contre le torse avant de lui tourner le dos pour la deuxième fois ce jour-là. Son estomac se serra à l'idée que la femme qu'il aimait puisse le mépriser de la sorte.

– Attends, dit-il en lui emboîtant le pas.

Elle ne s'arrêta pas et il lui prit le bras. Aussitôt submergé par ses instincts, il l'attira contre lui pour l'embrasser.

Sam lui répondit sans attendre, par habitude peut-être, sa colère irradiant d'elle. Mais même cela ne suffit pas à gâcher ce baiser, parce qu'elle était entre ses bras à nouveau.

Puis quelque chose changea. Elle s'adoucit, et il ne se sentit soudain plus aussi désespéré. Comme si tous deux avaient décidé de prendre le temps de redécouvrir le goût de l'autre à nouveau. Il grogna en resserrant son emprise sur elle. Bon sang, ce qu'elle lui avait manqué. Ayant enfin retrouvé sa place, il approfondit leur baiser, se délectant de son goût, de son odeur, de…

Bientôt, trop tôt, elle le repoussa.

– Je t'aime, dit-il, détestant l'idée que cette étreinte soit la dernière qu'ils puissent partager.

Elle rit.

– Quoi ? Ta demande en mariage tombe à l'eau, alors tu passes à la suivante ?

– Il n'y a jamais eu d'autre femme, répondit-il, frustré. Rien que toi. J'ai acheté cette bague pour toi.

Elle hésita un bref instant avant que son expression ne s'assombrisse à nouveau.

– Et ça, c'était avant ou après que tu rompes avec moi ?

– Avant.

– Donc tu as décidé de rompre après m'avoir acheté une bague de fiançailles ? Il va falloir que tu t'améliores niveau mensonges.

Il vit qu'elle était prête à partir et il fut traversé par un sentiment de peur comme il n'en avait jamais éprouvé auparavant.

– Ne pars pas, dit-il en lui prenant la main. Je t'aime. Je t'ai toujours aimée.

Il enfouit le nez dans son cou, apaisé par l'odeur de vanille si familière qu'il y trouva.

– Je t'ai toujours aimée… qu'est-ce que ça veut dire, *ça* ? demanda Sam, sa voix méfiante alors qu'elle reculait pour retrouver son regard.

– Je t'ai toujours aimée, répondit Luke sans détour. Je ne sais pas ce qui s'est passé. Au départ je me disais qu'il fallait que je trouve une femme comme toi et, sans même que je m'en rende compte, je me suis mis à te désirer. C'est sans doute même pour ça que je t'ai parlé des infidélités de Jason il y a toutes ces années. Il soupira en se passant une main dans les cheveux. Bon. C'est *exactement* pour ça que je t'ai dit pour Jason. Je n'en suis pas franchement fier, mais je détestais cette façon qu'il avait de te tenir pour acquise. Ça me tuait chaque fois que je le voyais quitter le bureau en sachant qu'il n'allait pas en rendez-vous client. Tu méritais tellement mieux.

Sa gorge se serra. Il brûlait d'envie de la prendre dans ses bras, mais il savait ne pas en avoir le droit.

— Je ne te mérite pas franchement non plus, mais j'ai *besoin* de toi dans ma vie. Je t'en prie, ne pars pas.

* * *

— Je sais que j'ai fait une connerie, mais je devenais fou.

Luke mit un genou à terre en prenant la main de Sam dans la sienne.

- Est-ce que tu veux bien me faire l'honneur de devenir ma femme ?

Le cœur de Sam manqua un battement en voyant tout l'amour qui illuminait le regard de Luke. Elle peinait à croire ce qu'elle entendait. Il l'aimait ?

— Tu es sérieux ?

— Oui. Je ne peux pas imaginer ma vie sans toi. Je ne veux pas vivre sans toi. Ces dernières semaines ont été un véritable enfer.

Elle secoua la tête, confuse.

— Mais c'est toi qui as rompu avec moi !

Il grimaça.

— Tu me distrayais trop. J'ai tellement envie d'être avec toi que j'en néglige mon travail sans même m'en apercevoir. Mais j'ai découvert que c'est encore pire sans toi. J'ai besoin de toi dans ma vie, Samantha. Je t'en prie, dis-moi oui.

Était-elle en train de rêver ?

Sam plongea son regard dans le sien, n'y décelant qu'une honnêteté profonde. Elle cligna des yeux pour dissiper les larmes de joie qui y perlaient en tombant à genoux pour le rejoindre.

– J'étais convaincue que je ne retomberais plus jamais amoureuse, surtout après ce qui s'est passé avec Jason, dit-elle en prenant son visage en coupe. Et pourtant, je t'aime même encore plus que lui. Je n'ai jamais autant souffert que ces derniers…

Il la fit taire d'un baiser, et elle ne trouva rien à y redire. Elle ne se lasserait jamais de ses baisers.

– Je t'aime, dit-il en s'éloignant pour retrouver son regard.

Son cœur se gonfla de bonheur à ces mots.

– Je t'aime aussi.

Il rit, et tous deux se levèrent avant de s'embrasser à nouveau.

– Redis-le, lui demanda-t-il entre deux baisers.

– Je t'aime.

Il sourit et embrassa sa belle à nouveau. Une vague de frissons traversa Sam lorsque les mains de Luke vinrent trouver ses hanches pour la prendre dans ses bras et la porter à la chambre.

Il la posa doucement sur le lit.

– Je t'aime aussi, dit-il, et il prit son visage en coupe avant de lui prouver combien il était sincère.

ÉPILOGUE

Un an et demi plus tard

Le cœur de Luke se serra en voyant Sam entrer dans son bureau avec leur poussette. Même après tout ce temps, elle réussissait encore à le captiver en ne faisant rien d'autre que d'entrer dans une pièce. Il avait encore du mal à croire qu'il avait eu la chance d'épouser cette femme qui lui avait donné une superbe fille, et il en serait éternellement reconnaissant. Elles étaient son tout.

L'idée qu'il avait failli perdre Sam pour toujours le terrifiait encore aujourd'hui.

Comment avait-il pu vouloir faire passer la société avant elle ? Pourquoi diable s'était-il même convaincu qu'il devait choisir ? Bien sûr, il lui avait fallu du temps et des efforts pour s'habituer à déléguer son travail à d'autres, mais ces changements ne lui avaient finalement pas paru aussi difficiles qu'il l'avait pensé, d'autant que cela lui permettait de passer plus de temps avec Sam.

Il se leva pour aller embrasser son épouse. Les joues de Sam étaient roses lorsqu'il s'éloigna, et il ne put retenir un sourire en remarquant quel effet il avait encore sur elle, lui aussi.

— Elle dort ? demanda-t-il en hochant la tête en direction de Suzie, leur fille.

Sam sourit.

— Non, elle s'est réveillée quand on est sorties de l'ascenseur. Ils voulaient tous lui dire bonjour.

Si la presse avait été très critique sur sa relation avec Sam, allant même jusqu'à prétendre que Luke et elle se fréquentaient déjà avant la mort de Jason, leurs employés avaient quant à eux plutôt bien accueilli la nouvelle, ce qui les avait autant surpris que soulagés.

Adam avait taquiné Luke en lui assurant que cela était dû au fait qu'il était plus facile à vivre à présent qu'il avait épousé Sam, mais Luke pensait quant à lui que leurs employés étaient simplement heureux que Sam soit revenue au bureau. Quelle qu'en fût la raison, il était reconnaissant que cette transition ait été aussi aisée. Il ne voulait pas que quiconque ait des préjugés envers sa fille en sachant qui étaient ses parents, et comment ils s'étaient rencontrés.

Il se pencha et rencontra ses superbes yeux sombres, les mêmes que sa mère, qui étaient braqués sur lui.

— Coucou ma chérie, dit-il en lui tendant la main. Son cœur fondit en voyant Suzie écarquiller les yeux et lui attraper les doigts en souriant.

– J'ai une réunion dans dix minutes, dit Sam. Elle gérait à présent une partie du portefeuille de la société en plus de l'argent de ses amis et de sa famille. Tu veux que j'aille chercher Brenda, ou tu préfères t'occuper d'elle ? Elle est en bas en train de flirter avec Ruben, encore.

Luke rit, amusé à l'idée que leur baby-sitter flirte avec l'agent de sécurité de la compagnie.

– Laisse-les tranquilles. On devrait bien pouvoir trouver à s'occuper.

Suzie agita les pieds en tapant dans ses mains comme si elle était d'accord avec lui.

– Merci.

Sam déposa un rapide baiser sur les lèvres de Luke, déjà prête à partir. Mais il avait autre chose en tête. Il tourna la poussette pour leur laisser un peu d'intimité et passa un bras autour de la taille de sa belle, approfondissant leur baiser. Après tout, elle avait encore dix minutes devant elle.

NOTE DE L'AUTEUR

Mille mercis d'avoir lu *Désirs inexprimés* ! Pour être tenu(e) au courant de la sortie de mes prochains romans, inscrivez-vous à ma liste de diffusion sur natashagrace.com/fr

DOUCE PASSION

Olivia Montgomery devrait être ravie d'être chargée de la rénovation du *Manoir*. Elle a toujours voulu rendre hommage au vieil hôtel de son grand-père ainsi qu'à sa gloire passée. Malheureusement pour elle, son nouveau propriétaire, Adam Campbell, a d'autres idées en tête. Il voudrait raser l'hôtel au lieu de le rénover, et cela est tout à fait hors de question pour Olivia. Elle ne reculera devant rien pour protéger l'œuvre de son grand-père, mais lorsqu'Adam réalise ce qu'elle a derrière la tête, il décide de garder un œil sur elle. Et il est loin d'être prêt à détourner le regard…

9 781955 895040